我，成了大家的祭品

十字架

重清松——著
陸蕙貽——譯

說書人6

我，成了大家的祭品

原文書名　十字架
原書作者　重松清
翻　　譯　陸蕙貽
封面設計　柯俊仰
美　　編　吳佩真
主　　編　高煜婷
總 編 輯　林許文二

行銷業務　鄭淑娟、陳顯中

出　　版　柿子文化事業有限公司
地　　址　11677台北市羅斯福路五段158號2樓
業務專線　（02）89314903#15
讀者專線　（02）89314903#9
傳　　真　（02）29319207
郵撥帳號　19822651柿子文化事業有限公司
服務信箱　service@persimmonbooks.com.tw
投稿信箱　editor@persimmonbooks.com.tw

初版一刷　2013年01月
二版一刷　2023年09月
定　　價　新台幣480元
I S B N　978-626-7198-71-1

國家圖書館出版品預行編目(CIP)資料

我，成了大家的祭品/重松清作；陸蕙貽翻譯. -- 二版.
-- 臺北市：柿子文化, 2023.09
面；　公分. --（說書人；6）譯自：十字架
ISBN 978-626-7198-71-1（平裝）

861.57　　　　　112011073

名人推薦

朱宥勳 作家

凌性傑 作家

蔡宜芳 諮商心理師、作家

蔡康永 知名作家、主持人

好讀強推

短短人生，我們不斷在追求自我的生命意義。在眾多的選項中，我們總想找到對自己最好的那一個，但卻經常遺忘我們也活在別人的生命意義中。甚至有時幾乎成為別人的生命意義。人們看似健忘，但實則不然。那些深刻的回憶，通常如影隨形的跟著我們。換言之，我們不只背負著自我的人生使命，同時也肩負著他人的生命意義。

——子迂的蠹酸齋

很高興這本談校園霸凌的小說再版上市。這是我看過談霸凌的書中，最令我印象深刻的一本，後座力很強，讓人讀過後久久難以忘懷。

——李貞慧，閱讀推廣人

九月四日那日，一個被霸凌的孩子選擇自殺結束自己的生命。這是這本小說的開端，而九、四的日文發音與「苦、死」同音，彷彿也預言了他的死去，同步遺留下了眾人的苦痛。哀傷宛如十字架一般地的負重在其餘存活的人身上。

書中關於霸凌的故事發生在日本國號從「昭和」變「平成」的一九八九年，但我們卻都不能否認直至三十年後，日本年號已進入「令和」的今日，關於霸凌的故事、那些沉重的十字架，依然背負在世上的眾人身上。

這不只是一本關於被霸凌後、死去了一個孩子的故事。它輕描淡寫卻又重重的將所有可說與不可說，全都扭曲成團的情緒泥塊，用力撞擊在我胸口上。是混亂、是困惑、是怨恨、是悲戚、是心有不甘，還有無止境的自責、懊惱，以及永世無法獲得救贖的懺悔，全都化為十字架，令人背負餘生……

——李家雯，諮商心理師、出版書籍作者

霸凌，一直是許多孩子心中曾經或正在經歷的夢魘，而且它所帶來的傷害，遠比我們想像的還要長久。令人遺憾的是，若不是親身經歷，很難真正體會，這也造成許多誤會和衝突。

透過本書，我們得以更全面深刻的貼近事件的脈絡，理解將得以從此開始。

——陳品皓，米露谷心理治療所策略長

閱讀本書，宛如看場寫實電影。它以日本國二學生真田為第一人稱視角，敘述同學藤井在不堪同學長期霸凌下，以輕生換取解脫的故事。然而，這只是開端，藉由這個不幸，推衍出之後十幾年間，所有重要相關者的人生變化；不管在家庭、心理、親情、愛情、人際各面向，提供甚多省思機會。

死者生前遭受凌虐所留下的傷痕印記，讓我們看到家中父母與弟弟，同受折磨、憤怒、愧疚之苦；並揭露同學們對霸凌高度恐懼，和「見死不救」的漠視兩難；當然也見識到校方教育與處置進乎偽善，還好媒體界的田原與本多兩位窮追不捨，無奈議題總有煙消雲散之時，恐要直至下一個事件發生時，才能再喚醒眾人記憶。

除了媒體工作，我也是大學教師。本書留給我許多深沉反省，讓我必須更慎重理解學生想法，並在嚴格要求下，顧及應有的人性尊重和關懷。

重清松雖是平實講述霸凌故事，卻帶出人生各層面重要課題，值得我們深度理解，並需要自行尋找答案。

——張其錚，大學教師、媒體工作者、暢銷書《那些靈魂教我的事》作者

每個人心中都有一個十字架，有的人拿著它定著別人的罪，也有著拿著它提醒著自己的罪。

有的罪，儘管經過多長時間，依舊無法在心中抹去，就如同曾被霸凌者的傷口，儘管

生理上以癒合，但心理上始終沒能過去。透過這本書，讓我們檢視自己內心的十字架，願曾受傷的靈魂都能得著安息。

——鄭俊德，閱讀人社群主編

教師好評

本書道盡人類本性及內心的弱點，以霸凌主軸，併入了見死不救、勇氣、弱懦、恐懼、憎恨、自私、原諒、好朋友的定義等情節，突顯出強烈的層次感，細膩的刻化出，你我求學過程中或多或少會發生的霸凌問題。很值得推薦給校園師生閱覽，甚至邀請教育單位及警政單位來一同閱覽。

——林進宏，大安高工老師

重松清很清楚地呈現人性軟弱的一面。喜歡重松清的原因，正是因為他雖然看透了人性，卻總有一份悲憫，讀了他的作品，有一種因為被了解，而得到救贖重生的溫暖力量。

——林宴寬，明倫高中老師

霸凌在人生的每個階段，似乎無所不在，並非學生的專利，然而，如果沒有在適當的時間點，教導並解救有問題的學生，憾事便會無可避免的一再發生。

——林素梅，前屏東女中老師

霸凌絕不能被輕描淡寫的簡化成開玩笑或是惡作劇！從本書的內容，讀者可以深刻了解、感受到霸凌行為對被害人或相關人在身體、心理所造成的嚴重傷害，進而更審慎自身的行為舉止。聖經上說：「與其詛咒黑暗，不如點亮一盞光。」對身邊的人事物，多一點主動、關懷、善意與責任感，讓愛永不止息。

——周柏伶，台中女中輔導主任

在社會中，不屬於受害人也不屬於加害者的占大多數，我想這本書就是寫給這些大多數的人看的，寫給擁有最大力量的「沉默的他人」。如果他們可以從中發現一些什麼，進而意識到自己的確在過程中有義務與權利去左右事件的發展，那麼加害人將有所忌憚，而受害者有了支持，悲劇便可以減少。

——黃瑜婷，前羅東高中老師

「見死不救，誰該負責」：你我都該負責，「愛」讓遺憾不再蔓延，讓人不再成為旁觀者。「把包袱放下」：不接受人的原諒、也不原諒人的，就會轉為罪惡、憤怒、競爭和焦慮，所以饒恕自己，也饒恕他人。

——黃立欣，前台南一中輔導主任

雖然只是文字，卻可以透過作者對事實細膩的描繪，所有的畫面都浮現在腦海中，彷彿自己就是真田裕，正目睹一個永遠不會停止的悲劇上演。如果，你是一位諮商人員，這是一本值得一看再看的書……期望悲劇別再重演。

——陳文進，屏東女中老師

見死不救的人比較可惡，還是霸凌別人的人比較可恨？在素有「日本導演最愛的作家」、「人生問題省思作家」之譽的重松清筆下，他想探討的就是這樣的心情。沒有經歷過霸凌的人很難理解那種被孤立的痛，沒有真正處在霸凌環境裡的人很難感受那種空氣中充滿敵意的呼吸……願世界能多一點溫柔，多一點體諒，不要再有人承受這種折磨，願十字架能真正的被放下。

——楊淳淳，新豐高中老師

書中的小裕與藤俊，以及施與暴力的三島、根本、堺翔平一點也不陌生，他們其實就是我們自己。冷漠和沉默默許了霸凌的存在。沒有人是可以沒來由地被人傷害——不論是身體，抑或是心靈的傷害，然而我們生活的周遭，卻無時無刻都在上演著這樣的場景。試想，若我們能在那個需要我們制止的當下勇於出聲，是否就能少一個受傷者呢？

——廖婉如，前苗栗農工老師

也許，你聽過「蝴蝶效應」，但並不認為自己對他人有多重要；也許，你聽過「養兒方知父母恩」，但你還沒有小孩；也許，你聽過「感同身受」，但深陷苦海的你，沒有人能了解。邀請你來閱讀重松清的這本書！正視人的存在，學著了解自己與保護自己，也了解他人、關心他人、幫助他人與諒解他人。

——劉明亮，士林高商老師

為了你我的昨日與今日，更為了無數孩子的今日與明日，縱然沉重，必須勇敢一讀！

——蔣聞靜，前台中家商老師

相關單位讚歎

看完這本譯文流暢的小說，心裡迴盪不已，重松清把我推動「粉紅T恤反霸凌日」所大力提倡的「旁觀者正義」理念徹底地表達出來了。

我在推動校園反霸凌計畫的生涯裡，收到許多家長沉痛的電子郵件，多所陳述為何旁觀者不站出來，老師、同學在哪裡?因此，我誠摯建議教育者必須研讀這本書，用心體會其中深沉的悲痛與自省。另外，目前霸凌的行為已由傳統的霸凌型態，轉而與網路霸凌糾葛不清，在真實社會中被霸凌者、旁觀者，在網路世界裡都可以轉身一變成為霸凌者。這些複雜的行為問題，更需要從各種角度去思索，而本書的出版，即為目前市面首見的不同角度，文筆流暢，感情描述絲絲入扣，值得被當作推動反霸凌工作充能的重要閱讀書籍。

——李明憲教授，東華大學教授，粉紅T恤日發起人&前台灣國際安全學校認證中心主席兒盟自二〇〇四年開始關注校園霸凌議題，發現在處理霸凌事件，最少被提到的是旁觀者，但這群看似配角的旁觀者，卻可能因為來自內在或外界的指責，而一輩子無法從霸凌事件中退場，就像書裡的主角真田裕雖然不是霸凌者，卻背負了終身的十字架。這本書除了能讓所有的教育與輔導工作者省思處理霸凌時的角度外，相信也能激發更多旁觀者願意挺身而出的勇氣。

——陳麗如，前兒福聯盟文教基金會執行長

試一讀一迴一響

對我來說，閱讀這本書的最大感動，是伴隨著書中角色的成長，對於事件所產生的想法和體悟——尤其是關於「家人的愛」。

——CATRee

這是近期內讓我看了想落淚的書籍之一……一頁頁閱讀下去，心中會湧起一陣又一陣的澎湃及沉痛……

本書雖從霸凌的主題開始，卻從許多不同人的角度去看這事件，而衍生了許多值得省思及探討的問題，是一本描述人性及內心情緒相當仔細且深沉的書籍！

——chun

探討校園霸凌非讀不可的神作。

——Heero

細膩又深刻的文字一點一滴緩慢的流進讀者的心裡，然後就像是沒有出口得以宣洩的水流，只能一滴滴刻進內心深處，所以在讀的時候會覺得心裡頭有點悶、有點痛——會有這種反應，我想是因為……我們都曾經主動或被動地成為書裡頭的一個角色，所以重松清的這個故事離我們相當近，有時候甚至近到讓人難以承受！不過，也因為這樣的深刻，才能讓我們牢記在心上，時刻去反思——唯有真正的反省與畏懼，才能夠讓我們更懂得去尊重、理解他人！

——MRT

這本書令人深思……對社會的冷漠，被傷到的不只是和自己不相干的人……

——Olivia

情節總是像密密麻麻的細針刺得我眼眶泛淚，但我又不想錯過他們從黑暗中掙扎朝向光明的每一步。

——siedust

一開始真田裕以倒敘的方式娓娓道來，那過程首先是令人悲痛，隨之而來的，則是壓抑——無法傾洩而出的情感，哀痛欲橫卻因擔心而無法闡明真相，最後，當救贖來臨時，所有被壓制住的情緒全然流露。

我因為健介的一句表明心意的話而開始止不住的淚流，也才了解到，閱讀中段時我看似平淡的心情，其實全都是壓抑，對於關係人（被害家庭成員）、真田裕、小百合等人滿是心疼。

作者重松清那充滿人生省思的文字，到了最後終於讓人有了如釋重負之感。

——Swallow

這個故事讓我心驚膽跳，重松清的筆觸如此寫實，彷彿一個活生生、血淋淋的案件就在眼前上演。

——vernier

閱讀一本好書，並不難。但是，閱讀一本可以引起共鳴並且同時呈現人類多種心態的書……卻是這麼血淋淋的攤開在這裡。

是的，芬妮說的就是這本書。

——芬妮

期望能有更多的人，思考漠不關心跟殘忍之間的差別。

——起司貝果

這本書帶著無數的情緒，因為角色的不一樣所帶來的傷痛也不同，觀感也更是天差地別，但是也因為每個視野所投射出的感覺不同，才可以深深體會每個角色的痛苦與哀傷，不同的感傷讓我感動得掉下淚水……

喜歡作者這本讓現在許多人都會有感觸的小說。

——野田妹

本書用不同於以往的敍事角度做切入，讓讀者能深入了解旁觀者內心的掙扎和行為背後的動機，在設身處地著想後能靜下心思考：換作是我，又會怎麼做呢？

——夏夏

這本書我看很慢、想很多、眼淚也流不少，正因為我們都曾經或可能是小說中的任一個角色，閱讀時更無法置身事外，一路讀下來心情格外複雜沉重……這是一本意寓深遠的校園小說……誠心希望每個人都該認真讀一回，仔細想一想！

——湛藍

明明不是太用力的作品，卻讓人無法忽視箇中力道，其節奏不疾不徐，情節引力張而不弛，與歲俱增的心緒轉折處理得漂亮，我幾乎是一沾手，就放不下這本書。

——嘎眯

活著本來就會同時面對著陽光和陰影，就算跌得滿身傷，還是可以有著期待幸福和渴望得到寬恕的機會。

——蒼野之鷹

目次

名人推薦 3

好讀強推 4

教師好評 8

相關單位讚歎 12

試讀迴響 14

一 死祭 23

二 見死不救 63

三 至交好友 101

目次

四 畢業 139
五 告白 197
六 離別 263
七 那個人 331

當那傢伙悲鳴至死，
我們的人生才剛要開始……

第一章　死祭

1

稱我為至交好友的他，在信上寫著：「謝謝你願意當我的好朋友。」

老實說，我有點意外。我們的確從小就認識了，小學的時候還經常玩在一起。不過，我自己也搞不清楚我們到底算不算得上是好朋友。至少在那個時候——國二的時候——如果有人問我：「你的麻吉是誰？」我大概不會提到他的名字。

可是，他似乎把我當成好朋友了，而且還是唯一的一個。

我跟他根本就合不來！男生之間的友情，或許也有所謂的「單戀」吧？如果真的有，我說不定算是狠狠把那傢伙給甩了。

他叫我「小裕」，因為我的名字是真田裕；他，則是「藤俊」，因為他叫藤井俊介，所以暱稱「藤俊」。小學五年級的時候，當這種稱呼方式在朋友之間流傳開來，他看起來似乎頗為開心，還這樣說：「藤俊，猛一聽很像不死鳥[1]耶！」藤俊、不死鳥、藤俊、不死鳥——雖然我並不覺得聽起來很像，但又覺得對著笑咪咪的藤俊挑毛病滿殘忍的，也就沒有反駁他了。

藤俊，就是這樣一個傢伙，個性雖然老實、開朗，卻有一點幼稚，一直到上了國中都沒有變。漸漸地，我愈來愈少跟他玩在一起，即使見了面，往往也說不上幾句話；就算國二時被分在同一個班上，我們之間的關係也沒有因此變得特別親近。

仔細想想，雖然藤俊一直是「小裕」這樣親切地稱呼我，我卻老是直接喊他的名字，在這一點上，我們也沒什麼默契。

在這當中最沒默契的是，他在信裡面寫上「謝謝你」這件事。

這……不對吧？這一定是哪裡搞錯了！如果某個人對你說了一聲「謝謝」，一般人通常都會回答「不客氣」吧？不過，我卻說不出口，對於藤俊所說的「謝謝」，我能回應的話只有——

「對不起。」

為什麼藤俊要在信上寫下那些東西呢？無論我怎麼想，都想不透。

但是，這個問題已經沒辦法向本人求證了。

因為藤俊寫的那封信，是一封遺書。

他去世的那天是九月四日。再說得詳細一些的話，是在一九八九年——也就是年號從「昭和」改成「平成」那一年的九月四日。

下學期的開學日是九月一日，而那年的九月一日是星期五。那時學校還沒開始週休二日，所以星期六還是得去上學，星期日才放假。九月四日星期一那天，像平常一樣到學校上課的他，當天晚上在自家庭院的柿子樹上吊了。藤俊並不是不死鳥——當懸掛在柿子樹上的藤俊被父親發現時，他的心跳已經停止了。

遺書最後面寫著的日期是九月四日，但「九」跟「四」的數字與「月」、「日」的筆跡卻明顯不一樣。遺書本文以前早就寫好了，直到最後他才將日期的數字填進去。

所以，他並不是因為一時衝動而自殺的。不過，與其說他是有所覺悟，不如說他已經被逼到別無選擇了吧？

他在學校遭到霸凌——很嚴重的霸凌。這些我都知道，因為就發生在我的眼前，但我只是看著，什麼也沒做。念小學的時候我就領教到了——「這其實不算真的霸凌啦……」這樣的話，並不能拿來當作開脫的藉口。

藤俊的自殺事件，被媒體稱為「死祭自殺」，因為他在遺書中寫著：「我，成了大家的祭品。」

---

1 藤俊（フジシュン）的日文發音為「Fujisyun」，不死鳥的發音為「Fusityou」。

遺書是在藤俊火葬之後才公開的。雖然登載在電視、報紙或雜誌上的遺書裡頭，人名的部分已經事先被塗黑了，但我們都知道那些人是誰。就算不想知道，卻也不情願地硬被告知了——就在「死祭自殺」事件被媒體炒得沸沸揚揚之際，遺書的影本也跟著外流。

當中出現的人名共有四個，而我，就是其中之一。

真田裕先生，謝謝你願意當我的好朋友。祝福小裕能有個幸福的人生！

第二和第三個人，是欺負藤俊的團體中的兩個主要人物。

三島武大、根本晉哉，我永遠都不會原諒你們的。

我詛咒你們，下地獄去吧！

第四個人，是一個叫中川小百合的女生。

藤俊向她道了歉。在遺書的尾聲，用PS的方式寫上小小的補述文字。

中川小百合小姐，造成妳的困擾，真的很抱歉。

祝妳生日快樂，要永遠幸福喔！

謝謝。
不原諒。
對不起。
寫下這三種不同的情緒後，藤俊便離開這個人世了。
名字出現在遺書上的四個人，就這樣單方面地背負起藤俊的情緒，邁向往後的人生。
我想說說有關我們這些人的事，雖然那些模糊的記憶、寧可忘掉的往事，或許已經沒辦法確實無誤地一一仔細尋回了，不過，我還是想誠實地把它寫下來。
這是——我與第一個抱著藤俊屍體的人所立下的誓約。

2

九月四日在學校碰到面時，藤俊的樣子看起來並沒有什麼異常。
同時，也一如往常被欺負著。
藤俊開始被霸凌，是在四月的時候。並沒有什麼特殊的原因或理由，「被選中了」大概是最貼切的說法吧！藤俊並沒有做什麼壞事，就只是被選中了而已。
升二年級重新編班時，看到同是三班的其他幾個人——像是三島，還有根本，我就感覺到有點不太妙了。這兩個人從一年級開始就都十分惡名昭彰，他們跳過國二的學生，直接跟三年級的不良分子混在一起，還經常在上課時間蹺課跑出學校。雖然如此，他們兩個人的感情並不好，甚至可以說是誰也不認輸，相互競爭誰比較壞的對手。國一他們分別被分在一班跟五班時還好，如今這兩個人一起待在同一間教室裡，實在不曉得會把整個班級搞成什麼樣子？三島和根本結黨混在一塊兒是很可怕，但要是他們兩個人起了衝突，一定也相當恐怖。所以，在第一學期的班級委員選舉中以五票之差落選時，一想到自己不必負責整合整個班級，就忍不住鬆了一口氣——我，就是這種個性的傢伙。

新學期開始一段時間後，三島與根本一直處於相互牽制、劍拔弩張的狀態。雖然三島的體型比較壯碩，但個頭小的根本也絲毫不示弱。真要打起來，還不知究竟誰輸誰贏呢！

不過，那兩個人後來卻變成朋友了。只有在欺負藤俊的時候，他們才會變成一對好搭檔。或許在潛意識中，他們也試圖在尋找能讓彼此和平共處的方法吧？這時候，在那兩個人的身邊，好巧不巧地就出現了一個像藤俊這樣懦弱又順從的同班同學——一個會說「他們只是在開玩笑啦」、「只是在鬧著玩而已」這些話來替兩人辯解，總是笑口常開的同班同學；一個沒有好朋友會認真替他抱不平的同學。

藤俊，就這麼被他們倆選上了。只要三島與根本兩個人可以心平氣和地待在教室裡，我們的日子就會好過一些，所以，班上沒有一個人站出來替藤俊出頭。

他之所以在遺書裡寫上「我，成了大家的祭品」，就是這個意思。

起初，那兩個人只是一起在下課時將藤俊的東西藏起來或弄壞而已，並沒有很認真地跟他玩「摔角打鬧」的遊戲。他們只是想看藤俊討厭又苦惱的樣子並狠狠嘲笑他，讓自己心情爽罷了。

要說完全不擔心，那也太不老實了！不過我們覺得，反正他們遲早會玩膩的。國一的時候，那兩個人就可以大咧咧地在課堂中離開學校，現在升上國二了，不只下課時間不會乖乖待在教室裡，搞不好連學校都不太會來了吧？這麼一來，藤俊就能夠解脫了，而整個班級也可以安穩度日。

我們都祈禱著，那兩個人會愈來愈壞。所有人都暗暗地盯著他們的背影，祈禱他們會壞到連教室都待不住，最好乾脆離開教室。

事實上，在五月的連假結束之後，那兩個人的確開始在課堂中蹺課離開教室，吃完午餐後便早退的日子也愈來愈多。只要再等一小陣子就可以了！大夥兒都這麼期待著，藤俊心裡一定也是這麼想的吧？

但是，一個人的出現，把好不容易離開教室的兩個人給拉了回來——我們的班導富岡老師。自去年起，富岡老師就開始擔任二年級的班導，他同時也是生活輔導組的副組長。

富岡老師還很年輕，因為念的是體育大學的柔道組，所以身手十分矯健。去年三島與根本會跟國三生混在一起，就是因為國二生被富岡老師盯得死死的。

若依照慣例，今年富岡老師本來應該升上去當國三的班導，但他卻自己提出希望留在國二當班導。他在教職員會議上宣示：「我要導正三島和根本的本性。」那兩個人會被編到同一個班級，也是為了方便讓他盯著他們。

不過，老師卻什麼也沒看到。就算他死盯著他們，卻沒注意到任何一件重要的事。的確，富岡老師只要發現那兩個人有什麼出軌的行為，便會像打地鼠那樣，趕緊出聲喝止。他會處罰他們、恫嚇他們，讓他們不再蹺課，連遲到、早退的情形也減少了。

或許，這些改變已足以讓老師感到放心了吧？所以他開始忙碌於柔道社的指導工作。一旦確定把地鼠打回洞裡去了，他拿著槌子的手便跟著放鬆，視線也不再緊迫盯人。

只是，被關在洞裡的地鼠太無聊了，所以又開始欺負起藤俊。隨著無法到外面蹓躂的不滿持續累積，他們對藤俊的欺負也愈來愈變本加厲。

所謂的「摔角打鬧」，其實只是單純的暴力行為。他們開始肆意制定遊戲規則，肆意宣告：「好！藤俊輸了！」肆意決定以摔角的技法當作處罰的方式。他們不僅把藤俊的教科書或筆記本藏起來，甚至還丟進廁所的馬桶裡。我所不知道的是，五月底之後，他們還會在半夜從自家撥打騷擾的無聲電話給藤俊，甚至也有過不少次——藤俊明明沒打電話訂購，披薩店卻送來了好幾片披薩。

那兩個人很聰明。有時候，像臨時起意似的，他們會突然在教室裡大聲跟藤俊說話。

「我們是好朋友呀！藤俊你如果有遇到什麼困難，隨時都可以跟我們說喔！我們一定會幫你的。」

他們一面用手臂鎖住藤俊的脖子，一面接著繼續說：「我們一定會，一……定會幫你的喔！」然後從後方一邊飛踢藤俊的屁股，一邊又強調：「你要相信我們，真的，因為我們是朋友呀！」

三島、根本與藤俊的確是朋友啊！雖然有點詭異，不過這應該也算是友情的一種。人與人之間本來就不平等，所以這種建立在上下關係上的友情，也並非不存在。況且，如果藤俊真的不喜歡他們這樣對他，他自己想辦法就好了，只要跟家長說或跟老師談談，不就成了？

所以，也只能隨他們三個人去了。

我那時是這麼對自己說的。

三島與根本只欺負藤俊一個人而已，並沒有再招惹我們其他人。據一年級跟他們同班的人所說，跟去年比起來，今年已經好多了，去年同班的同學幾乎每個人都多少被他們欺負過。只不過視線對上了，就有人挨揍；只因為他們想找樂子，就有人的鞋子被丟到體育館的側邊水溝裡。今年可不同了！組成搭檔的三島與根本，就只欺負藤俊一個人。當藤俊被欺負的時候，我們就可以平安無事；相反的，如果他們不再欺負藤俊，接下來就不知道換誰倒楣了。所以，大家都不想勉強自己跳出來阻止他們——在控制人心的恐懼上，那兩個人也相當高明。

藤俊的確成了我們的祭品。

之前寫到，我並沒有想過替藤俊出頭。雖然並非謊言，但說不定也不完全是真相。我們依著自己的意志，將藤俊當作祭品獻給了那兩個人。

直到今天，我仍然這麼認為。

時序進入六月，除了三島與根本外，也出現了跟他們一起欺負藤俊的人。「你也試試看呀！」剛開始是因為無法拒絕那兩個人的要求才跟著做，但後來卻出現了自願加入他們的人。「這麼做，不是也很有趣嗎？」最後，甚至還出現了想出新的欺負招數推薦給他們倆的傢伙……

一共有六、七個人——原本的霸凌雙人組，變成了霸凌小隊。

不知道該說是意外還是諷刺，或是說人類原本就是這種動物。一旦習慣了霸凌事件的存在，之後加入的霸凌者往往更熱衷此道。

當中最狠的一個，名字叫堺翔平。因為我一年級時跟他同班，所以很了解他的個性。一個討人厭的傢伙！卑鄙、牆頭草、愛鬼扯。如果三島與根本欺負藤俊膩了後想找個人替補，這傢伙一定是第一順位。

堺翔平自己大概也心知肚明，所以才會一次又一次地提出新的霸凌招數，拚命努力讓那兩個人持續不斷地欺負藤俊吧？

像是上游泳課時將藤俊的更衣包丟到女生更衣室的地上；玩遊戲輸的時候，用圓規的針來處罰他；口中說：「來玩投接球吧！」事實上則是命令藤俊當標靶，讓他靠牆站著，然後隔著非常近的距離，用橡皮擦丟他……，這些通通都是堺翔平想出來的點子。

不僅如此，堺翔平還在霸凌的把戲中加入了金錢跟竊盜。他把藤俊硬拉進無法用「只是鬧著玩」或「不過是惡作劇」當藉口的事件中——他強迫藤俊去順手牽羊，要他從家裡偷出錢來。

這些我們都不清楚，雖然聽過傳聞，而且聽說事態似乎也挺嚴重的，但卻沒有人想進一步搞清楚狀況。

之後我們才知道，三島與根本比堺翔平更高明。他們稱堺翔平為「藤俊管理員」，並擅自訂立了一條規則——當他們命令藤俊去做某件事，而藤俊沒有做好，便是管理員的責任。正因如此，堺翔平更加凶狠地霸凌藤俊；為了保護自己，他拚了命地折磨藤俊。

雖然堺翔平做了這些事，但遺書裡卻完全沒有提到他的名字；上面雖然寫著永遠都不會原諒三島與根本，卻對堺翔平的事隻字未提。

這件事在藤俊死後成了另一樁悲劇發生的導火線，不過，這一切都是後話了。

「三班的藤井同學，他還好嗎？」

大約是暑假進入後半段的時候，在結束社團活動的回家路上，中川小百合同學這麼問我。足球社的三個男生和網球社的三個女生，有時會剛好在同一時間踏出校門。雖然剛開始時相互視若無睹，後來卻不知不覺開始交談了起來，回家的時候也會走在一塊兒，聊聊作業或第二學期即將來臨的實力測驗之類的事。那天，中川用「對了……」的口吻突然提起這個問題。

在六個人當中，只有我一個人是二年三班的，所以當然是由我來回答。

「還好？為什麼這麼問？」

「他不是被霸凌了？」

看來消息已經傳到了中川待的二年五班了，那麼其他人大概也都知道了吧？五個人同時將視線投向我。

「嗯……雖然好像是有幾個人在欺負他，但是並不是班上所有人都那樣……，」我接著又立刻補充了一句：「我可完全沒動他喔……」雖然覺得這麼回答有點敷衍，不過我還是笑著說：「跟我一點關係都沒有喔！」

中川並沒有跟著一起笑，她繼續說了下去。「前陣子，我在火車站前看到藤井同學，不過他並沒有注意到我。我看到他跟三班的三島與根本走在一起，後來還出現了年齡比較大、看起來像高中生的人。」

要從我們校區到達那個有著百貨公司和商店街的ＪＲ火車站，如果不搭巴士或開車是到不了的，不然就要騎腳踏車——不管使用哪種交通工具，都代表他們的活動範圍已經擴張到那一帶了。

說不定，藤俊不僅是我們班上的祭品而已。

「藤井同學本來是足球社的不是嗎？」

「是呀，但他很快就退社了，約莫是去年五月的事。」

「這麼快？」

「大概是那傢伙沒什麼毅力吧！」

我冷冷地回答。雖然沒什麼特殊理由，卻覺得心裡很不舒服。藤俊就是有這種本事，讓人光看著他就覺得不耐煩——大家也都這麼說。

「攻擊誘發性」、「脆弱性」、「易損性」……，直到我長大後，才知道原來有這些名詞的存在。

「那麼，那時候藤井同學看起來怎麼樣？」網球社中的某個女生問中川說。

「雖然看起來並不像是被逼著跟他們走在一起的，但……」中川將頭偏了偏，「但他整個人看起來沒什麼精神，而且比國一的時候瘦了一些。」

中川去年跟藤俊同班，雖然並沒有特別熟稔，不過在同班的時候，似乎有說過兩、三次話。

「去年有出什麼事嗎？他有被欺負嗎？」

「沒那回事！」面對剛剛那個女生的繼續追問，中川斬釘截鐵地回答：「一年一班是很有秩序的班級。」

這聽起來像是在責怪整個二年三班似的，所以我忍不住回嘴說：「沒事的啦！看起來雖然像是被欺負，那傢伙其實挺得住啦！」

「你剛才不是說，他就是因為沒毅力，所以才會退出足球社嗎？」

「他……就是對足球沒輒嘛！」

「你們班裡都沒有人出面制止嗎？」

中川帶著責問的眼神看著我。我跟她既不是同班同學，包含這次在內，也不過才說過二、三次話，沒想到她竟然是個如此凜然且直言不諱的人。

「我說過『別這樣啦！』之類的話。」

我說謊了。不僅是我，班上沒有任何一個人說過類似的話。

「有跟老師提過嗎？」

有幾個女生有段時間本來打算這麼做，但後來還是打消了主意——大概是因為怕被三島他們報復吧？

「三班的班導是富岡老師吧？那位老師也是生活指導員不是嗎？他都沒發現？」

「他好像很忙。」

「忙？忙什麼？」

「他經常去進修呀、出差呀！還有啊，因為一年級的學生很不乖，他似乎也為此傷透了腦筋……」

那年的國一生可以說是出奇的荒唐，從六月開始，他們就被冠上了「史上最壞」的稱號——據說年輕的女老師在自己擔任班導的班級上，連班會也沒辦法好好開。富岡老師忙著指導國一的生活規範，連休息時間都幾乎沒辦法待在教職員室裡。再加上那一年分區成立了中學生的生活指導加強團體，富岡老師也代表我們學校去參加，所以必須跟其他學校的生活指導組老師一起進修或開會，我們光看都覺得他很忙。

不過，之後我才知道，老師也不是真的什麼都沒察覺到。

期末考時，藤俊的成績前所未有的差，所以期末進行個人會談時，富岡老師繞著圈子問藤俊：「你最近好像不太專注在學習上？」此外，據說他在跟監護人面談時，也拐著彎問藤俊的媽媽：「最近，俊介有什麼不對勁的地方嗎？」不過，藤俊什麼也沒說，藤俊的媽媽也只是歪著頭回答說：「好像沒什麼特別的……」

現在回過頭看，那似乎是最初、也是最後的機會。

不過，藤俊卻什麼也沒向老師坦白。

他自己把機會鬆手放開了。

結束社團活動後回家的我們，話題轉至討論網球社與足球社的一年級生有多自大，沒再提及藤俊的事。直到藤俊死前，我完全忘了曾與中川談論過這件事。

還有機會的啊！真的，那時候也是。

關於九月四日。

那天也跟往常一樣，藤俊又被三島等人霸凌了。因為已經被當成理所當然的事，所以根本沒有任何一個人放在心上。

傍晚六點左右——因為我們住的城鎮比東京偏西很多，所以九月初的這個時間，才正處在傍晚與夜晚的交接點。

彷彿是一直等待她開門的那個瞬間似的，中川小百合結束社團活動才剛回到家，放在玄關的電話便響了起來。

發現電話是藤俊打來的之後，中川鬆了一口氣，接著便報上自己的姓名。

「生日快樂！」

那天，是中川十四歲的生日。

突然從不同班的藤俊口中聽到「生日快樂」，讓中川嚇了一跳。

雖然她只回答了：「啊……謝謝。」但是，藤俊似乎並不在意中川的反應，他繼續往下說：「我現在方便把禮物拿到妳家去嗎？」

據中川之後所說，當時與其說是驚訝，不如說她感覺到自己被冒犯了。

「不方便。」中川毫不遲疑地回絕了。

雖然藤俊接著表示：「我把禮物拿過去給妳就立刻離開。」但是，中川依舊口氣強硬地回答：「請你不要這麼做。」

出乎意料地，藤俊非常乾脆地說了一句「對不起」，接著，直到中川說出「再見」之前，他都沒有再多說什麼了。

好一陣子中川都在擔心，如果藤俊硬是要到家裡來怎麼辦？她煩惱著，到時候該收下禮物好，還是乾脆一點直接拒絕呢？在苦思不得其解的過程中，原本打算慶祝生日的心情也跟著冷卻下來，盪到了谷底。取而代之的，是難以言喻的心神不寧——像把T恤前後反著穿在身上一般，一種彆扭的不自在、不協調感揮之不去。之後中川跟我說，那種感覺說不定就是一種預感吧？

掛上電話之後，藤俊說了一聲「我去一下便利商店」後，便準備出門。那是傍晚接近七點的事，正在廚房忙碌著的媽媽對他說：「晚上七點半吃晚餐喔！」藤俊一邊在玄關穿鞋子，一邊回答說：「我一下子就會回來。」之後，當他從屋簷下牽出腳踏車時，弟弟健介打開了二樓的窗戶問：「哥哥，你要去哪裡？」他抬頭看向二樓，笑著回答弟弟：「便利商店。」

這便是藤俊與家人最後交談的一句話。

藤俊騎著腳踏車到附近的便利商店去寄了宅急便，那是一個裝在書店用塑膠袋裡的小盒子。收件地址是中川她家，當中裝的是要給她的生日禮物——一個復古郵筒形狀的金屬存錢筒。

過了七點半，藤俊依舊沒有回家。當準備好晚餐的媽媽正擔心著藤俊不知跑去做什麼的時候，剛下班回家的爸爸卻說在門外看見了藤俊的腳踏車。

媽媽訝異地朝藤俊的房間走去，弟弟健介則半開玩笑地敲了敲廁所的門，爸爸也走到門外去找他。

幾乎與媽媽發現放在桌上的遺書同時，爸爸在庭院裡看到了垂掛在柿子樹上的藤俊。

這一切，都發生在一九八九年九月四日。

3

關於隔天我們的反應，我想多著墨一些。

那天的回憶，雖然可以輕易地矇混帶過或以偽善的詞藻修飾，卻無法從記憶中抹去。既然如此，不如就坦誠地寫出來。

因為——我無法迴避。

「你是以怎樣的方式，來和那個稱你為『好朋友』的少年道別的？」

這麼問我的那個人，要我把這一切都一五一十地記錄下來。

隔天早晨，教室籠罩著異樣的氛圍。

在白天的班會開始之前，藤俊自殺的事已經在校園中傳了開來。雖然他在自家庭院裡上吊的事實，被亂傳為「在房間裡上吊的」、「在浴室裡割腕的」、「他是把電線的絕緣皮剝掉，全身纏滿電線後通電電死的」……等各種狀況，但關於他自殺的理由，所有的說法都一模一樣。

因此，不可思議地，竟然沒有人對他的死大感震驚。藤俊的死的確讓人有些愕然，但卻稱不上意料之外，似乎每個人都有這樣的預感。大家都想過，如果再這樣繼續被霸凌下去，說不定有一天會……，但卻沒有人曾出面阻止這一切。

我們沒有一個人認為藤俊就算死了也無所謂，但卻也都想過，如果真的發生什麼把藤俊逼死了，也不奇怪。

我們並不期待悲劇的降臨，但卻在無意識間做好了接受悲劇發生的心理準備。九月五日的早晨，我們每一個圍坐在教室裡的人，說不定都意識到——曾幾何時，自己已經做好了這樣的心理準備——並因此感到手足無措吧？

班會開始時，走進教室的不是班導富岡老師，而是副班導大貫老師。他板著一張臉，告訴我們藤俊死於「意外事故」，接著又劈里啪啦地繼續說：「關於守靈跟喪禮舉行的時間，知道後會再通知你們，總之，大家先不要驚慌，一定要冷靜以對。」他很快地講完之後，旋即離開教室。

「大貫是白痴嗎？又不是在做防災宣導！」

笑出聲的，是在班上被歸類於一板一眼的鈴木。出乎意外的傢伙和意料之外的話語，讓大家先是愣一了下，而後笑聲便逐漸在教室中擴散開來，平時跟他比較熟的人，笑得更是誇張。現在想起來，正因為個性比較嚴肅，所以那個時候的鈴木，怎麼也沒辦法忍受那當下的沉默吧！

至於三島他們……

我記不得了。明明他們應該也在教室裡，但當時他們是什麼表情、說了哪些話？不管怎麼回想都沒有浮現任何印象。可以確定的是，他們當時並沒有大聲喧嚷，不過應該也不至於安靜到讓人不得不注意他們才對啊？他們大概不想像其他同學那樣手足無措，不屑與大家一起竊竊私語吧？又或者是，在他們的內心深處，已經打定了什麼主意？

那個時候，還沒有人知道藤俊留下了一封遺書。

午休的時候，校方在體育館召開了全校的臨時集會，校長親自公布了藤俊的死訊。

不過，二年三班全體同學卻被留在自己的教室裡。在校內廣播開始之前，富岡老師便走進教室裡宣布：「班會開始。」

老師的眼睛佈滿了血絲，他的臉色很差，聲音也啞了。

一開始，我還以為是因為睡眠不足——大概是藤俊的死讓他太難過，徹夜哭到天亮的關係吧？不過，事實並非如此。老師站在講臺上看著我們，眼神中滿是失望、滿是憤怒，甚至可能還交雜著憎恨。

「昨晚……七點左右……藤井同學在自己家的庭院裡上吊身亡了。」

老師嗚咽地說著，手放在講桌上支撐著身體。

「原因……你們大概都知道了吧？」

他的語氣不變，粗壯的手指用力抓住講桌的邊角。

「給我道歉！」

他緊抓著講桌邊角的手臂顫抖著，不斷吼著「給我向藤井道歉」的聲音也顫抖著。因為不知道他是對著班上的哪個人說的，反而讓全班每個人都低下了頭。我也一樣，怎麼都抬不起頭來。

「我不是經常告訴你們嗎？我不是一直這麼跟你們說嗎？這世上沒有比霸凌更卑劣的行為了！會霸凌別人的傢伙都是人渣，視而不見的人都是懦夫。我……我不是一直這麼教你們的嗎？你們……你們應該也都懂、都了解吧？」

怎麼聽，老師都像是在替自己找臺階下，彷彿是在強調——他已經做了身為班導應該做的事，與其說是講給我們聽，不如說更像是在說給他自己聽。

實際上，老師並沒有一個個問我們：「知道嗎？聽懂了嗎？」只是在班會或道德教育時間[2]自顧自地說明而已。可是，就算老師問：「聽懂了嗎？」我們當然也只會回答：「聽懂了。」不是嗎？怎麼可能會有別的答案！這就像明明每個人都知道綠燈代表前進、紅燈代表停止，但因為不遵守交通號誌而發生的車禍還是永遠不會消失一樣。

「我好難過，」老師繼續說著：「我真的好懊惱呀……我……」停頓了片刻後，他突然怒吼道：「真是太丟臉了！」他用拳頭敲打講桌的聲響也傳到了我們的耳邊。

我懂。老師的憤怒、難過，我全部都懂。

不過，總覺得好遙遠，覺得自己不知身處何處，也不曉得他在斥責誰——我們似乎只是靜靜地看著這一切。

「我曾經這麼相信你們。」

這句話是叫我們別想逃避責任吧？

「你們背叛了我！」

這句話，應該意味著他自己也是個被害人吧？

我低頭盯著桌上的塗鴉，沒發出聲地嘟囔著：「真骯髒，老師真是太狡猾了！」

逃避責任的人是老師吧？我們也曾經很信任老師啊！我們一直相信著，老師應該會發覺到霸凌的事，等到老師發現了，就一定會採取某些處置……，但老師什麼也沒注意到！就算已經察覺到些微不對勁，還不是放著沒去管？相較之下，最可惡的人不是我們這些藤俊的同班同學，而是身為班導的富岡老師才對。沒錯！對，就是這樣！本來就是這樣，絕對是這樣沒錯！這是理所當然的呀，因為這畢竟是老師該做的工作呀……

就在我穿襯衫似的將扣子一顆顆扣上般自圓其說的同時，教室的後方開始傳來微弱的啜泣聲。

是誰呀？雖然只要回頭看一下就能搞清楚，我卻害怕得不敢回頭——並不是害怕被老師罵，而是有種莫名的恐懼。

老師的話語被打斷了，愈來愈多人開始啜泣。教室的前後、左右、這頭、那頭，到處都傳來哭聲，像是要把我圍困在中間一樣，一點一點地慢慢進逼。

老師也吸著鼻子抽噎地說著：「關於霸凌的事情，我們會再重新調查一遍。現在，要先對……」

才剛要說到藤井同學的「藤」字時，老師便大哭了起來——猶如怒吼一般的號哭聲。同時，他搥打在講桌上的拳頭聲也重疊了，一拳，又一拳。

---

2 日本國中、小學為加強道德教育、深耕道德思想所設立的教學時間，可與各學科或綜合活動相結合，藉以深化道德觀、內化道德感。

「大家要……全班同學都要……祝福藤井同學……祝他……一路好走……」

之後，老師便悲泣到無法言語，他轉而面向黑板，用力地在上面寫下今晚開始的預定行程。

被使勁壓在黑板上的粉筆，發出了嘎吱嘎吱的聲響。

九月五日（星期二）　家族守靈（自宅）
九月六日（星期三）　晚上七點開始正式守靈（市立殯儀館）
九月七日（星期四）　早上九點開始告別式（市立殯儀館）

老師在九月七日上畫了一個圈，背對著我們說：「全班同學都要參加。」

沒有人回話。

「我說『全班』，聽到了嗎？」老師接著又強調說：「但是，絕對不可以去參加家族守靈或正式守靈，絕對不可以擅自行動。聽懂沒？絕對不可以擅自行動！」

扯著嗓子再一次強調「絕對不可以」之後，老師終於轉身面對我們，一面用西裝的袖子擦著眼角的淚珠，一面繼續說：「藤井同學留下了一封遺書。」

教室裡的空氣突然晃動了起來。大家都沉默無語，四周一點雜音都沒有，但整間教室感覺起來卻像颳過一陣風般地搖晃了起來。

「因為我還沒有看過，也不清楚到底寫了什麼……」

老師無力地把頭垂向一旁，吐出一句「不過……」後，說到一半的話就突然頓住了。教室靜靜地晃動著，慢慢地、慢慢地……，緩慢到令人幾乎感覺不到般的，一面大角度地傾斜，一面晃動著。

老師深深嘆了一口氣。與其說他是因為下定了決心把話說出來而嘆氣，不如說是紙包不住火、事到如今不得不說明白才發出嘆息。

「藤井同學的父親……想問清楚一些事情。」

問誰？老師並沒說出口。

他也沒告訴我們，遺書上點名寫到幾位學生的事。

但我們動搖不安的視線卻都略帶閃躲、小心翼翼地投向三島、根本與堺翔平。

「遺書的內容學校會處理，你們不要輕舉妄動，知道嗎？下午的課、明天的課，都要像平常一樣正常學習，至於後天早上集合的時間跟地點，今天放學前會宣布。總之，聽從學校的指示，不要輕舉妄動！」

不知從什麼時候開始，老師說話的語調已經不再帶著淚意了。跟高漲的情感相比，今後該怎麼處理才好的疑惑，大概已經占據他更多心思了吧！

「值日生到辦公室來拿花跟花瓶。」說完這句話，老師便走出了教室。

時間配合得剛剛好，老師才跨出教室門口，空中便傳來了直升機的聲響。

那究竟是媒體採訪直升機，抑或只是剛好經過學校附近的直升機，直到現在我都還沒搞清楚。

不過，直升機的影子籠罩在我們頭頂上的情景，至今想起來依然相當鮮明，而從天空中傳來的聲響，也依舊殘留在我的耳邊，遲遲無法消失。

躺在保健室床上的中川小百合，也聽到了直升機的聲音。

自從早上得知藤俊自殺的事後，她便一直覺得頭痛想吐，所以第二堂課下課後便到保健室去了。躺在床上的她，不但無法入眠，還必須用盡全身氣力，才能忍住幾乎要脫口而出的尖叫。

她渾身發冷，不停地顫抖著。電話中藤俊的聲音，不斷地盤桓在她的腦海裡。

不是、不是、不是的……她一再地在心中重複著，想要打散藤俊的聲音。

跟我無關、跟我無關、跟我無關……她像念咒語般不斷默念著。

沒有必要覺得抱歉，我一點都不覺得他可憐。她強迫自己一定要如此斷定，並堅守這個立場。她害怕，如果自己為藤俊的死感到悲傷，心裡的某樣東西便會在瞬間崩壞。如果說了對不起，如果道歉了，她或許會霎時就將自己捏個粉碎。

她那時還不知道——

不知道自己的名字出現在藤俊的遺書裡，也不知道藤俊將她的生日禮物宅配給她了。

那時的我，也什麼都不知道。

因為我怎麼也想不到自己會被藤俊列為「好朋友」，所以當富岡老師離開後，我便帶著像看以霸凌為題的電視劇拍攝現場的心情，遠遠地、呆呆地望著教室。

既不是主角，也不是配角，我只是個連名字都沒有的A同學——攝影機根本不會對焦在我身上，充其量也不過是個出現在畫面中的模糊身影罷了。

這齣戲，當然有主角。最適合演出反派的那群傢伙，正頂著蒼白的臉，嘰嘰咕咕地交談著。雖然聽不到說話的聲音，但從他們的表情跟動作看來，三島和根本似乎正一起嚴厲指責著堺翔平。

「都是你的錯！」

「都是你欺負他欺負得太過頭了，他才會死掉！」

堺翔平一臉快哭出來的模樣，回嘴說了什麼。不過，三島和根本硬是這麼下了結論，絲毫不退讓一步。

好害怕、好害怕，拚命地想推卸責任是吧？我懂。我冷冷地將視線從他們三人身上移開。你們還真是一群笨蛋！然後邊想著，邊勉強鬆了鬆自己僵硬的臉頰。

不管他們怎麼串供，怎麼計畫把責任都推給堺翔平一個人，都沒有用。因為富岡老師調查事情始末的時候，一定會詢問班上每一個同學，或許還會叫我們寫報告吧？說不定甚至會要我們一個一個輪流在全班面前講出反省的話——談論霸凌的連續劇就會這麼演！然後，不管大家再怎麼害怕那三個人，一定都會勇敢地說出：「就是三島、根本與堺翔平霸凌藤俊的！」

確定犯人是誰了！而我們，就是那些膽小又狡猾的目擊證人，只要說出主嫌，便不用再跟藤俊的死牽扯在一起了。

想到這裡，我鬆了口氣，終於接受了藤俊自殺的事實。

女孩子們啜泣的哭聲還是一直迴盪在教室的四周，隨著她們的哭聲，我在心中悄悄念著：「藤俊他……已經不在了啊……！」

藤俊死了，在十四歲這年，上吊結束了自己的生命。

再也見不到他了。再也看不到他的臉，也聽不到他的聲音了。

藤俊不在了，從這個世界上消失了。

昨天晚上七點明明還在這個世上的，現在卻已經不在了。

這樣，或許比較好吧……

與其每天都被欺負成那樣，死了或許會好一點……

藤俊，你現在輕鬆多了吧？

絕對不能說出口的話，幾乎與打從心底的嘆息一起被嘆了出去。一旦屏住氣息，想說的話便會貼在深處的心牆上，一點一點地滲入心底。

值日生從辦公室拿來了幾朵菊花，供在藤俊的桌上。過大的花瓶，讓原本的悲傷變成難以言喻的淒涼與寒酸。

桌子的抽屜裡空蕩蕩的，沒鎖上的置物櫃中也是空空如也——或許，在我們到學校之前，老師們一大早便整理過了吧？

「開什麼玩笑啊！」三島對著堺翔平大聲咆哮。

「你這王八蛋，我要宰了你！」根本也跟著怒吼。

雖然不知道他們的談話到底是怎麼演變至此的，但是適才縮在椅子裡的堺翔平，現在正低著頭，賭氣般地雙腳不停蹬著地板。

你們就放棄吧！

我瞟了那三個人一眼，又把視線轉回藤俊的桌子。

那張空無一物的桌子，已經不是「藤俊的座位」了……

只要把花瓶從桌子上頭移開，再換上其他任何一個人的桌子，看起來也不會有哪裡不一樣……

一直到後來我才發現，原來這是個悲傷到讓人難以承受的事實。

那天的午休，我所想的全都只是跟自己有關的事。

4

在課程結束後的班會課上，副班導大貫老師又出現了。他發給我們明天召開臨時保護者會議的傳單，並告知守靈與告別式的時間。之後，便像富岡老師一樣，一再地強調說不能去參加明天晚上的家族守靈。

「如果真的很想去的話，必須先向學校申請，並由父母陪同一起前往，絕對不可以自己一個人去！」接著，他又繼續說：「如果有不認識的人跟你搭訕，或是接到陌生人的電話，請立刻跟學校聯絡。幾點都沒關係，辦公室裡一定會有人留守。如果有人追著你一直問問題，即便是認識的人，都不必理會他。總之，不要說任何不該多說的話。」

「知道嗎？懂了嗎？」老師又重複提醒了好幾次。

這些話乍聽起來很直接，卻又微妙地兜著圈子。無論是富岡老師或大貫老師，雖然都非常嚴肅地對我們下達指令，但他們自己臉上卻也掛著困惑的表情與游移的眼神。

學校所擔心的，大概是媒體的採訪與街坊間那出於好奇卻又不負責任的流言吧？既然已推估到這種情形，可見在我們學生還不曉得狀況的時候，事態早已愈演愈烈了。

藤俊的父母親告訴學校，他們打算公開藤俊的遺書。雖然校長、訓導主任與富岡老師都拚命說服他們不要這麼做，但他們心意已決——除了霸凌藤俊的學生之外，校方對霸凌事件的視若無睹，也讓他們的憤怒與不信任感深刻到難以抹滅。

據說，藤俊的父母以「不這麼做，俊介不會瞑目」為由，拒絕了校方的請求。

「等告別式結束後就公開遺書。」他們這樣對來採訪的新聞記者說。本來，藤俊的自殺應該會以「被霸凌的國中二年級學生自殺」為題草草簡短報導便結束的，如今卻突然成了各報社紛紛派出分部大舉採訪的事件——甚至連當地的電視臺都出動了！當天，便有好幾家媒體申請到學校來採訪，而校方也被詢問是否會召開記者會。

雖然媒體窮追不捨，但我們卻什麼都不知道。兒子自殺身亡，而且遺體還是自己發現的——當時的我們，絲毫沒有顧慮到藤俊父親的心情。

一直到放學時間，教室裡依舊未聞往日的開懷笑聲，甚至連原本的啜泣聲也聽不到。大家幾乎都不交談，只是默默地整理書包，然後紛紛逃跑似的離開教室。

如果那時有人可以讓我們談談失去藤俊帶給我們的打擊，該有多好；如果當時有人肯讓我們瞎扯，也許會多少輕鬆一點。

不對，不對，不能說是瞎扯。當天籠罩在教室裡的沉重氣氛，的確是一種悲傷，我們也確實受到了不小的打擊。只是現在想起來，一切，都淺淺的。悲傷很淺、打擊也很淺，就像是習字課時，那本印著淺淺示範文字的字帖一樣——就是覺得在那種時候，就應該要表現出那樣的情緒。一切，只不過是在模仿而已。

對不起。

我必須跟那個人道歉。

對不起，對不起，真的很對不起。一定得不斷地道歉好多次才行。

「我要你答應跟我的約定，並不是為了讓你跟我道歉呀！」那個人應該會這麼說吧？但是我和那個人的關係，的確只能從「對不起」開始。

只是，等到我完成跟他的約定之後，殘存在我心底的聲音又會是什麼呢？

至今，我依舊毫無頭緒。

在足球社參加社團活動時，別班的人問了我許多關於藤俊的事。不只二年級生，連暑假後就退社的三年級生都到社團辦公室來，追根究柢地打聽著——休息時間也一樣！那些討人厭的傢伙，非常令人不耐煩地重複問著相同的問題。

「藤井，真的被霸凌得這麼慘喔？」

「誰欺負他欺負得最凶？」

「聽說有遺書耶，你知道裡面寫了些什麼嗎？」

我搞不清楚，這些是不是就是老師所說的「不該多說的話」。我只說了我知道的事，其他不清楚的便三緘其口。

沒有一個人問——

「藤俊死了，你有什麼感覺？」

結束了足球社的練習回到家後，接著就換應付我老媽了。

不過，老媽跟朋友畢竟還是不一樣的，她不會只單方面問我。藤俊自殺的事、找到遺書的事，早已開始在街坊裡傳了開來，而老媽也都聽說了。所以，我倒是從老媽的嘴裡第一次聽到藤俊在自家庭院的柿子樹上吊的事。

還有，三島、根本與堺翔平的名字，甚至連他們霸凌藤俊的方法，老媽全部都相當清楚。雖然我很想問老媽藤俊自殺時是什麼樣子，不過對她來說，那種事並不重要。雖然她不斷說藤俊好可憐，但其實，說不定她根本早就沒心情仔細去設想他的難過與痛苦，老媽一心只掛念著的是——在藤俊的遺書上，我的名字有沒有被寫在裡頭。

「小裕，不干你的事吧？真的跟你沒關係吧？」

老媽一臉擔憂地重複問著，即使我說了好幾次：「沒事啦！我什麼也沒做。」她還是沒辦法安心。

愈聊愈心煩意亂，所以我騎著腳踏車外出了，時間是晚上七點多——就跟一天前的藤俊一樣，就連目的地也是便利商店。雖然在好幾天後，才透過新聞報導知道藤俊當天做了什麼事，但那一天，就像是被眼睛看不見的東西牽引著一般，我跟藤俊的身影重疊了。

站著翻完漫畫雜誌、正要走出便利商店時，我跟一名快步走進店裡的女人擦肩而過，那是個穿著灰色套裝的年輕女性，肩上還背著一個好大的手提袋。在跟我四目相交的那一瞬間，她露出一臉想跟我說些什麼的表情，但最後還是匆忙地快步直接往店裡走去。

兩天後，我又再次見到了她。她叫本多薰，是當地的地方報紙《東洋日報》的記者。雖然再次碰面時，她並不記得曾經跟我在便利商店擦身而過的事，但我們卻在之後因為藤俊自殺的事件而有很長一段時間的互動。不過，這都是後話了。

步出便利商店後，我騎著腳踏車四處亂走。雖然肚子餓了，但一想到老媽等在家裡的樣子，我就一點都不想回去。

就這樣騎了一陣子之後，我才發現自己竟正騎往藤俊家的方向。真的是在無意識下，只是稍微刻意繞了一點遠路，沒想到卻逐漸往藤俊家接近。在察覺到的那一瞬間，我有點不知所措，但躊躇了一陣子之後，便帶著明確的決心一下下地踩著腳踏車踏板前進。

我們的學區位在人口十幾萬的都市的外圍，街道沿著與鄰近都市交界的河川一同蜿蜒著。一直到我要念小學的時候，我們才搬進父親貸款買的新房子；在那之前，這裡幾乎大多是被農地或稻田圍繞著的老舊農家。

直到祖父那一代為止，藤俊家一直都是務農的。雖然後來田地都賣掉了，但以前留下來的建地依舊比附近其他住宅大上一倍，庭院裡的樹木也長得高聳挺拔，所以藤俊才有辦法上吊在柿子樹上。

河堤上，設置有腳踏車與行人專用的道路，街道的高度比河堤低一些。藤俊的家就在眼前街道最外圍的地方——房屋面對河川，被稻田與農地包圍著。從河堤這邊看過去，一覽無遺。

雖然過了七點之後，幾乎已經沒有陽光了，但是因為只有藤俊家不斷有車輛與人們出入，所以一看就知道是哪一間。

從河堤下去後，便可以到藤俊家的旁邊了，但我卻連走到那裡的勇氣都沒有。我握著腳踏車的煞車桿，跨坐在椅墊上，遠遠凝望著藤俊的家。

屋子附近停了好幾輛車子，每個房間都燈火通明。藤俊的房間在二樓，透過窗戶可以看出裡頭亮著燈。雖然因為拉上了窗簾，所以看不清楚裡面的狀況，但感覺得出來似乎有幾個人在裡頭。

我將視線移往庭院。

主屋附近的區域，灑落著從客廳裡流洩而出的燈光，但更遠的地方，卻被黑暗包圍著，根本無法看清庭院裡到底有幾棵樹，哪一棵是柿子樹。

昨天的這個時候，藤俊就是在那裡上吊自殺的。

如果昨天也有人像我現在一樣，從河堤上專心凝望著這個方向，說不定便會發現藤俊掛在樹枝下的身體。不！在那之前，要是藤俊知道河堤上有人，也許就會放棄自殺了。

根據從老媽那裡聽來的傳言，藤俊似乎把腳踏車放在家門前，連玄關都沒進去，便由建築物與圍牆間的縫隙走到庭院裡去了。

當藤俊從接近廚房的那扇窗戶外面走過時，說不定可以聽到廚房裡的聲響與說話聲；反過來說，如果廚房裡是安靜的，伯母或健介或許就可以察覺到外頭的腳步聲和動靜了。

當時藤俊大概是躡手躡腳地一路走到庭院去吧？話又說回來，人在鑽牛角尖的時候，可能也沒心情想這麼多。走過窗戶外頭的時候，他應該是彎著身子的吧？如果不這麼做，只要透過磨砂玻璃窗，裡頭的人就很可能會看到他。為了走向自己赴死的地點，藤俊真的做了這麼多事嗎？還是說，其實他根本就沒考慮過自己會不會被看到，只是那時候伯母跟健介剛好沒朝向窗戶那頭看而已呢？

心口突然一緊，我無法繼續看著那個庭院，只好轉身面對著河流。河流緩緩、蜿蜒地流著，懷抱著河中央長著茂盛蘆葦的沙洲；河堤上的草叢裡，蟲子鳴叫著；西邊的天空，僅殘留些許夕陽的餘暉。

昨天傍晚，也是這樣的天氣。藤俊或許也一樣從庭院裡看著天空，說不定，他同樣是從河堤上騎著車下去，一路騎回家裡的。

我今天所看著的天空，跟藤俊昨天看的天空，究竟有哪裡是一樣的，而哪裡又截然不同的呢？

我的心口愈揪愈緊，而且還灼熱了起來。我並不覺得悲傷湧上心頭，也不認為藤俊很可憐，但胸膛卻像被針刺般的疼痛、像沸騰般的炙熱。一種之前未曾有過的感覺、無以名狀的情緒——連該怎麼形容都不知道的感受就這樣翻騰襲來，讓我幾乎禁不住想對著天空大吼大叫。

從藤俊家的方向，傳來了男人說話的聲音。在玄關外頭，一個穿著西裝的男人與一個穿著馬球衫的男人正面對著彼此。穿著西裝的男人似乎正要離開，而穿著馬球衫的男人則是出來送客的。穿著西裝的男人兩手一擋，示意對方送到這就好了。「哥，請你陪在小俊的身邊吧……」

穿著馬球衫的男人，用手撐著玄關半開的門，不好意思地向對方點了好幾次頭後說：

「明、後天，還要多麻煩你了。」他的模樣看來非常疲憊——雖然在玄關的燈光照耀下，沒辦法看清楚他的表情，但連我都能感受到他已經精疲力竭。

「總之，哥，你多少也休息一下吧……」

「嗯，我知道。」

「不用顧慮我，請你早點回去小俊身邊吧！」

穿著西裝的男人向後退出了門外，三步併兩步地跑進了停在停車場的車子裡。穿著馬球衫的男人，並沒有把手從門上移開——說不定唯有這麼撐著，他才不會癱軟在地。

車子開走了，穿著馬球衫的男人以九十度鞠躬目送車子離開之後，才把頭抬起來。僅是抬頭的動作便讓他有點踉蹌，他趕緊又抓住了門板。隨著光線的變化，男人的側臉被照亮了——那是一位輪廓跟藤俊十分相似的人。

我將視線移開，用力地踏著腳踏車的踏板。一直到離藤俊家很遠很遠了，我仍然喘不過氣來，只能一個勁兒地騎著腳踏車。

曾幾何時，胸口的炙熱與痛楚已經消逝而去，但取而代之的空洞感，卻像陣陣的風從心口一路穿透身體，再從背後呼嘯而過。我一隻手抓著腳踏車的把手，另一隻手握拳不斷敲打著心窩——「你沒事吧？你在這裡嗎？你沒事吧？不要緊吧？」彷彿敲打門扉般探詢著什麼似的，不斷敲打著。

這一切，就發生在我跟那個人第一次見面的那個時候。

該怎麼稱呼他才好？真難決定。

那個人好像也注意到了。相識已經二十多年，雖然也早就交談過許多次，但我卻一次都沒喊過他。

叔叔——。

藤井先生——。

藤俊的父親——。

不論用哪個稱呼都不對勁。我讀小學時便見過藤俊的媽媽，對她，我明明可以很自然地喊她「阿姨」，但在面對藤俊死後才見到的那個人，我就是沒辦法喊他一聲「叔叔」。

那個人對我也是這樣吧？他始終都沒叫過我的名字。

我會跟他說話，他也會跟我交談，但是，在我們的對話當中，始終沒有出現對彼此的「稱呼」。

斷續從口中流洩而出的絮語，一面微弱地搖晃、飄蕩著，好不容易才傳進了對方的耳朵——這些年來，我們一直持續著這樣的交談方式。

關於這二十年來的故事，此刻，我也正自言自語般地訴說著。
這一切，希望可以傳達給那個人——我如此祈禱著。

第二章 見死不救

1

二年三班全班都出席了藤俊的告別式。

那是一個炎熱的日子，一大早，陽光便宛如回到盛夏般，刺眼而炙熱，蟬鳴聲也大到近乎吵雜。

從學校到市立殯儀館，徒步三十分鐘便可以抵達。雖然有公車可以搭，不過我們並沒有搭乘，而是揮汗如雨地步行走過去。途中，有人突然掐著嗓子小小聲地說：「這根本就是處罰遊戲吧？」四周聽到的幾個人咯咯地竊笑出聲，結果被一旁的老師滿臉兇狠地瞪了一眼。

由於大貫老師與富岡老師先到殯儀館去了，因此陪我們一塊兒走的是五、六位上午沒課的老師。與其說他們是去參加告別式，不如說他們是為了率領……或者該說是為了「盯著」我們。

媒體蠢蠢欲動。昨天，有空的老師們輪流在大門口前站崗；上、下學的時候，車輛通行的道路上，也看得到好幾位老師在巡邏。不論是開家長會還是開班會，老師們都囉嗦地再三交代，絕對不要搭理媒體的採訪電話，也絕對不可以借給他們班上的合照或名冊。

事實上，班上已經有好幾位同學都接到電話了。不過，由於都是家長接到的，而且立刻就掛斷了，所以我們根本不知道那些採訪記者們想問些什麼。這反而讓「媒體好像已經知道遺書上出現哪些名字了」之類的傳言，漸漸地甚囂塵上，並且更加繪聲繪影。

意外的是，沒有人打電話到我家來。雖然有些女生在從補習班回家的路上，會突然開口問：「你是二年三班的嗎？」然後拔腿就跑，但卻沒有人躲著等我，也沒有人在四周監視我。就算跟交情不錯的朋友們略帶不安地笑鬧著問說：「如果出現你的名字怎麼辦？」只要是問到我身上，大家一定都會嬉笑帶過。而我，也會大剌剌地回答：「你笨蛋喔！」當這些話從耳邊輕拂而去，什麼都沒有留下。

相同的狀況，也發生在二年五班的中川小百合身上。她從昨天便開始請假的事，同樣沒有一個人放在心上。藤俊跟中川、藤俊跟我——我們會這樣地牽扯在一起，學校裡沒有一個人，甚至連我們自己也意想不到。

接近殯儀館時，老師們的表情變得更加嚴肅了。他們叫我們把制服的釦子一路扣到領口，就算很熱也不可以用手搧風，手帕擦完汗後就要立刻收好，不准私下交談、不准把牙齒露出來……。

雖然早就聽膩了這些細節，但當殯儀館的大門映入眼簾時，我們也不禁正色了起來。電視攝影機正等著我們；報紙與雜誌的攝影師，也同時對著我們按下快門。富岡老師從殯儀館裡走了出來，直接擋在攝影師前面。「不要拍臉，不是說好只拍背影的嗎？不要跟學生攀談。」老師的聲音斷斷續續地傳進我們的耳裡。

帶隊的老師對著我們說：「不要被影響，隊伍別走亂了，不要看攝影機，不要回答任何問題。」像是事前先說好似的，所有的媒體都只站在門外。我不斷在腦海中重複念著：「只要進到殯儀館裡就沒事了，再忍一下子，只要走進去裡面……就沒事了。我……我幹嘛這樣？我根本不需要這麼緊張呀！」查覺到自己的思緒，我瞬間惱怒了起來。

門邊站著一位女記者，看起來似曾相識，原來是前天晚上在便利商店跟我擦身而過的那位小姐——本多薰。

本多小姐似乎不記得我了，她低著頭，專心地在自己的筆記本上奮筆疾書著。她是怎麼看我們的？又是怎麼描寫我們的呢？是「出席告別式的同班同學們，似乎也受到不少打擊」？還是「哀痛至極」？或是壞心眼地把我們靜靜走著的樣子當作「漠不關心」？

這是第一次——在知道藤俊自殺後的第三天，我第一次體會到自己被擱在什麼樣的處境之中。

所有人都一直盯著我們看。媒體、學校裡的人、街上的人，全都一直盯著我們看。透過媒體報導，將會有更多的人——多到我們無法想像的人——也一直盯著我們看。

我將臉從本多小姐的方向轉開，沒想到卻剛好對上了電視臺的攝影機。我又慌張地將視線移開，卻還是對上了報紙和雜誌社記者的相機。被攝影機或照相機追著跑的，不只我一個人；我只不過是其中的一名學生，既沒特別欺負過藤俊，跟他也沒什麼太好的交情，只是偶然跟他讀同一班，身處在眾多同班同學中的一個人罷了。儘管一直替自己找理由開脫，但我就是感覺到所有的相機都對著我，所有的記者都盯著我。

相機所捕捉到的我，究竟露出了什麼樣的表情？筆記本上又寫著什麼東西？我十分不安，很想知道，很希望對方告訴我，但卻又害怕知曉一切。雖然照理來說應該沒有什麼好怕的，不過，我卻害怕得不得了。

我們低頭走著，穿過了大門。好不容易剛覺得鬆了一口氣的時候……

「總而言之，這班學生就是一群殺人凶手和見死不救的傢伙，對吧？」

從媒體群當中，傳來了一個中年男人的聲音。

我們轉頭看向他。那男人拿著相機，大概是為了試探我們的反應，才故意說得這麼大聲。他冷靜地盯著我們看，在「呸」了一聲後，就一直不停笑著。

「你們這些傢伙，快給我跪下！」

富岡老師臉色大變，朝那個男人逼近。

帶隊的老師們則用雙手護著我們，嘴裡不斷念著：「不要放在心上，不要理他，往前走，腳步不要停下來。」

我們當下就這樣舉步向前了嗎？還是在原地呆站了一陣子？是開始交頭接耳了起來？還是像空氣凍結般沉默了下來呢？直到二十年後的今天，當時男人大聲嚷嚷的話都還迴盪在我的耳邊，甚至連富岡老師跟他爭吵的畫面都還記憶猶新。不過，在那個當下自己究竟做了什麼，卻從記憶中被刪除得一乾二淨。

「我跟你說，」過了好一陣子後，那個男人才對我說：「你們每個人，都應該要一副哭喪樣、滿臉恐懼才對。」

男人的名字叫田原昭之——與本多小姐一樣，身為自由撰稿員的田原先生，之後跟我也有很長時間的往來。

「不過呀，一直到我在那裡說出那種話之後，你們才終於露出了一點來參加喪禮的表情呢！」

事實上，我並不知道我們當時是不是真的露出了那種表情。「我是為了讓你們稱頭一點才會那麼說的，你們應該好好謝謝我呀！」即使他一邊笑一邊這麼說，眼神卻依然如刺般銳利。

田原先生很討厭我們。

「你們這些傢伙，一輩子都得背著見死不救的罪惡感活下去！」

曾經，他這麼說過。

進入殯儀館之後，我們在放置祭壇的大廳前廣場上重新整了整隊。不是很寬敞的廳堂裡，已經坐滿了藤俊的親人；被移到外頭的香爐前面，也站了許多人。雖然聽得見誦經的聲音，卻完全看不到裡頭的情況。我們開始依序捻香，結束後並沒有進去廳內，而是直接返回自己的位置。「捻香的時候，應該可以看到祭壇吧？藤俊的遺照用的是什麼時候的照片呢？如果用的是升上二年級之後的照片，我們就可以好好看看他了。」離開學校前跟同學聊到這件事時，大家都說：「不太可能啦！」

在香爐旁等著我們的大貫老師走向帶隊的老師們，一臉苦惱地歪著頭，不知道在跟他們討論什麼。

「那是家長的要求呀……」大貫老師的聲音傳了過來，而帶隊的老師則回答說：「可是，總之先這麼說吧……」雙方便這樣壓低嗓子繼續交談著。

隻字片語斷斷續續地傳進了我的耳朵——

五班。中川。女生。缺席。頭痛。

當我正納悶中川小百合的名字怎麼會出現在這個場合時，帶隊的老師們聚集在一起朝著這邊——朝著我的方向轉過身來。

連思考的片刻都沒有，大貫老師便對著我揮了揮手。「真田，你過來一下。」

我離開隊伍朝老師們走去，然後被老師一邊說著「來、來、來」，一邊將我帶到離班上同學更遠的地方去。

「真田，你認識藤井的父親跟母親對吧？」

雖然我是直到兩天前，才在河堤上看過藤俊的爸爸，不過我跟藤俊的媽媽卻滿熟的。她是個很有活力的媽媽，念小學時到藤俊家玩，她總是會端出可爾必思給我喝。雖然上了國中後沒什麼機會跟藤俊一起玩，但若親子教育日時在學校遇到她，還是會跟她打招呼。

老師接著說：「他們希望你到裡頭去。」

「到裡頭去？」

「藤井的爸媽說，希望你能進到廳內去跟藤井告別。」

我？我一面指著自己，一面無意識地向後退了一步。

「除了你，他們還說希望五班的中川也能進去，但是中川今天請假沒到學校。」

為什麼還要中川也……

雖然沒出聲詢問，但我的情緒大概都寫在臉上了，老師立刻接著說：「雖然詳情我也不清楚，但據說藤井很希望見到你跟中川。」

位置已經空出來了，藤井的父親和母親也等在那。

帶隊的其中一位老師從身後環著我的肩膀，輕輕按了一下。「要不然，我陪你走過去吧？」沒辦法推辭，我只好拖著腳向前走。

大貫老師他們又聚在一起，說話的表情比之前更加凝重。

我聽到他們提到三島、根本。「不過，如果這樣做的話……」「沒辦法呀，人家爸媽是這麼說的。」「事到如今，也只好……」「我跟富岡老師剛才也聽到了。」「只好對本人說了。」「至於其他的學生……」「唉，沒辦法啦！」大貫老師滿臉焦慮，其他的老師們也一面說著「沒辦法呀」一面嘆息著。

當我終於忍不住停下腳步想要問個清楚時，帶著我走的老師又環著我的肩膀，催促我走快一點。

「三島和根本出了什麼事嗎？」

「什麼事都沒有，快，走快一點。」

才不是什麼事都沒有！

喪家不准三島和根本來捻香。那個人瞪著赤紅的雙眼，對著大貫老師和富岡老師說：

「叫他們離我兒子遠一點！一步也不准接近他！」

校方也只好尊重喪家的決定。

三島和根本被從捻香的隊伍中帶開，老師們向屏風一樣將兩人團團圍住，但還是沒有辦法完全遮住他們。被留在隊伍裡的堺翔平，剛開始還有些搞不清狀況，之後便放心地笑了。就在這個瞬間，曾死纏著藤俊、不斷霸凌他的三人小組，就此分崩瓦解。

當三島和根本被從捻香的隊伍中帶開時，我正擠過香爐旁的人群，準備踏進廳內。

我看到了祭壇，也看到了藤俊的遺照——微笑著的藤俊，留著小學六年級時的髮型。絕對不用國中之後的相片來當遺照，也是那個人決定的。

2

捻香的儀式由藤俊的雙親與健介三人開頭。

藤俊的媽媽看起來非常失魂落魄，捻香時完全無法自己一個人站穩，親戚中的叔叔摟著她的肩膀，但她走向祭壇正前方香爐的步伐，還是東搖西晃——就算她突然癱倒在地，也沒什麼好意外的。她虛脫無力地捻了香，然後雙手合十。眼淚並沒有落下，她的眼淚，恐怕早就乾涸了！從廳堂的後方座位隱約可以瞥見她的側臉，陰影爬上了凹陷的臉頰，那張我所熟知、精神奕奕的臉龐，早已不復見。

藤俊的父親也沒有落淚。不過，跟被悲傷掏空一切，整個人變得魂不守舍的藤俊媽媽相比，藤俊爸爸的背影卻如千斤重般的緊繃沉重——看起來就像身上背負著沉甸甸的、鉛塊般的重物一樣。他低頭站著，低頭捻了香，低頭合掌……，一直到最後，他都沒有抬頭看一看藤俊的遺照或是廳內的任何一個人。

至於健介，則是哭到鼻子都紅了。看著一邊抽噎一邊捻香的健介，四周出席者的啜泣聲也跟著愈來愈大。

比藤俊小兩歲的健介，跟遺照中的藤俊一樣是小學六年級生。我讀小學的時候，也時常跟健介玩在一起。健介非常喜歡藤俊，就算心情很糟，他還是會邊撒嬌邊喊著「哥哥，哥哥」，緊緊黏在藤俊的身邊。一想起他呼喊藤俊的聲音，我心頭也跟著一緊。

說不定，我會掉下眼淚來……。事實上，我並不打算忍住湧上來的淚水……甚至，還會覺得鬆了一口氣——太好了，我終於能為藤俊的死感到悲傷了——我是這樣想的。

輪到我捻香了，我和兩側的人一起走向香爐。

遺照中的藤俊對著我微笑，那是他在說些什麼滑稽的事，或是小小惡作劇時才會露出的笑容。國小的時候，說不定國一的時候也一樣，藤俊大概每天都這麼笑著過日子吧？

大家都覺得，他是個有趣的人。但上了國中後，我才逐漸明白一件事。藤俊耍寶時，多半是拿自己的糗事來開玩笑；為了受歡迎，他甚至會故意幹些蠢事。然而事實上，藤俊並沒有逗大家笑，而是被大家恥笑——他被當成笨蛋、被認為無可救藥、被看不起、不被尊重……正因如此，他才會成了我們的祭品。

雖然想保持冷靜，但我捻著香的手指卻不斷顫抖，連合掌時都沒辦法順利對齊手掌。

藤俊……

胸口裡的溫熱一路攀到眼裡。

藤俊，我……好難過。

對著遺照，我在心底喃喃自語著。

再見了。

下次再投胎，不要再被欺負了，不要再被大家當笨蛋了。雖然那些人生起氣來很恐怖，但就算一直被欺負，不要去上學就好了，為什麼要自殺呢……

我的眼皮熱熱的、重重的，在一般的狀況下，應該早就淚流滿面了，但此時此刻，我雙眼卻依舊又乾又澀，就算屏著呼吸用力閉上眼皮，淚水還是欲流還休。我只好無奈地向遺照鞠躬，並跟著兩側的捻香者一塊兒向藤俊的父母與健介行禮。他們三個人都向我們點頭回禮，但卻都沒有看我，無論是眼神空洞的藤俊媽媽、低著頭的藤俊爸爸，或是出神看著祭壇旁供花的健介，都只是下意識地對著來致敬的祭拜者點頭致意而已。

回座前，我探頭看了看廳外。同學們站在外側香爐的附近，朝著祭壇的方向合掌祝禱著。大約已經有一半的同學捻完香，在廣場上重新整隊。而我，雖然非常疑惑是不是該回到行列中，卻還是坐回了原本的位置。眼皮上的灼熱感，不知已在何時消失——這是悲傷的最大值了嗎？到那樣的程度就結束真的好嗎？我並沒有落淚哭泣，我甚至還能很不可思議地冷靜清晰思考，想著要是錯過了那個時機，之後大概就再也哭不出來了吧？

所有人都捻完了香，和尚誦經的聲音也停了下來。為了準備起棺，所有來祭拜的人都必須先暫時退到廳外去。在我正打算趁亂回到同學們那裡時，一位從祭壇走過來的阿姨出聲叫住了我。

「真田同學……對吧？」

「你跟我來一下，」她說：「俊介的媽媽想跟你致意。」

雖然摸不著頭緒，心裡頭也不願意，卻無法開口拒絕，我只好跟著她走到祭壇前。

藤俊媽媽呆坐在摺疊椅上，直到阿姨出聲喊她，才突然回神般地抬起頭，映在削瘦臉頰上的神情也跟著緩和了一些。

「小裕……謝謝你過來。」

她用微弱的聲音開了口，靠著健介的攙扶，才搖搖晃晃地站起身來。

「你一直都跟俊介很要好……謝謝你，真的謝謝你。」

或許是因為話題讓她的情緒激動起來，藤俊媽媽睜開了凹陷的雙眸，「嗚嗚、嗚嗚」小小地嗚咽出聲。她應該是在哭泣吧？只是，眼淚早就已經流乾了，所以只能發出嗚咽的聲音——說不定，從她充血的赤紅雙眼所擠榨出來的，並不是眼淚，而是某種像血一般的東西……

「俊介……已經沒辦法再跟小裕一起玩了……」

我沉默地低下了頭，實在是不知道該怎麼反應才好。

「等等，你再看看他吧？」

我的背脊瞬間僵硬，連呼吸也變得困難了起來。這時候，正好是棺木從祭壇上被抬下來放置在檯車上的時候。

我這才第一次注意到——雖然是理所當然的事，但我卻一直到這時候才察覺到——在此之前，我一直只看到藤俊的遺照，藤俊他……，已經不在這世上了，但是藤俊的遺體就在這裡，在只離我二、三公尺，不，是更近的地方。

葬儀社的女員工將供花用的菊花拿下來，放在檯車上，遞了一朵給站在牆邊的藤俊爸爸。方才擔任告別式司儀的男人拿起麥克風說：「接下來，我們將開放瞻仰故人儀容。請手拿一朵花，將它放進棺木中。」接著便打開了棺蓋。

「小裕。」

藤俊媽媽步履蹣跚地走到我的身邊，緊抓著我的手臂。動不了！如果此時我向後退一步，大概會直接癱倒在地了吧！

「小裕呀，你跟俊介……到最後都一直是朋友……都一直是好朋友，所以小裕……」

朋友？

好朋友？

我整個人呆愣在那裡，雖然知道得有些反應才行，就算說不出話，把頭低下來也好，但我的整個背脊卻僵硬得發疼，絲毫無法動彈。

「謝謝你，謝謝你啊，小裕。這段時間以來，真的非常謝謝你……到最後都對俊介這麼好……」藤俊媽媽一直緊緊抓著我的手臂，一邊說，一邊埋頭嗚咽著。

健介就站在藤俊媽媽的身後看著我，用他那雙哭腫的雙眼直直地瞪著我。我畏縮地想要回避他的視線，但在那之前，健介早就別過臉、轉過身背對著我，就像是想要擺脫什麼髒東西似的。他手拿著菊花的背影，看起來就跟藤俊爸爸捻香時的背影一樣沉重。

葬儀社的人在催促了，一直緊抓著我手臂的藤俊媽媽，終於抬起了頭。

「跟他告別……去獻花給他吧……」

「走呀……」她拉著我的手臂，想將我帶到裝飾著花朵的檯車旁去。

可是，我的腳卻動不了。我並不是拒絕獻花給藤俊，真的，但是腳就像黏在地板上一樣，動也不能動。

健介再次向這樣的我瞪了一眼，然後又別過臉去。他摟著藤俊媽媽的肩，將她從我身邊帶開。接著，藤俊爸爸拿著花走了過來。

這是我第一次跟他面對面——就跟我在親人守靈那一夜所看到的一樣，他跟藤俊長得很像，成熟卻略顯怯懦的臉龐、體格都跟藤俊很像，雖然個子比較高卻很纖瘦。

當我正打算跟他致意時，他遞出花的手卻突然停了下來，低聲問我。

「你是他的好朋友嗎？」

他凝視著我，眼神雖然不像健介那般尖銳，卻更陰沉。

雖然沒辦法說「不是」，但也沒辦法回答「沒錯」。

他什麼也沒說，只是持續用陰鷙的眼神凝視著我。

廳堂內已經聚集了要參與獻花與瞻仰儀容的人群，班上的同學並沒有在裡面。一個人代表全班同學進入廳內的富岡老師，一臉狐疑卻又擔心地看著我。

「不好意思，時間差不多了……」葬儀社的人出聲提醒藤俊爸爸。

像是想壓抑住湧上的情緒，藤俊爸爸聳起肩膀大大地吸了一口氣後，才對我說：「你不是他的好朋友嗎？為什麼……為什麼沒有幫他呢？」

他拿著花的手顫抖著。

「你是他的好朋友吧？那你為什麼……」

才剛剛察覺到花啪噠一聲地從他手上落下，我的領口就被抓住了，身體也被用力地搖晃著……

「為什麼……為什麼你沒有幫他……？」

瞬間，我的眼前一片雪白。像是身處在充滿光亮的世界一般，被刺眼的光芒閃得一片空白。

富岡老師擋入我們之間，想把我們倆分開，親戚和葬儀社的人也過來制止藤俊爸爸。原本抓著我襯衫領口的手被拉了開來，拉扯的力道讓我的身體順勢向前撲倒。

雖然張開雙腳用力支撐著，但全身的力量仍像是突然被抽光了一樣，我雙膝落地，手撐在地板上，手邊則落著剛剛從藤俊爸爸手中掉下來的菊花。沒有什麼特別的原因，幾乎是在無意識的情況下，我維持著四腳著地的姿勢，拾起了一片散落的花瓣。

我完全找不回一絲力氣站起身來。富岡老師彎下身子對我說了些什麼，但是我根本就聽不清楚。

親戚們不斷安撫著藤俊爸爸，其他人則圍著藤俊媽媽，不斷地安慰她說：「沒事、沒事……」「什麼都不要擔心。」這些人都不是打從心裡想保護我的吧？他們應該只是不想讓藤俊的爸媽更傷心難過，所以才阻止我們的吧？

「真田……」

終於，富岡老師的聲音終於傳進我的耳裡了。

「好了，今天你就先回去吧！待一會兒，我會好好送藤井最後一程的。」

我不要，讓我見藤俊一面，我一定要好好跟他告別。如果我當初這麼說，老師會怎麼應對呢？藤俊爸爸會原諒我嗎？藤俊媽媽其實是希望聽見我這麼說吧？

但我沒說出口，只是把拾起的花瓣放回地上，站起身來。

藤俊的爸爸看著我。原本早已做好覺悟會對上他充滿憤怒的眼神，但實際上卻沒有。藤俊爸爸的視線比之前更加陰沉、更加悲痛，感覺雖然近在眼前，實則遙遠——就像從遙無止境的遠方照射出來的繁星光芒一般，他的視線雖然看似觸手可及，卻根本碰不到。

從那一刻起，藤俊的爸爸便成為了「那個人」。

3

到頭來，我還是沒能跟藤俊做最後的告別。

我一個人走出了廳堂，刺眼的陽光照得我兩眼昏花，眼前的風景也隨之頓失顏色。不過，多走了幾步，眼睛習慣了強光，風景也就重拾了色彩。

蟬鳴聲傳入耳中，一直到此時，我才意識到，剛剛自己一點聲音都聽不到。

為了目送棺木出殯，班上同學在廣場上列隊等候。大貫老師注意到我後，一臉驚疑地問：「你已經跟藤俊告別了嗎？」因為懶得說明經過，所以我回答說：「嗯。」老師則若有所思地點了好幾次頭：「是喔，嗯嗯，這樣啊……。」

「事情不得了了，在你到裡頭去後……」回到隊伍中後，旁邊的須藤小聲地告訴我，三島和根本被禁止去捻香了。那兩個人好像被帶隊的老師帶到殯儀館的辦公室去——不只不讓他們捻香，連目送棺木出殯都不被允許。

「藤俊的爸爸好像氣壞了。」

「嗯嗯……」

那個人的臉孔浮上腦海。

這句話在耳邊縈繞不去。

我問：「只有兩個人嗎？」

「對呀，」須藤迅速且機伶地回答我的疑問，接著偷偷指著站在隊伍前段的堺翔平，壓低嗓子說：「只有三島和根本喔！」

「為什麼……？」

「對啊……」

「難道是因為不知道他也有份？」

「會不會是因為遺書上只寫了那兩個人的名字？」

「但是，接下來可就不妙囉！」須藤接著又說：「你不覺得接下來情況會變得很糟糕嗎？三島和根本一定氣炸了。」

的確，堺翔平今天顯得分外穩重，理由絕對不只是因為今天大貫老師他們盯得很緊，應該是被不安的情緒所驅使的關係吧？我了解，不管他對藤俊做了多少過分的事，他其實一直是一個懦弱、小奸小詐的傢伙。如果三島和根本火大了，那傢伙除了想辦法賠罪、乞求他們原諒之外，大概什麼事也做不成。

「小裕呢？為什麼只有你進到廳內去？」

我沒有辦法立刻回答出來，也不好胡亂瞎扯，只得歪著頭，故作輕鬆地說：「他們聽說我跟他是好朋友。」

「什麼？為什麼？你跟藤俊感情並沒有特別好呀？」

任誰都會這麼想。

雖然我已經想結束這個話題，但須藤卻一直「為什麼？為什麼？」的追問。「會不會是因為藤俊自己就這麼跟他的家人說？」

「……我也不知道。」

「要不是這樣，再也沒有其他可能了啊！因為富岡和大貫老師也不可能說這種話。」

「就跟你說我不知道了！」

「該不會是——你的名字也出現在遺書裡了吧？」

我的確這麼想過，所以只好點了點頭。不過，此時我腦袋裡所思考的，並不是自己的事情，而是——中川小百合的名字，說不定也出現在遺書裡。

不過，為什麼呢？

怎麼會提到她呢？

當須藤還在自言自語著「真是想不透呀……」的時候，靈車在廳外停了下來。來替藤俊送行的人紛紛合掌，親戚們則將棺木從廳內運了出來，我們一行人也跟著雙手合十。雖然好幾個女孩子都啜泣了起來，但我想，不論情緒多激動，我大概都哭不出來了吧……

我體內的某個人突然冷漠地出聲：「你這傢伙根本沒資格掉淚。」

我什麼也沒做。問班上的誰都好，我甚至想抓住那些雙手合十的人，一個一個跟他們好好的確認清楚——我跟三島那些人才不一樣，無論是傷害藤俊或逼得他走投無路，抑或是鼓勵他、安慰他，我完完全全、什麼事都沒有做過。

正因為什麼也沒做，所以我才會被那個人抓住領口。這也是為什麼在進入殯儀館時，我跟班上的同學會被田原先生罵說我們對藤俊見死不救。

為了等待棺木被送進靈車裡，殯儀館外的媒體們紛紛跑到廣場中來。

我之後才知道，雖然那個人果決地回絕了媒體對告別式的採訪，卻允許媒體進來報導喪家的致詞——與其說允許媒體採訪，倒不如說他非常希望有機會能站在攝影機或麥克風前發表一些談話。

那個人將麥克風拿在手裡，低著頭，有些膽怯地站在一排攝影機前，精疲力竭地向鏡頭鞠躬行禮。他問好的聲音很小，小到幾乎聽不清在說什麼。根據站在全班隊伍最前面的小山轉述，他說話的內容就像在連續劇中聽到的一樣，是相當制式的喪禮致謝詞。

最後，那個人抬起頭來，望著遠方的天空說：「好不甘心……我真的好不甘心！」相機的快門聲此起彼落。

或許是正努力強壓著內心湧上的情緒吧？那個人全身顫抖著，雙手重新用力地握住麥克風，接著說——

「不過我想……最不甘心的人，應該是俊介。他一定很不甘心，不甘心到他再也無法忍受了……」

身旁的藤俊媽媽發出了嗚咽聲，而低頭抱著遺照的健介，像是將藤俊與雙親的不甘全部都一股腦發洩出來一般，眼珠向上怒目瞪視著我們。

「我想，俊介……一定很不甘心吧？」

田原先生快速的離開媒體陣的人牆，來到我們的前面，毫不遮掩地拿著相機，從正面對著我們拍。他一次又一次地閃躲前來阻擋的大貫老師，一邊改變著相機的拍攝方向，一邊不斷按著快門。

他究竟想拍什麼？

很久之後，田原先生才告訴我，他想拍攝的是，當最後那個人在說話時，我們臉上的表情——那個人在面對我們這些對藤俊見死不救的同班同學時，究竟會說出什麼樣的話？而聽到這些話時，我們的臉上又會浮現什麼樣的表情。

「一定會成為很好的回憶吧？要是叫你們在畢業紀念冊裡放上這些照片的話……」

田原先生邊笑邊說，接著還補充了一句：「我是認真的喔！」

那時觀察著我們的，還有另一個人——本多小姐。她一面將那個人所說的話記在筆記本上，一面不時地將視線瞥向我們。

「我那時想，藤井同學的爸爸最後一定會對你們說些什麼。」

跟田原先生一樣，本多小姐大概也想親眼看看，在藤俊爸爸對我們說話的瞬間，我們臉上會出現什麼樣的表情吧？

「無論是一臉動搖不安或面無表情，總而言之，一切都從那個片刻開始……」
藤俊的人生畫下了句點，我們的漫長旅途卻才剛要開始……
「艱辛又漫長的旅途啊……」本多小姐這麼說道。
「而且，連該在哪裡畫下終點都不知道。」
她寂寞地苦笑著。

不過，那個人最後所說的話，卻在田原先生與本多小姐的預料之外。
他將看著天空的視線緩緩下移，對著媒體群說：「不好意思。」
「在俊介的面前……已經……不想再造成那孩子更多的困擾了……所以……」
他嘆了一口氣，搖了搖頭，再次說了一句「不好意思」，向大家抱歉。
接著他轉身面向門扉左右敞開著的靈車，凝視著棺木，沉默了一會兒。
「小俊呀……」他用跟小孩子說話的方式輕聲地開口：「對不起，爸爸跟媽媽都沒注意到……真的，對不起……」
他向前深深彎下了腰。
藤俊媽媽的嗚咽聲更加清晰。她哭泣著，原本以為早已經乾涸的眼淚，撲簌撲簌從她的雙頰滾滾而下。

田原先生面對著我們，又按了一下快門。
本多小姐只在筆記本上寫下了三個字——
十字架。

本多小姐告訴我，責難的話語有兩種。
一種是如刀似劍的話語。
另一種是如十字架般的話語。
「其中的差別，真田同學懂嗎？」
在我為了升大學到東京去之前，她曾經這麼問過我。那時我剛滿十八歲，而本多小姐則剛滿三十。
對著不知怎麼答話的我，本多小姐表示：「雖然沒辦法用言語回答我，但說不定其實你已經深切地感受到了……」接著，她又繼續說：「如刀似劍的話語，就像一把刀直接插在你的胸口上。」
「嗯……」
「會讓人很痛苦吧！說不定會讓人痛到無法站起身子，甚至就這樣一刀斃命。」
不過……「被刀子刺中胸口時，最痛的也只有被刺中的瞬間。」

如十字架般的話語就不同了。

「如十字架般的話語，會逼得你不得不一路背負著它往前走。就算覺得愈來愈沉重，依舊不能把它放下來，也不能停下腳步。只要你還繼續往前走、繼續活著，就得永遠背負著這樣的話語。」

她並沒有問我覺得哪個比較好。

就算她開口問，我也沒辦法做出選擇。

「你覺得是哪一個？」她問了我另外一個問題：「你是被刀刺中了呢？還是背負著十字架呢？」

我沉默無語。

過了一會兒，本多小姐才說：「對，你答對了。」

4

藤俊的遺體被火化的那天晚上，那個人向媒體公布了藤俊的遺書。隔天早上電視跟報紙就都有所報導，但被下了「死祭自殺」標題的報導，則出現在數天後出刊的週刊上。

於是，我們所居住的城鎮與就讀學校的名字被傳得人盡皆知，我們被籠罩在全國的責難之下。等到這些言論與事態逐漸平息，已是將近一個月後的事了。在那段期間中，學校召開了許多次全校集會與家長會議，也對二年三班的全體學生進行了個別調查。

雖然遺書上提到的四個人名在公開時都被塗黑了，但在藤俊的告別式隔天，我們就已經知道那四個人是誰了——並不是因為誰費盡心力解開了謎團，而是因為到處都看得到名字沒被塗黑的遺書影本。

學校的正門上貼著，學校附近的城鎮公布欄上也貼著，電線桿上、公車站牌上、行人陸橋上都貼著。雖然老師們在學區中四處來回撕除被貼在各處的遺書影本，但半夜就又有人貼了回去，隔天早上老師們只好再去撕……就這樣你撕我貼持續搞了三天之後，第四天終於畫下了句點。

雖然推測應該是某個與媒體有關的人士做的，但並沒有人打算出面調查。

另一方面，對於遺書上提到的四個人來說，鎮上或學校的人究竟知不知道，事到如今似乎也已無關緊要了。

告別式當晚，我們家便接到了媒體的採訪電話。「聽說真田同學與死去的藤井同學是好朋友，」民營電視臺的女性導播在電話中說：「什麼事都可以，能請你告訴我們一些關於藤井同學的回憶嗎？」

那位導播說：「盡量說些美好快樂的回憶就可以了。」

不過，我按照學校所交代的，只回答一聲：「不知道。」便掛了電話。

但是隔沒多久，電話又響了。這次是週刊的採訪記者，是個年輕的男人。「如果你手邊有藤井同學的照片，可以借給我們嗎？」他這樣問道：「如果方便的話，請盡量挑一些有活力、有歡笑的照片。」

當我回答「我沒有」時，對方的聲音變得有點生氣了。「怎麼可能？你們不是好朋友嗎？總是有幾張照片吧！別擔心，我會把你的臉馬賽克掉的。」

「我真的沒有他的照片。」

我並沒有說謊，我跟藤俊一起拍過的照片，只有和全班一起的大合照。

「我絕對不會替你製造麻煩的。」雖然我已經這麼說了，但記者還是不肯罷休，緊緊追問著我不放。最後，只好請爸爸接電話，代為拒絕。

類似的電話，隔天，甚至再隔一天，都不斷打進家中。那時，我家裡的電話還是有線的，也沒有留言或直接切斷響鈴的功能，所以除非把電話接起來，否則鈴聲只會一直不停地響著。而且，就算把電話接起來再直接掛斷，同一個人又會立刻再撥電話進來。有的人甚至會直接跑到我家附近來，還有人連一通電話也沒打，就直接跑到玄關來按門鈴。

這樣的情形讓我的父母親不堪其擾。

而我，更是不知所措到不行。

如果藤俊還活著，我真想對他抱怨說：「你這傢伙到底在想什麼啊？別開玩笑了！」

但是，藤俊已經死了。在擅自把我當作好朋友後，他就這麼死了。在遺書裡，他最後留下的文字中出現了我的名字。「謝謝你願意當我的好朋友。」這句話，不只讓我很有意見、覺得莫名其妙，同時也給了我無法逃避的重擔。

為什麼，藤俊會選擇我呢？難道是因為就算有其他從小就認識的朋友，但在二年三班裡只有我一個人跟他是舊識嗎？真的只因為這樣嗎？就像他被當成班上的祭品一樣，我被他當作好朋友應該也只是偶然吧？我一面這麼希望，一面卻又期望事實並非如此。

遺書公開四天後的晚上，我第一次跟田原先生通上電話。

客廳裡的電話響起來時，爸爸還沒從公司回來，媽媽則正在洗澡。

「我之前打了好幾通電話來，你媽媽都跟我說你不在。」

真是不客氣呀！

原本打算直接掛掉電話，但想到富岡老師說過：「如果對方採訪的態度惡劣，請問清楚對方公司的名字，然後立刻跟學校聯絡。」於是我開口問他：「請問您哪位？」

沒想到，田原先生很乾脆地報上了雜誌的名稱與自己的名字：「《觀點月刊》。」

這雜誌爸爸有時候會看，是一本沒有泳裝美照也沒有賭博資訊，只塞滿了密密麻麻文字的雜誌。我後來才知道，對於寫文章的人來說，能在《觀點月刊》工作便代表能獨當一面。如果當初接到電話時，我就知道《觀點月刊》在出版界的崇高地位，或許就不會被田原先生粗魯的語氣搞得不知所措，反而會懷疑他是個冒牌記者吧！

「你不記得我了嗎？告別式那天我有跟你們說話。」田原先生毫不在意地說：「我那天對著你們說：『你們這些見死不救的傢伙，給我跪下！』」

我刻意加重語氣地回答他：「當然，我怎麼忘得了？」

早知道剛剛把電話掛斷就好了，不對，現在就應該立刻掛掉才對。

田原先生放軟語氣：「不好意思喔，我那時候說得太過分了。」接著又繼續說：「為了向全班同學道歉，所以我才打電話來。」

我緊繃的情緒，稍微緩解了一點。

田原先生接著用更親切的聲音說：「你跟藤井同學是好朋友對吧？」

一時遲疑，我便錯過了回答「不是」的時機。

「那麼……你很震驚吧？」

由於不知道該怎麼辦，我只好回答：「嗯……」

「果然會很震驚啊，畢竟你們是好朋友嘛……，我懂！」

我當時應該要注意到的——他柔軟的語氣中帶著些許的諷刺。

「雖然你們是好朋友，不過你卻什麼都沒做，是嗎？」田原先生持續著相同的談話節奏，卻突然出其不意、口氣嚴厲地說：「這根本就是見死不救呀！」

我就像被他引誘到跟前的獵物一樣，無處可逃。我全身僵硬，連把話筒放下或切斷電話的動作都辦不到。

「就是這麼一回事吧？沒有其他更貼切的說法了。難道不是嗎？所謂的『見死不救』就是這麼一回事！」

像是在譴責我一般，田原先生接著問：「關於這件事，你現在有什麼感覺？」等不到任何回答的他，立刻尖酸挖苦地笑了起來：「多少有點後悔吧？雖然說——該怎麼做人這檔事，學校的確也沒教你們。」

我不但覺得後悔，也覺得很對不起藤俊。而且，如果再不說些什麼，他大概會說出更難聽的話吧！

於是，我小聲地說：「我很後悔。」

「那麼，你打算怎麼辦？」

「打……打算怎麼……辦？」

「我是問你，既然對自己的行為感到後悔，那你之後打算怎麼做？」

我還沒來得及回答，他便接著說：「難道你什麼都不打算做？」

「那可就不妙囉！喂，我說你呀……」接著，他又發出了奚落的冷笑。

我好想好想哭。

悲傷、後悔，以及被田原先生牽著鼻子走的恐懼……，所有情緒全都交雜在一起。

「欸，就算你真的做些什麼，也挽回不了什麼了啦！反正學校大概只會叫你們寫篇反省文之類的吧？但這根本一點意義也沒有。」

我也這麼認為。雖然富岡老師說會將全班的反省文供在藤俊的祭壇上，並讓藤俊的雙親過目，但那些文章究竟能不能讓藤俊跟他的雙親感到欣慰，我們根本無從得知——就連老師自己，大概也不太清楚吧……

電話的那頭，傳來了田原先生的嘆息聲，那是超乎我想像，深沉且悲痛的嘆息。

「藤井同學的媽媽已經病倒了。聽說在告別式之前，她一晚都沒有闔過眼。」

「嗯……」

「藤井的爸爸更是累壞了，他現在大概只是靠意志力在撐著吧……」

「嗯……」

「你知道那股意志力是什麼嗎？是什麼樣的念頭支撐著他？」

根本不等我回答，田原先生便逕自說了出來。

「就是一股怎麼都無法原諒你們這些傢伙的念頭呀！」

雖然只持續了極為短暫的時間，但就像告別式當天被那個人追問時的情形一樣——我的眼前一片空白。

「我還會再跟你聯絡。」說完，田原先生便掛斷了電話。

我拿著話筒呆站著，老媽的聲音從浴室裡傳了出來。

「小裕，浴室我用好了，換你洗啦！」

我把力氣往肚子聚集，藉以放鬆僵硬的臉頰。

「嗯，我要去洗了。」我躡手躡腳地移動——在老媽走進客廳前，還有時間把話筒放回去，也還有時間假裝躺在沙發上看電視。

我突然想到，說不定藤俊當初也是用這樣的方式，一路隱瞞家人自己被霸凌的事。

田原先生以同樣的方式，打電話給全班每一個人。

他引導同學承認對自己的所作所為感到後悔，接著便逼問對方：「打算怎麼做？」逼得對方無言以對後，便留下一句：「我會再跟你聯絡。」然後把電話掛斷。

這個採訪記者明明跟學校或藤俊都沒有什麼關係，為什麼我們得被他說成那個樣子？雖然大家都覺得憤怒，也感到很受傷，但卻也認為——或許只有保持沉默，才不會在傷口上灑鹽。對在電話中回答「絕對不會再視若無睹」、「下次一定會鼓起勇氣阻止霸凌的行為」、「一輩子都不會忘記藤俊」等答案的同學，田原先生都毫不客氣地打斷他們：「說這種話一點意義都沒有。」或無情地回答：「死去的人，再也回不來了！」

然而，被告知藤俊父母狀況的，卻只有我一個人；激動地被告知「那個人心裡的念頭就是絕不原諒你們」這種話的，也只有我一個。

為什麼只跟我一個人說呢？我怎麼也想不透。

但在內心深處，我卻又想著：這也是沒辦法的事。

「那是當然的，不是嗎？」我彷彿又聽見了田原先生的聲音。「因為你跟藤井同學是好朋友，因為藤井同學只有你一個好朋友，所以你當然該負責任囉！」

那個人無法原諒的是「你們這些傢伙」，而不是只有「你」。

想到這，我忍不住鬆了一口氣。看來，我還是只在意自己的事呀……！

全班同學中，遭受到媒體最強烈的採訪攻擊的是三島與根本。

而且，不只有媒體緊追著他們不放。由於報導中提及他們霸凌藤俊的方式，讓自家的地址與電話曝了光，所以他們也遭到無聲電話和恐嚇信的騷擾。

此外，學校也不斷接到抗議和責難的電話。有的人說校長召開記者會時的態度不夠有誠意，甚至有名嘴在專題節目中用強烈的措詞指責富岡老師：「班導師究竟在做什麼？」

媒體的報導徹底地批判了對霸凌事件毫無所覺的校方，至於霸凌藤俊的小團體，更是被冠上了「畜生」的標籤；藤俊本人，則是被描述為因為個性纖細、溫柔，不忍父母為他擔心，所以才沒有告狀的少年。

雖然說不上瞎說鬼扯，但就算是藤俊，也有幾個讓人討厭的缺點，但那都不重要了。

我只介意一件事。雖然三島與根本的確是霸凌藤俊的主謀，「因為同班同學A君與B君不斷以卑劣的方式霸凌，藤井同學才會……」的說法也沒錯，但卻也不完全正確。

在報導中，並沒有出現同班同學C君——堺翔平。

遺書被公開之後，那三個人的關係看起來便不太對勁了。

剛開始，堺翔平因為沒看到自己的名字出現而鬆了一口氣，但是隨著日子一天天地過去，堺翔平在三島與根本面前也愈來愈畏縮。

相反地，在事件告了一個段落之後，三島等人便立刻重拾精神，他們語帶逞強地大放厥辭：「怎麼這麼隨便就死了哩！」「如果那樣就去尋死，全日本要死幾百萬人呀！」然而，一旦堺翔平開口附和道：「對呀對呀！就是說嘛！」那兩人便會立刻一臉不屑地咂嘴說：「你給我閉嘴啦！吵死了！」接著踹他的小腿，留下堺翔平一個人在現場，然後揚長而去。

堺翔平是個膽小的傢伙，跟在大哥後面時雖然一臉囂張，不過一旦一個人落單，就一點搞頭都沒有了，所以學校要求我們寫反省的文章時，他寫得比任何人都長。他在文章中細數自己欺負藤俊的過程，「那件事我也有參與」、「那件事是我做的」……，一一承認自己的罪行，連三島與根本做的事也全都攬在身上。為了讓那兩個人原諒他，他以自己的方式，死命地諂媚巴結他們。

不過，他的文章卻被富岡老師大加贊許。老師說：「文章中確實傳遞出反省的心情，是篇好文章。跟這篇相比，你們其他人寫的文章算什麼？每個人寫的都大同小異，全是些千篇一律的內容。」所以，除了堺翔平之外，其他人全部都被要求重寫一遍，尤其是三島與根本，他們甚至被老師斥責：「就只寫了這麼一張稿紙，你們想傳達什麼？堺翔平可是寫了五張稿紙呀！你們多學學他吧！」

對堺翔平來說，這件事成了一場最糟糕的序幕。

藤俊死後快一個月，才收齊全班同學寫的反省文。我們被要求重寫了好幾次，原本寫幾張稿紙都可以，最後卻被規定要跟堺翔平一樣寫五張才行。

這根本一點意義都沒有呀……

就像田原先生說的那樣，我也這麼認為。

我知道寫滿一張稿紙並不足夠作為反省，但寫滿五張稿紙就能充分反省了嗎？就算老師說，不要寫些千篇一律的東西，但我們每個人的確都對藤俊被欺負的事視若無睹呀！所以，要我們怎麼寫出不一樣的內容？

老師帶著我們的反省文登門拜訪藤俊的雙親，卻被拒收了。

那個人說：「我不想看。」

老師並沒有告訴我們這件事，說不定，他也沒有向學校報告。不過，在藤俊要做七七四十九日法事的前夕，透過當期出刊的《觀點月刊》，我們終於知道當時究竟發生了什麼事情。

〈同學們「見死不救」！兒子死祭自殺去世，父親聲淚俱下地控訴〉這篇在報紙廣告中強打的文章，便是出自田原先生之手。

報導中，在那個人的獨白之間，加進了田原先生下筆的短文。直到那時我才知道，那個人的名字叫藤井晴男。

就像告別式那時候一樣，那個人不斷強調藤俊的不甘與後悔，仔細陳述著藤俊被霸凌的經過與自殺之後的事。

他責怪自己沒有及早發現，也責怪班上欺負藤俊的主謀A君與B君，還有我們這些什麼也沒做的人……

他們對藤俊見死不救啊！如果班上有任何一個人出面阻止，或是跟老師或我說，事情就不會演變成這樣了。只要想到俊介當時的孤獨與絕望，我就覺得自己痛苦得快四分五裂。

後面緊接著的是，田原先生所寫的短文。

在俊介的遺書上，透露出他有一位「好朋友」，但那位「好朋友」在面對記者的採訪時，卻只不斷重複說著「嗯……嗯……」，回答也毫無重點。

在報導結束前，田原先生寫到了我們的反省文被拒收一事。

當班導師帶著學生們的反省文，並死纏爛打地要藤井先生收下他們心意的時候，藤井先生搖了搖頭，語氣平靜地說：「人命的重量，光靠文章是寫不出來的。」

他的臉上，浮現了落寞的苦笑。

出刊當天，我爸媽就看到了這篇報導。

據說，爸爸向《觀點月刊》提出了抗議。

老媽則邊流淚邊說：「明明小裕也是受害者呀……」

可是，我既不感到憤怒，也不覺得難過，當然，我也不是無動於衷——我，只是什麼也沒想。只要一開始思考藤俊的事、被問到他的事、談到他的事，就會覺得心底的某樣東西不斷被掏空。

我心底最後殘存的碎片，如今……也被奪走了。

眨眼間，眼前的景色愈拉愈遠，逐漸褪去顏色。深沉的悲傷與絕望並不是一片漆黑，而是一片純白。說不定，藤俊也是在一片眩目的純白中，決定踏上死亡。

爸爸注意到我的樣子不太對勁。

「小裕，你今天早一點睡吧！之後的事我跟你媽會處理，你不要擔心了。」

拿起話筒的老媽，嚴肅地跟對方說著話。雖然聽見了說話的聲音，腦子卻完全無法接收。老媽好像叫了我，我好像起身走到電話前，好像伸手接過了話筒。

話筒中傳來了一個年輕女人的聲音，我終於回過神來。

她說自己是《東洋日報》的本多，那是一間在我們這區有著廣大讀者群的本地報社。在我接過的採訪電話中，第一次聽到這樣溫柔、親切的嗓音。

她表示自己現在正在藤俊的家裡。

「這個時候打擾你，真是不好意思。不過，俊介的媽媽有話想叫我傳達給你，方便聽我說一下嗎？」

「好。」

「明天傍晚放學後，她希望你能到家裡來。對於喪禮當天的事，她想親自向你道謝和道歉，而且，俊介的骨灰明天就要下葬了……她希望你能來參加最後的告別式。」本多小姐接著又說——

「她還跟我說，二年五班的中川小百合同學也會來參加。」

第三章　至交好友

1

隔天早上，我比往常更早到學校，打算在開始上課前先到二年五班去找中川小百合談一談。我把書包放在位子上，準備到五班的教室去，但才剛走出門口，便遇到了中川。她心裡想的大概跟我一樣吧？

「昨天，你接到電話了吧？」

「嗯。」

不曉得是誰先邁開步伐的，我們開始向前走。就算不知道要走到哪裡去比較好，與其面對面坐著，並著肩邊走邊聊反而比較輕鬆。

「真田，你會去吧？」

我本來打算，如果中川不去，我也會回絕。不過，中川卻立刻接著說：「我會去，」然後又自顧自地跟我叮嚀：「真田，你也會去吧？」

「妳爸媽怎麼說？」

中川搖了搖頭。「爸媽雖然知道本多小姐打電話來的事，但是並不曉得我們在電話裡說了什麼。」

「我也一樣。」

「他們沒有問你嗎？」

「就算問了，我也會隨便敷衍帶過。」

「……我也是。」

其實我自己也不懂，為什麼不跟爸爸和老媽說。我總覺得，跟爸媽商量，讓他們替我決定「還是去一趟吧」或「不去也沒關係」是不對的。如果決定回絕，爸爸大概會主動打電話給本多小姐；如果答應要去，老媽大概會陪我一起去藤俊家吧——這種情形，怎麼想都覺得不太對。

「那……你打算怎麼辦？你會去吧？」

「就算妳這麼說……」

雖然我跟中川的名字都出現在遺書裡，立場卻大不相同：我莫名其妙地被稱為好友，還被那個人一把抓住領口；中川卻是讓對方覺得對不起、還祝她生日快樂的人。我不知道藤俊究竟為什麼要對中川道歉，不過，學校裡的同學都有志一同地認為，也許是藤俊單戀中川的緣故。如果像她這樣的人可以前去捻香，藤俊也會很高興吧？他的爸媽說不定也會感到開心。然而我可不同，我實在不認為，藤俊的爸媽會歡迎一個對兒子見死不救的好朋友。雖然藤俊媽媽說，想為告別式的事向我道謝並道歉，但是……真的看到我的臉後，那個人還能保持冷靜嗎？

「我覺得，妳還是去一趟比較好。」我這樣說，一半是為自己找藉口，一半則是真心話。「妳一次都沒去替藤俊捻過香吧？還是趁藤俊的骨灰還沒入土時過去，他爸媽會比較欣慰，妳自己也能替這件事畫上一個句點……」

「你不去嗎？」

「我……我也不知道該不該去……」

我們都已經走到走廊的盡頭了，話題卻又繞了回來。只好轉身向後，循著剛才走來的路往回走。

跟我們擦肩而過的人，視線紛紛投了過來。有的人露出好奇萬分的神情窺探著；對於我為什麼會跟中川走在一起而滿臉訝異的傢伙也有；還有人用「原來喔……」的目光看著我們。

遺書被公開，加上名字沒被塗掉的相片影本被曝光後，我們在學校裡便成了名人。三島和根本是罪有應得，但我們基本上算是被害者——尤其是中川，所以校方或媒體都沒有太為難她。可是，無論是加害者或是被害者，都和藤俊有關係——這是無法改變的事實。所以上星期朝會時，校長才會說：「大家應該轉換一下心情了，三年級的學生請專心準備升學，二年級與一年級的學生請好好將心力投入於學習與社團活動中。」

「本多小姐人很好。」

中川突然轉變了話題。

「你知道嗎？」中川語帶訝異地問我，並接著說：「她經常到我家來，讓我可以好好跟她談一些事情。」

「談？談什麼？」

「很多事呀，」她故作輕鬆地閃躲掉我的問題，再次強調說：「不過，她真的是一個好人。今天，她也會陪我一起去呢！」

「是喔……」

此時，我突然想起了田原先生。之前他說會再跟我聯絡，卻沒有再打電話來，大概是因為《觀點月刊》的報導已經寫完，對他來說事情已經結束了吧？這樣也好，就讓這件事這樣過去吧！雖然這麼想，但另一方面，一想到自己被那種諷刺的文筆寫成那樣，又忍不住覺得不甘心。

「今天的事，是本多小姐提議的。她跟藤井的爸媽談過，問他們可不可以在納骨之前給我們一個最後告別的機會，所以藤井的爸爸才拜託本田小姐找你跟我過去。」

我皺了皺眉說：「真是雞婆。」
「嗯，不過，我覺得她其實很體貼。」
「對藤俊？」
「不是……」
「那是對藤俊的爸媽囉？」
「也不是。」
對於我的遲鈍，中川有些不耐地搖了搖頭。「是對我跟你。」
這下子換我覺得不耐煩了。
本多小姐根本就是多管閒事，中川竟然還能照單全收，這讓我有點不高興。
此時，正好走到三班的教室前面，往回走的路上，我們的步伐明顯變快了。中川的五班在下下一個教室，早上第一堂課的預備鈴響的時間就要到了。
我在教室的出入口前停下腳步。「如果那個叫本多的人也在，那妳一個人去也沒什麼好怕的啦！」
中川瞪著顧左右而言他的我說：「真田同學，你真的不去嗎？」
「我的社團活動快遲到了。」
「請假就好啦！」
「妳在說什麼啊？下個星期就是新人賽了。」

三年級學生退出社團後，就要以二年級學生為主力重新組隊，參加本市所舉辦的新人賽。足球社今天要針對新人賽進行最後團練，我在球隊裡負責踢任意球，根本沒辦法說休息就休息。

「等社團活動結束，都已經超過六點了。」

「只是去捻個香呀！」

我慌亂地補充說：「就算我想去……」

「藤井的爸爸今天跟公司請假了，所以你四點或五點過去應該也是ＯＫ的。」

此時，那個人的臉突然浮現在我的腦海——不是他抓著我領口時那張恐怖的臉，而是喪家致辭時，他對著藤俊的棺木說對不起時那滿是歉意的神情。

「不過，團練就是沒辦法請假……」我躲開中川的視線這麼說，但其實我真正想躲開的，應該是那個人吧！

「可是……」中川才一剛開口，便突然將視線從我身上移開，一臉僵硬。

我向後轉身一看，堺翔平正站在那裡。

「喂，你擋到我了。」

「閃開。」他揚了揚下巴，用低沉嘶啞的聲音說。他還是一樣愛逞威風，個頭矮小的他眼珠上吊地瞪眼看，只是讓他的眼神看起來更討人厭罷了。

「啊，不好意思。」我嚇了一跳，閃身讓他過去。堺翔平砸了砸嘴，一邊晃著肩膀，一邊從我跟中川之間走了過去，粗暴地推開拉門，又粗暴地關上——他很焦躁，這陣子他一直都是這副模樣。至於為什麼會這樣，其實大家都很清楚。

堺翔平關上拉門的巨大聲響讓中川露出不悅的表情，然後她又立刻壓低嗓音問我說：

「三島他們，還是對堺翔平……」

「視若無睹。他們完全不跟他說話，連看都不看他。」

「那堺翔平呢？」

「他最近喔……，好像也沒有新的目標。」

他只是硬裝出一副很勇敢的樣子而已，其實心底根本就不知道該怎麼辦吧？原本皮膚還挺光滑的一個人，最近嘴巴附近卻長滿了青春痘，還冒出了膿皰。

「……堺翔平他……道歉了嗎？」

「有呀，不過，就算道歉也於事無補吧？」

其實，堺翔平根本沒有必要向三島或根本道歉。如果說是他拜託藤俊別在遺書中把自己的名字寫出來也就算了，不過事實卻是藤俊自己將他「抹掉」了，這反而讓他遭到三島與根本的怨恨——從這個角度來看，他其實也算是半個受害者。

中川繼續問：「只是不理他而已嗎？」

「我不清楚。」我搖了搖頭，不耐煩地回答：「怎樣都無所謂吧？」

上課的預備鈴響了起來。

「所以說，你六點以後會到囉？」她突然又把話題拉了回去。
「等一下！我有說我會去嗎？妳這傢伙可別自行幫人做決定啊！」
「所以你不去囉？」
「我……我還沒決定。」
「那要什麼時候才能決定？」
「那種事，不到那個時間點我也不曉得啦！妳這傢伙！要去就自己去嘛！跟我又沒有關係。」
「去不去隨便你，」當我正打算推開拉門時，中川說：「可是，你可以不要稱呼人家『妳這傢伙』嗎？」
「就算只有一個人，妳還是要去嗎？」我對著中川氣沖沖轉身離去的背影問道。雖然並沒有打算要這麼做，但我的聲音聽起來的確像在哀求她。
中川回頭說：「因為……如果沒有人去，他就太可憐了。」她臉上的怒氣已不復見。「再見。」她再度邁步離開時，臉上只剩無法細述的寂寞。我重新想了又想，在因為藤俊的遺書而受傷的人當中，被傷得最重的應該是她吧？看樣子，我最好還是去一趟……
中川小百合的確是最大的受害者。

女學生們聚集在一起七嘴八舌地說：「小百合好可憐喔！」男學生們也表示：「這種事真的很難處理啊……」大家都非常同情她。宅急便將藤俊送的生日禮物寄到她家的事，也不知怎麼地傳了開來，這讓同情她的氛圍愈演愈烈。對於藤俊自殺隔天中川便請了一個禮拜的假這件事，大夥兒也都顯露出一副感同身受的樣子——我懂，我懂，誰遇到這種事都會有這種反應的。

所謂的「很難處理」，究竟是指藤俊單戀中川的事，還是指因為藤俊已經表白了，所以讓中川留下不好的回憶？中川自己並沒有多說什麼，女生們也都彼此互相提醒：「不要多問什麼，等到小百合想說的時候，她自然會說的。」

但是，真正重要的事，其實已經深深埋在連她自己都觸摸不到的心底深處了。

關於掛掉藤俊自殺前打來的電話這件事，中川連自己的父母都沒說。

2

猶豫了一陣子，我最後還是沒向足球社請假。不過，練習的時候，我絲毫無法集中精神；我不斷地搞出不應該出現的失誤，還被來看我們練習、自以為是教練的三年級學長斥責了一頓。社團活動的時間要到傍晚五點半才結束，但當時間接近五點時，我失球的頻率變得愈來愈高。我完全不知道該怎麼辦，踢任意球時，我甚至連球都踢空了！於是，我終於放棄了掙扎。

「對不起，我肚子很痛。不好意思，我今天要早一點離開了。」向學長們賠罪過後，我中斷了練習，在五點的鐘聲響起之前便離開了學校。

半路上，我用公共電話打了一通電話回家。

接電話的是老媽，由於警戒媒體打來採訪，她說「喂」的語氣聽來有些不客氣。

「……是我啦！」

「喔，是小裕呀……」這次，她的聲音聽起來像是突然鬆了一口氣。在還沒有來電顯示的年代，電話鈴聲比現在更讓人神經緊張。

「那個，今天社團活動結束後，我要跟其他同學一起念書。」

「到哪裡念？」

我很快地說了一個老媽沒有對方電話的朋友的名字。「我會晚點回去，就這樣。」接著丟下這樣的一句話後，便掛掉了電話。

離開公共電話亭時，一陣涼意讓我縮了縮身子。密閉的電話亭中還留著白晝的溫度，但外頭的氣溫卻隨著傍晚的來臨而驟降——這時候已近十月底，所以天很快就黑了。

我走在河堤上。芒草穗將河岸染成一片花白；收割後的稻田裡，剩下的稻莖像排隊一樣整齊並列著；此外，藤俊家的柿子樹葉子已經掉得差不多了，果實纍纍其上。

起居室裡的燈亮著，停車場上有車子停放著——這代表那個人在家。

從河堤上走下來的時候，我的膝蓋打著顫，喉嚨異常乾渴；雖然覺得冷，但拿著書包的手卻不斷冒著汗。

我站在門口，信箱上用簽字筆寫著藤井家一家四口的名字。藤井晴男，這是那個人的名字，接著的名字前面都沒再加上姓氏，分別是「澄子、俊介、健介」。「俊介」還沒有被刪掉，不知道是因為忘了，還是明明記得卻故意將它留在那裡？無論是哪一個原因，都不是在名字上畫上兩條線便能解決的事，必須把整個信箱換掉才行。總有一天，會換掉的吧？到了那個時候，被留下的三個人，又會有什麼樣的感覺呢？我的心跳愈來愈快——我一動也不動地站在那裡，腦袋裡不斷地胡思亂想著。

深吸一口氣，我按下了對講機的通話鈕。

從對講機中傳出來的是健介的聲音，他非常不客氣地說了一聲：「喂。」那個時候，藤俊家的對講機究竟有沒有裝鏡頭？我記不清楚了。可能是因為他知道這時間會造訪的人只有我，要不然就是他已經從二樓的窗戶看到我了吧？

「我是真田。」

「嗯。」

「是……小裕。」

「嗯。」

他毫無抑揚頓挫的聲音中，蘊藏著怒氣——那是針對我的敵意與憎恨吧？我沒辦法對他發脾氣，雖然我沒有兄弟，但多少還是能體會健介的心情。

「你爸爸和媽媽叫我來的……」

健介沉著嗓子說了一句「等一下」後，便自己走出玄關，毫無笑容地對著站在門外的我說：「進來吧！」

我、藤俊和他三個人一起玩時，他真的還很小，每次一生起氣就會噘嘴或把臉頰脹得鼓鼓的。藤俊每次都笑著對他說：「小健你好像漫畫人物喔！」

但此刻的健介，臉上卻毫無表情。曾經，他模仿藤俊，也跟著「小裕、小裕」這樣地稱呼我，如今，他卻以看著陌生人般的眼神看著我。

我緊抓住從門口轉向玄關的瞬間問道：「你還好嗎？」

健介依舊面無表情，用比剛才更低沉的聲音回答說：「怎麼可能會好？」

我不知道該怎麼接話，只好沉默地在玄關脫鞋子。

玄關放著一雙帶著粉紅線條的運動鞋與一雙黑色的娃娃鞋。運動鞋應該是中川的，而娃娃鞋應該是本多小姐的吧？

進到屋子裡後，換健介開口問我：「我可以問你一件事嗎？」

「什麼事？」

「既然你是哥哥的好朋友，為什麼還背叛他？」

我們四目相對了一下，但我立刻逃避似的移開視線。

「這樣跟殺人有什麼不一樣？」

說完這句話，他便轉身衝上樓去。

被一個人丟在玄關的我根本來不及喊住健介，一直到他的身影消失在樓梯間，我仍然只能抬頭呆望著階梯。健介這突如其來的一段發言，與其說是傳進了我的耳朵，其實更像一根刺般，經由耳朵深深地扎在我的胸口。那個因為我跟藤俊有點不愉快、吵吵架就淚眼汪汪的小健，已經不存在了。「那個傢伙好像完全不會生氣對吧？一天到晚笑嘻嘻的，對誰都很好。將來長大該怎麼辦呀？」會說這種話的藤俊已經不在了，同樣的，我所認識的那個小健也跟著藤俊一起消失了。

走廊盡頭的拉門被打了開來。

「小健，小裕不是來了嗎？你快點……」

從起居室走出來的藤俊媽媽，見到我一個人被留在玄關，便一臉詫異地問我說：「小健呢？」

我不知該怎麼解釋才好，只好先打招呼。「打擾了。」

藤俊媽媽立刻報以微笑，親切地說：「很冷吧？俊介的爸爸也在等你，快進來吧！」

跟以前一樣沒變，她迎接我的態度跟我讀小學的時候一模一樣。我鬆了一口氣，但同時也覺得有點不安。在走到站在起居室等我的藤俊媽媽身旁前，我始終低著頭。

起居室是一個大約八張榻榻米大，含著壁龕的房間。如今，一半的空間都成了藤俊的祭壇。告別式時用過的那張遺照，被鮮花、水果、點心等供品圍繞著，照片中的藤俊也像那天一樣，有如跟人打招呼般地笑著。遺照旁邊則擺著他的骨灰罈與白木製的牌位，線香的煙氤氳繚繞著。

本多小姐跟我打了招呼：「昨晚突然打電話給你，真不好意思。」這是我們第一次正式地面對面。她的年紀看起來跟學校最年輕、教家政的森川老師差不多，我後來才知道，那時她只有二十六歲。

穿著制服的中川，也頗為開心地對著我笑：「你果然還是來了。」

不過，自我踏進起居室的那一刻起，那個人連頭也沒轉過來，一直盯著正在重播時代劇的電視。

他打算假裝沒看到我嗎？

藤俊媽媽對著畏縮站在房門口的我開口說：「小裕，可以先替俊介上個香嗎？」

雖然藤俊媽媽也有察覺到那個人的態度，卻沒有多說什麼。於是，我只好也裝做若無其事地走進起居室，端坐在祭壇的前方。

我不太清楚該怎麼上香，只好一面回憶著在祖父母家時爸媽是怎麼做的，一面拿起了兩柱香，用燭火點燃，再將香上小小的火焰吹熄。後來本多小姐才告訴我，線香要用火柴點，點燃火後要揮動線香讓火熄滅，除此之外，因為藤俊家所信仰的宗派的關係，在七七四十九天的法事完成之前，通常都只點一柱，而不是兩柱香——中川好像也跟我犯了一樣的錯誤。本多小姐說：「這的確頗難弄清楚，畢竟沒有人會想到，在還只是國中生的時候，便要替同學上香。」說完，她露出寂寞的表情微微苦笑著。

上完香後，我面向藤俊的遺照。告別式的時候還不覺得，現在靠近一看，不知道是不是照片洗出來的畫質比較差，才兩年前拍的照片而已，相片裡藤俊的臉看起來卻像是好久以前的少年。我不想探尋記憶中藤俊歷歷在目的模樣，便把他當作許久前在年少時就去世的某位祖先，以祝福他死後也能幸福快樂的心情，搖了鈴、合了掌，低頭鞠躬。

「小俊，太好了。連小裕都到家裡來玩了，你今天很開心吧？」藤俊媽媽噙著淚說。

「小裕，把這兒當自己家，晚上我們一起吃飯吧？」

我的心跳聲愈來愈大，不由自主地望向中川。中川似乎也有一樣的感覺，她的臉上浮現一抹放棄回絕的表情，接著便低下了頭。

「我今天準備了高麗菜捲和焗烤料理喔！」

「都是俊介最喜歡的吧？」本多小姐一面這麼說，一面看著我：「對吧？」我不知道藤俊喜歡吃什麼，但在那個當下，也只能點頭稱是。

那個人依舊什麼也沒說，看都沒看我一眼。就算電視正在播廣告，他還是沒把視線移開，就直接伸手到矮桌上找他的香煙和打火機。

「之前好不容易才戒煙的……」

藤俊媽媽苦笑著，那個人卻一句話也沒回答，逕自點燃了香煙。

在我到之前，藤俊媽媽拿出好幾本藤俊小學時的相簿，跟中川與本多小姐訴說當年的往事。

「小裕你也看看吧，好令人懷念呀……這裡還有你跟小俊的合照呢！」

我一頁頁地翻著相簿，的確是看到我們的合照了。不過，所謂的合照不是班級合照，就是遠足時大家一起吃便當的照片，或是壘球大賽的比賽照片……，單獨我跟他兩人的合照，一張都沒有。

本多小姐不斷將視線投向我，眼神中滿是「這是怎麼一回事」的疑問。

藤俊媽媽將自己正在看的那本相簿合上，有點苦惱地笑了笑。「好像比我以為的少了一些，不過，男生就是這樣嘛！」

「是呀！」本多小姐附和地說。

「小裕那裡應該也有小俊的照片吧？有吧？下次可以借阿姨看看嗎？」

我雖然點了點頭，但除了藤俊相簿中已經貼上的班級合照外，我那裡應該……沒有其他的照片了。不知道要怎麼面對藤俊媽媽的視線，我只好一直看著手邊的相簿。裡頭有好幾張國小畢業當天在校門口拍的照片。藤俊媽媽和藤俊、那個人和藤俊、健介和藤俊、藤俊媽媽加那個人和藤俊、藤俊媽媽加健介和藤俊、那個人加健介和藤俊……這是他們當時輪流拿著相機拍的吧？藤俊媽媽、那個人和健介一起的合照，應該是藤俊拍的，那張相片整個都糊掉了。這傢伙的手真的很笨哪！我苦笑著，心裡跟著泛起一陣酸楚。

「沒有全家四個人一起的合照。」

藤俊媽媽對著正看著別本相簿的中川說——這麼說來，畢業當天的相片也是如此。

「如果要四個人一起拍的話，就得找別人來幫忙對吧？可是小俊他爸爸不喜歡這樣，他沒辦法隨便麻煩不認識的人來幫忙。」

「是吧？我沒說錯吧？」即便藤俊媽媽回頭對著他說話，那個人依舊一語不發地盯著電視。此時，電視中的時代劇正演到高潮的武打場面。

「仔細想想，小俊他爸爸呀，總是介意一些奇怪的事。」

「他們真的很像，」藤俊媽媽一邊說一邊轉身面對中川。「俊介跟他爸爸，長相跟個性都很像。」

中川客氣地微微動了一動嘴角，看起來不怎麼自在。我懂，要是藤俊媽媽哭哭啼啼的話，的確會讓人覺得困擾，但她現在這樣開朗的模樣，卻令人更不知所措。

「如果早知道會發生這樣的事，當初臉皮厚一點，拜託別人幫忙拍照就好了……」

藤俊媽媽的聲音突然沉了下來。「不管怎麼找，真的連一張都找不到，實在是……」她的聲音愈來愈小，最後小到像在自言自語一般，然後嘆了一口氣。

本多小姐連忙指著一張照片問：「這是運動會的照片吧？是賽跑起跑前拍的嗎？」

「對呀，好像是五年級的時候。」藤俊媽媽重新打起精神地說。

「妳記得他跑第幾名嗎？」

我記得。那時候我們同班，那傢伙不但跑在最後，中途還摔了一跤。

不過，藤俊媽媽卻說：「很可惜呢！雖然剛開始還跑得很前面，但因為中途跌倒被其他人超過，所以得到最後一名。」

「虧我還去幫他加油，結果好讓人失望呀！」她苦笑著。

我又刻意與藤俊媽媽錯開視線。我的記憶和她的不一樣——從起跑線一開始，那傢伙就被大家遠遠拋在身後了，無論有沒有跌倒，他都會是最後一名。

「那孩子，真的很不靈巧呀！」

藤俊媽媽一邊苦笑著，一邊對我說：「小裕，你對運動很在行，賽跑一直都是第一名對吧？」

「嗯……」

不知道為什麼，我突然有種做錯了事，正在向對方道歉的感覺。

「俊介最擅長的運動項目是什麼呢？」

本多小姐這樣問的時候，我腦中一片空白，但也不能老實回答「什麼都沒有」。

「他……比較擅長跳箱。」

「還有其他的嗎？」

「還有……跳遠之類的。」

我根本不知道，只是順口把想到的項目說出來而已。其實，只要是必須分勝負、需要排名次的項目，藤俊沒有一樣擅長的。

「球賽之類的呢？吶，像是足球或棒球那些啊？」

很爛——真要老實說的話，就只有這個答案了。不過，我當然不可能這樣直說，所以一時語塞，藤俊媽媽趕緊插話幫我回答：「他很喜歡足球，對不對？」

「對……對，他很喜歡。」

「啊，對呀，你跟俊介都是足球社的嘛！」

「……是的。」

「那麼，俊介不去參加社團活動後，你不會覺得很寂寞嗎？」

如果我們真的是好朋友，或許會有這種感覺。說不定他在退出社團活動前，還會先跟我討論一下。

不過，藤俊卻靜悄悄地離開了足球社。在正式鍛鍊足球技巧之前，跑步等基礎訓練便已經讓他苦不堪言。在因為無故缺席訓練而挨了學長的罵之後，他立刻就放棄並退出了，而我們也全都理所當然地接受了他退社的事實。所以，如果他真的來找我談，我大概也只會對他說：「那就退出吧！」

「因為功課很吃緊呀！」藤俊媽媽代替我回答說：「他對英文不是很擅長，如果不退出社團活動拚命用功，功課會落後的。所以，他才做出這個決定。」

真的是因為這樣嗎？「那個孩子其實個性很認真，就是有點笨拙，想要兼顧功課和社團活動是不可能的，這點他自己也很清楚。」——雖然我不敢說絕對不是因為這個原因，不過，真的是因為這樣嗎？

「他當時很苦惱喔！」

當藤俊媽媽這麼說時，電視中傳來了時代劇的片尾曲——時間已近下午六點了。

「我該去準備焗烤了。」

藤俊媽媽抬起看著相簿的臉，對中川笑著說：「不好意思，光說一些昔日的往事。不過，中川同學念的是別間小學，妳應該也會想聽聽俊介小時候的事吧？」

中川點了點頭，臉頰有些泛紅，但應該不是害羞，而是因為覺得尷尬吧？

「真不好意思！」藤俊媽媽再次跟中川道歉，她的聲音中滿是感慨，臉上的笑容也不復見。「雖然對中川同學很不好意思……可是我還是想把俊介的事、很多的事都跟妳說。那個孩子真的很沒用，雖然很喜歡中川同學，但我想他一定沒辦法好好跟妳說。一想到他有多後悔，我就覺得很可憐、很不忍心……」

她轉而面向祭壇。「他要是知道我擅自把他的事情跟妳說，說不定還會生氣呢！」語畢，她縮著肩膀急急忙忙地往廚房走去。

當她起身之際，我聽到吸鼻子的聲音，中川大概也聽到了，她臉上的緋紅一下子擴散到耳根。

「我也來幫忙吧？」本多小姐跟著站起身來。

「不用啦，妳是客人，坐著就好。」「沒關係，我想看看您焗烤料理是怎麼做的。」

「為了採訪？」「不是，我只是想了解一下。」

「只是照著食譜做呀！」「但對俊介來說還是很特別，是媽媽親手做的呀！」

「或許吧！那個孩子呀，真的很喜歡高麗菜捲跟焗烤呀……」

一邊聽著從廚房傳來的兩人的對話，我一邊繼續翻著相簿。看著藤俊小時候的相片，我既不覺得懷念，也並不感到難過，反而很想立刻起身離開。

我偷瞄了一下中川，她也正一面假裝看著榻榻米上攤開的相簿，一面斜覷著我。她用眼神問我：「怎麼辦？」而我，也正打算問她一樣的問題：「怎麼辦？」

「因為跟爸媽說過要回去吃晚飯，所以得先走。」——似乎也只有這個理由可用了。但按照藤俊媽媽現在的狀況，她大概會說：「那阿姨替你們打電話回去跟家裡的人說。」只是，到藤俊家的事，我可一點兒都不想讓我爸跟我媽知道。雖然連我自己也不知道為什麼，但很奇妙的，內心就是很肯定地認為——這件事絕對不可以跟爸媽說。

當我們正不知道怎麼才好，完全想不出辦法的時候，電視傳來六點整點新聞正要開始的聲音。突然間，聲音消失了——那個人用遙控器把電視關掉了。

沉默化成千斤之石，沉甸甸地壓在低垂著頭的我們肩上。

為了揮去這股沉重感，我又往下翻了一頁相簿。這時，那個人開口說話了。

「我們到庭院裡去吧？」

他凝視著全黑的電視畫面說：「雖然有點冷，但我希望你們去上個香。」

他站起身來，從祭壇上拿了線香與打火機，從緣廊[1]打開了通往庭院的落地窗。「拖鞋在這裡。」他頭也不回地把話說完，便走向庭院去了。

我跟中川彼此望了對方的臉，卻又都很快地移開了自己的視線，跟在那個人的背後。

那個穿著針織外套的背影，在庭園裡某個漆黑的角落停了下來。

——就在藤俊上吊的那棵柿子樹前。

3

「雖然時間還早，不過九月初的傍晚七點左右，天色大概就像現在這麼黑。」那個人望著天空如此說道。

太陽幾乎完全下山了，天邊已經可以看見幾顆小而閃爍的星星。

「就是這根樹枝。」

他的手所指著的，是一根橫向生長的粗壯樹枝。生長的位置出乎意料的低，大約是上吊後，腳跟剛好會離地的高度。

「剛開始時，我並沒有意識到。他看起來站得直挺挺地，我還想說他這樣是在柿子樹前做什麼？」

他平靜地述說著。因為背對著我們，所以看不到他的表情。雖然只要向前走個兩、三步，就可以看到他的側臉，然而，我卻完全動彈不得。

「我叫了他好幾次，『你在幹什麼？要吃晚飯啦！』但是他既沒有回答我，也沒轉過身來……，只是彎著脖子，看起來像低著頭一樣……」

藤俊是用黑色的膠帶上吊的。根據電視和週刊的報導，他似乎將膠帶在樹枝上繞了好幾圈，才終於繞成了一個環，然後再把脖子掛在上面。雖然膠帶所繞成的環因為藤俊的體重被向下拉，但延伸出的長度並不足以讓腳碰到地，也沒有因此斷掉。那卷膠帶是在寄出中川生日禮物的那間便利商店買的；因為忘了買剪刀，多出來的膠帶便掛在環的下方。

「正當覺得不對勁的時候……，我看到了膠帶。大概是因為風吹的關係，他掛在那裡晃呀晃的，我才……才搞清楚出了什麼事……」

---

1 日本建築特有的「長廊」設計，是一個非室內也非室外的模糊空間，一種在最外圍還設有落地窗（雨戶），另一種則沒有落地窗也沒有牆壁。

雖然他的話斷斷續續，語氣卻依舊平穩——要說是失去了感情的聲音，那也不為過。他似乎一點都不在意，我們究竟懂不懂他在說什麼。

「膠帶深陷在脖子裡，無論我怎麼拉都扯不開……」

他一面說話，一面點燃了線香，並各遞了一根給我和中川。

「我過去抱著他。雖然不知道該怎麼辦才好，但我實在不希望他繼續掛在膠帶上了，所以我就抱著他，大聲喊著他媽媽……」

「好重啊……」他抱著藤俊，藤俊的臉面正好垂在他面前。他並沒有告訴我們藤俊當時的表情，只是說著：「他一定很痛苦、很痛苦，一直痛苦到死去為止吧……」接著在樹前蹲了下來。樹根處有香插，並供著罐裝果汁和袋裝的零食。

「明明那麼痛又那麼難受，如果喊出聲來就好了……只要使勁掙扎一下，說不定樹枝就會折斷了……」他拿起了線香，雙手合十對著柿子樹說：「你的毅力只用在這種地方，能做什麼呢？」

我並不是不懂他的意思，所以沉默地低著頭，然後凝視著藤俊上吊的那根樹枝。一想像藤俊掛在樹下的樣子，我的背脊便竄起一陣寒意，連忙要自己別再去想。

上吊身亡的死因通常是什麼呢？是因為窒息？還是因為頸椎折斷的關係？從把脖子掛上去到失去意識為止，大概要花幾分鐘？等到心臟停止跳動，又要再花幾分鐘？應該很痛吧？應該很難受吧？應該……很恐怖吧？

我辦不到！絕對辦不到！不管想不想死，這都太恐怖了！可是，對藤俊來說，隔天還要到學校去這件事，似乎比這更加恐怖，所以，為了不必再面對明天，就只有一死了——是不是這樣呢？

那個人把柿子樹前的位置讓給我們，先讓中川在樹前花了點時間合掌祈福。她起身換我過去時，我看見她眼中噙著的淚水。那個人大概也注意到了，他小聲地對中川說：「謝謝妳。」

我哭不出來。我知道這是一件很令人哀傷的事，但腦子裡的思緒卻怎麼也無法傳達到內心；就算我用力地眨眼，還是連一滴眼淚都擠不出來。

我放棄地站起身來。

為了避免跟我四目相對，那個人對著中川說：「真的謝謝妳願意過來一趟。」

「別這麼說……」

那個人難過地凝望著低頭回應的中川。

「俊介在遺書上寫說，他……讓妳感到困擾了，這……」

中川小聲地回答：「沒有那回事。」

「是哪方面的困擾呢？如果是他對妳做了什麼，我一定要替他向妳道歉。」

「沒有那回事，什麼事都沒有。」中川回應的聲音愈來愈小。

「那傢伙果然喜歡妳是吧？他從來沒在家裡提過跟女生有關的事。」

「果然是那樣呀！」那個人喃喃自語著。

「總之，」他繼續說了下去：「他在遺書裡那樣寫真的太不應該了，實在對妳很不好意思。雖然我很想罵罵他，不過，妳瞧，他本人已經不在啦！」

他落寞地笑了笑。中川並沒有跟著笑，臉也沒抬起來。我也笑不出來——關於遺書裡提到我名字的事，那個人並沒有向我道歉。

「我聽本多小姐說過生日禮物的事，是存錢筒嗎？」

「嗯。」

「事到如今，問妳也沒太大的意義了……，不過，妳喜歡嗎？」

中川輕輕地點了頭。

「他好像在暑假快結束的時候就買好了，妳知道嗎？」

「我聽本多小姐說過……」

「那緞帶的事呢？」

這件事，連中川都不知道。

本多小姐逛了城裡好幾間禮品店，到處尋找販賣郵筒狀存錢筒的店家——是車站大樓內的店家，裡頭的店員還記得藤俊。

「店員問他要不要綁緞帶，他一開始說不用，所以照一般方式包裝好後便離開了。但一走出店門口，他又折回來請店員幫他加上緞帶，所以店員還記得他。他本來大概覺得，要是被店員知道他買的是要送人的禮物，會很不好意思吧……」那個人笑著說：「對他來說，真是鼓足了勇氣呢！」

「緞帶是粉紅色的，很漂亮。」

「這樣呀？這麼說，幸好他還是決定請人家幫忙綁上緞帶了。」

中川的眼中又湧上了新的淚水。那個人看到後，一面用力地點著頭，一面說：「嗯，嗯，太好了。如果妳不覺得討厭，就收下它，別把它丟了。」

「我不會丟的。」

「或是說，是否會讓妳看了覺得不舒服？」

「不會的。」

「如果妳不想要的話……不要丟掉，可以拿到我家來。」

「……我沒有不想要！」

中川抖著肩大哭了起來，那個人也眨了眨微瞇的雙眼。在起居室中，本多小姐跟藤俊媽媽已將菜餚端上了矮桌。

那個人等中川停止哭泣等了一會兒，但她的眼淚卻怎麼也止不住。不久，那個人終於也跟著鼻酸了起來。我抬頭望著天空，方才僅存的些許夕陽餘暉已經完全消散，星星也愈來愈多了。

突然，那個人「咳」地咳了一聲，接著又發出「唉……」的嘆息聲。

「你們兩人願意過來，真的很感謝。俊介一定很高興，但最高興的……是他媽媽。」

藤俊媽媽的笑聲，從起居室中傳了出來。

「她已經很久沒那樣說話、那樣開懷地笑了。」

「感冒就不好了，回屋裡去吧！」那個人說完，便邁步離開。

藤俊死後的這一個半月，在繚繞著鮮花與線香氣味的起居室裡，他的家人們都聊些什麼呢？我腦海中浮現了藤俊媽媽翻著相簿的模樣，還有那個人盯著電視的側臉。

我的胸口有點發熱——像是水滴向下墜落一般，蔓延在腦中的悲傷終於滲進了心底。

只是，這樣的感覺卻沒辦法傳達給那個人。

我不禁羨慕起用雙手摀著臉痛哭的中川。

「走吧……」

我走到中川身邊對她說。

她沒有回話，交雜著嗚咽聲的細語傳進我的耳裡——

「對不起，對不起，對不起，對不起……。」

中川一邊哭，一邊不斷重複說著。

吃晚餐的時候，藤俊媽媽也說了很多話，話題全都圍繞著藤俊。她一件接著一件，毫不間斷地說著藤俊嬰兒時期與上幼稚園時的往事。雖然氣氛有時候會變得些許凝重，但大概是因為喝了一點啤酒的關係，微醺的她也露出了不少笑容。

那個人只有一開始時啜了一口啤酒，之後連酒杯都沒有碰了，就只是這樣靜靜地聆聽藤俊媽媽說話。

雖然藤俊媽媽出聲喊過了，健介還是不肯從二樓下來。「自從他哥哥走了以後，這孩子就變得很不聽話呀……」

對著苦笑的藤俊媽媽，本多小姐安慰地說：「這個年紀的孩子差不多都這樣啦……」

我跟中川始終都安靜地吃著飯，無論是高麗菜捲還是焗烤，全都食之無味。在藤俊的遺照前，特意供著專門為他做的小高麗菜捲和裝在鹹派皮中的焗烤料理。當藤俊媽媽把這些跟扮家家酒一般可愛的菜餚拿下來時，心裡會想著什麼？我心中的情緒愈來愈激動，但是，愈是渴望藤俊媽媽能理解我內心的感受，我的眼淚就愈顯得乾涸。中川依舊紅著一雙眼，雖然不清楚剛才她為什麼一直說對不起，但她由衷的歉意連我都感受到了。

每當話題告一段落時，藤俊媽媽就會叫我們再多吃一點。因為覺得中川被硬塞食物很可憐，所以每次藤俊媽媽要我們多吃一點的時候，我都把自己的碗遞了出去——我甚至吃掉了三個高麗菜捲。另一方面，猶如分工似的，附和、搭腔則成了中川的工作。

藤俊媽媽所提及的往事，我完全沒有辦法好好應聲附和。因為她口中小時候的藤俊，跟我所知道的藤俊根本沒辦法兜得起來。她所說的都是我認識藤俊之前的事，所以無從得知其中的正確性，當然，我也不覺得她在說謊，但就是覺得有哪裡不對勁。沒辦法斬釘截鐵地說不對，但也沒辦法點頭稱是──那些回憶總讓我感到，她有些加油添醋地把藤俊說得太開朗、太淘氣、太愛惡作劇、太受歡迎了。

由父母親帶著私心的角度看來，或許就是那樣吧？雖然我理智上能夠理解，不過要我坦然認同，可真會讓我渾身不舒服。

你呢？

我看著藤俊的遺照，照片裡的他依舊笑吟吟的，什麼也沒回答我。

那個人也時不時地將眼神飄向藤俊的遺照。從他側臉的神情看來，那些糾結著苦惱、心痛、滿懷歉意的情緒，似乎正在他心底深處不停地嘆息著。

「下次再來玩喔！」我們要回去的時候，藤俊媽媽這麼說：「雖然俊介明天就到西方去了……你們可以再來看看他嗎？我想，那個孩子也會覺得寂寞吧？所以，偶爾也好，如果有空的話，再過來玩喔！」

雖然聲音裡明顯交織著淚意，不過她還是勉強展開了笑顏。「因為，我還想讓你們兩個人多知道一些俊介的事。」

夜色已深，所以本多小姐說要開車載我們回去。

直到我們離開之前，健介都沒有出現。

而跟著藤俊媽媽一起送我們到門外的那個人，最後還是沒有跟我說一句話。

4

「我可以稍微繞一下路嗎？」

讓中川在家門前下車後，本多小姐在正要往我家的方向開時出聲詢問：「我有些話想跟你聊聊，但這裡離你家太近，一下子就到了……不好意思，能多陪我一下嗎？」

坐在後座的我疑惑地問她：「妳知道我家在哪？」

「雖然沒登門拜訪過，但我知道。」

「不好意思喔，因為工作上需要知道。」接著她便在十字路口迴轉，朝與我家反方向的地方開去。

她想跟我聊的內容，與中川有關。

「剛剛小百合在院子裡哭了，對吧？」

她以稱呼女性朋友的方式來稱呼中川——看樣子，中川說她找過本多小姐商量的事，應該是真的。

「她說了些什麼？對你也好，對俊介的爸爸也好，能跟我說她對你們說了什麼嗎？」

中川還在車上的時候，本多小姐並沒有問她。不問比較好——這說不定是不該詢問本人的事。

我把我記得的都告訴她了。最後中川一邊哭一邊呢喃著「對不起」的事，雖然我也搞不清楚為什麼，但還是都照實轉述了。

「這樣啊……那孩子一直在道歉嗎？」

本多小姐看來有些若有所思，接著便再三詢問那個人有沒有聽到中川的道歉。

「應該沒事吧，那個人應該沒聽到。」

聽我這樣回答，本多小姐才一副鬆了一口氣的樣子，繼續說了下去：「俊介的媽媽，看起來很有精神吧？她從一大早就心情很好，不過現在，她大概已經精疲力竭，正對著俊介的骨灰哭泣吧……」

我也這麼覺得。

「你們兩個人肯來，她真的很開心，我也要謝謝你們。」

聽到她說「謝謝」時，我不好意思地笑了笑，但聽到她接著說「畢竟，來的人可是俊介喜歡的女生跟他的好朋友」後，我又低下了頭。

看到我的反應，本多小姐又開口了。「我知道，其實你並不是俊介的好朋友吧？」

我不由自主地抬起了臉。

本多小姐接著表示說：「無論做了多少採訪，都看不出你跟他曾經是好朋友。雖然你們從小就認識了，至少升上國二後，根本談不上感情特別好，對吧？」

「嗯……是的。」

「他大概只是一廂情願在遺書上這麼寫的吧？不過，他的爸爸媽媽卻都相信了，因為那畢竟是自己孩子最後留下來的話，也只能相信了。」

「但我不懂……為什麼他要這麼寫……？」

「你果然也摸不著頭緒嗎？」

「是呀……」

「你其實不用這麼困擾啦！」聽見我毫不遲疑地回答後，本多小姐笑著說：「他當時寫遺書的心情，我們是不可能知道的。」

我為什麼會變成他的好朋友？為什麼堺翔平的名字沒被提到？他寫下中川的名字時，又是懷抱著什麼樣的心情？這些事，只有藤俊本人才清楚，但我們已經沒辦法找本人問個明白了。

「說不定他被逼急了，心思早就變得十分混亂，之所以在遺書上寫下名字，或許只是帶著想抓住什麼的心情吧……」

「想抓住什麼？」

「雖然我也不是很了解，但是他會念著某個人的名字並把它寫下來，或許代表他希望能夠跟這個世界有一些連結。到了生命的最後，他大概並不想要感覺到自己只是孤孤單單的一個人吧？」

「可是他這麼做……」

我很困擾呀！我真的很想這麼說。

不過，本多小姐卻接著說：「雖然主要霸凌他的兩個人跟你們的名字都被寫下來了，但其中的意義可是大不相同。」

她之所以這麼說，是為了安慰我，還是為了替藤俊說話，我沒有辦法確定。

「但無論如何，我覺得他絕對沒有想要讓你和小百合因此而受苦的打算。」

「可是……」

「我知道，我聽說告別式的事了，也看過《觀點月刊》上的報導。坦白說，你應該覺得很困擾吧？」

我好高興。終於出現一個可以了解我的苦處、能夠給我鼓勵的人了。即便這樣的人只有一個，都可以讓我因此而振奮起精神。然而，也因如此，更讓我想起了藤俊——他連一個這樣的人都沒有！我的內心又激動了起來，與剛剛在藤俊家的感覺不一樣，是種帶著飽滿濕氣的溫暖。

「我還察覺到，俊介的爸爸似乎還是無法諒解你。」

「……嗯。」

「俊介的媽媽剛好相反，她很重視你喔！她認為你是俊介唯一的好朋友，所以希望今後你也能繼續當俊介的好朋友。」

「即使我跟他並不是真的好朋友？」

「因為她相信你是呀！只要你自己不說，對俊介的爸爸和媽媽來說，你就是他的好朋友呀！」

「就算我好一陣子都沒去他們家，他們也覺得我跟他還是好朋友？」

「因為你們都有參加社團活動啊！而且，上了國中後，學校或朋友之間的事，本來就都很少會跟爸媽說呀？你呢？你也沒跟爸媽說吧？」

確實如此。如果藤俊把學校發生的事都跟父母說的話，那麼他被霸凌的事，應該會出現完全不一樣的結果吧？我的心底熱熱的，那股微熱的濕氣也跟著瀰漫。

「你打算怎麼做呢？你打算把真相告訴俊介的爸媽嗎？」

我不知該怎麼回答。

「如果說了，你就會輕鬆多了吧？俊介的爸爸也不會再怨恨你，不過，他媽媽就……她會覺得很寂寞、很悲傷吧？想到俊介連一個朋友都沒有，就這麼一個人孤伶伶的，她一定會很難過吧？」

本多小姐並沒有問我打算怎麼做。

「如果是我，就會什麼都不說。」她突然開口說：「無論你們是不是好朋友，你的確都眼睜睜地、沉默地看著他被霸凌，如果這件事讓你心裡有一點點過意不去的話，你就應該什麼都別說。」

她的話讓我無路可退。

「雖然身為外人的我不該多說什麼，不過，我也只是老實把我的想法告訴你而已。」

老實說，我並沒辦法接受。為什麼選上我？我又為什麼非得背負這樣的罪名不可？明明隨便從班上選任何一個人都可以呀！這麼一想的瞬間，我同時也注意到了——這件事，跟藤俊成為祭品的情況一樣。誰都可以，沒什麼理由非要藤俊去當祭品。

我的胸口更加灼熱了，不是那種火燒般的炙熱，而是像水快燒開似的沸騰。

「不好意思，雖然我說話的方式聽起來很強人所難，你也知道，我這陣子一直看著俊介的媽媽，那個連一晚都不得安眠、連一口飯都食不下嚥的母親，最近終於恢復了一點精神，我真的不想再看到她面對更多令人難過的事了。」

我不知不覺低下了頭。當我注意到的時候，胸口的灼熱終於向外滿溢了出來。

終於……我終於流出了眼淚。

車子在十字路口迴轉，往我家的方向重新駛去。

「那個，真田同學，我可以把你落淚的事跟俊介的爸爸媽媽說嗎？」

我一邊拭淚一邊搖頭。

本多小姐笑著說：「我想也是，我還有件事想跟你說……」

是關於中川的事。

「小百合覺得這件事她也有責任，所以相當責怪自己……我覺得她就是太歸咎自己，剛剛才會突然大哭又不斷地道歉。」

「不過，她哪裡有什麼責任？」

「有的。她本人覺得有，所以非常地自責。」

「為什麼？」

「說來話長，一言難盡。」木多小姐繼續說道：「總而言之，對那個孩子來說，到俊介家去是一件非常煎熬的事，不過，她還是決定要為了俊介的爸媽而去。今後，我想她也會繼續這麼做。」

「為什麼？」

這次，她又再度迴避我的疑惑。「所以，請你不要讓小百合一個人去面對。為了讓那個孩子不要因為太過自責而崩潰，請你守護著她。」

「啊？」

「你今天應該明白了才對，你跟小百合是被選上的人。」

我們是被藤俊、他媽媽，還有那個人所選上的人。

「俊介不只很喜歡小百合，也很喜歡你呀！」

本多小姐一面這麼說著，一面踩下油門加速。

第四章 畢業

1

季節依序流逝。颯秋漸深，寒冬來了，在積累了數次冬雪後，春天隨後而至。

二年級的歲月就這麼過去了，我們也從「藤俊的同學」變成了「藤俊以前的同學」。

當二年三班再也不存在的時候，發生藤俊事件的舞臺也隨之消失。如果藤俊的魂魄還有什麼恨意、遺憾或後悔，那麼他在這世上能躲藏的地方，大概只剩二年三班教室的角落了。不過，四月之後，我們就要被拆散，移往三樓的教室去了……

失去了藏身之處後，藤俊的魂魄又該何去何從呢？

「真沒想到你會這麼說，」田原先生笑著說：「你很喜歡靈異傳說嗎？」

「並不是那樣的。」我苦笑著回答。

「不過，也有人相信這種事吧？國中生應該還挺喜歡這種事的。」

沒錯，我一點都沒有感覺到藤俊的魂魄，這大概是因為我根本就不相信靈魂的存在。但是，在女生中被稱為「靈異少女」的宮原卻曾一臉認真地說：「我感覺到剛剛藤井同學從走廊下經過。」「我看到藤井同學了，他正在天花板上。」如果是其他的「鬼話」，女生多半會尖叫著：「討厭！」然後稍微裝模作樣地假裝害怕一下，男生們更是根本不當一回事，不過，只要是跟藤俊有關的事，無論男生或女生，全都滿臉困窘，不知怎麼回應。

當然，我並沒有打算把這些事告訴田原先生。反正這也只是讓他覺得，這群對藤俊見死不救的傢伙，連他死後都還在說這些無稽之談；要不就是認為我們只是因為飽受良心的苛責，所以才會出現這種行為吧？

無論是哪一種情形，都不會被當一回事。

田原先生一面從肩背包裡拿出原子筆跟筆記本，一面說：「我剛剛到藤井同學家去了一趟，照片愈來愈多了呢！」

他指的是藤俊媽媽張貼的照片。起初只有佛龕前的遺照，後來小張的照片愈貼愈多，最後幾乎整個櫥櫃都貼滿了從相簿裡拿出來的照片，看起來就像是藤俊的照片展示處。

「藤井同學的媽媽要我跟你打個招呼，希望你有空再去玩。」

「喔……」

「你這個月還沒有去過吧？」

原田先生說的話當中，帶著一點責備的意味。因為期末考快到了，雖然藤俊媽媽邀我去，我還是以有些感冒為藉口回絕了。

不過，二月、一月和去年十二月，每次當藤俊媽媽找我時，我都乖乖地到藤俊家報到了。我完全不知道該跟藤俊媽媽說什麼，不過，她總是會自顧自地不斷說起與跟藤俊有關的回憶，時而點頭，時而微笑，時而像在自問自答……。我每一次都是和中川小百合一塊兒去，雖然她心情似乎比我還糟，但卻比我更熱絡地應和藤俊媽媽，所以每次離開藤俊家的時候，她的步伐總是看起來非常沉重。

我一回絕藤俊媽媽的邀約，便代表只有中川一個人前去。雖然被田原先生念讓我有點不高興，但坦白說，勉強中川一個人去面對藤俊媽媽，我真的覺得很抱歉。

「至於藤井同學的爸爸，似乎還是不想見你哪！」

「……那是因為，我通常都在傍晚的時候過去。」

「但你有時候，會待到吃完晚飯才回家不是嗎？那個時候，藤井同學的爸爸還是不在家吧？總是剛好在加班之類的。」

我很難不認同他。

「這麼說來，他就是在躲你囉？他根本不想見到你吧！」他抬著下巴，幸災樂禍地說出這些話，但即使這樣，我依然完全沒辦法反駁他。畢竟，連應該一直都在家的健介，每次當我在他家的時候，也絕對不會下樓到起居室裡。

「就算藤井同學的媽媽沒有邀你，你大可自動自發地去上個香呀！這樣一來，不但藤井同學的媽媽會很高興，而且，因為你是突然造訪的，藤井同學的爸爸也就沒辦法再躲你了呀！」

他笑嘻嘻地說著，讓人搞不清楚哪些是真心話。我真的不了解這個人——雖然對我們這些國中生來說，本來就很難理解大人們的思緒，但這傢伙心裡究竟在想什麼？到底在打什麼主意？我更是一點頭緒都沒有。

「不過啊，」田原先生恢復原本的口氣說：「說到剛剛的靈異事件，我想人類還是有靈魂比較好。」

「是嗎？」

「是呀！要是人一死就乾乾淨淨地什麼都沒留下……對於被留下的人來說，應該會更難受吧？」

我禁不住點了點頭，心裡也稍微感到開心。

原來，田原先生也有這一面啊！從東京到這裡來採訪的記者中，他是留下來的最後一位，雖然他曾經對著我們直言：「我最討厭你們這種人！」但偶爾又會說出一些像是看透我們心底想法的話，我們無法靠自己說明的混亂感受，他都能一語道破。

不過，我當然不會主動想見他。如果可以，我甚至希望跟他毫無瓜葛。

但藤俊的媽媽卻對我說，她希望我多跟田原先生說說藤俊的事。

「因為那孩子在學校是個什麼樣的人，小裕你是最了解的。」聽她這麼說，我實在無法回絕。事實上，即使田原先生像現在這樣把我叫到旅館的茶坊來，也很少問我藤俊以前的事，這些藤俊媽媽並不知情。「田原先生跟我說，他想盡量多知道一些俊介的事，充分了解之後再把報導整理出來。聽他這樣說，我很開心呀！」她是這麼深信著田原先生。

「小裕的爸爸媽媽應該也是這樣吧？所謂的父母呀，聽到有人表示『想知道一些孩子的事』、『想多了解一些孩子的事』都會很開心的喔！」——當我想起我們從未好好了解藤俊所受的苦時，就知道自己怎麼樣也無法拒絕藤俊媽媽的要求了。

打開筆記本，田原先生接著問道：「藤井同學的桌子是什麼時被收掉的？」

「十月底，大概是七七辦完的時候。」

他一邊翻閱著筆記確定日期，一邊自言白語地說著：「原來如此，那陣子的事我還沒好好問過……」

「桌子被收掉後，看起來清爽多了吧？」

「清爽？」

「你們不會覺得事情終於告一段落了嗎？」

我點了點頭。

「對吧？」田原先生說著，一面把筆記本翻到新的一頁，不知寫下了什麼。

我趕忙接著說：「雖然說事情已經告一段落，但並不是說跟我們已經沒關係了，也不是說我們就把事情拋到腦後。」田原先生只是應付地「嗯、嗯」了兩聲，繼續在筆記本上振筆疾書。

「他的桌子被收掉後，你們會覺得寂寞嗎？」

「嗯……是呀……」

「不要說謊。」

聽到他如此嚴厲的語氣，我只能噤聲不語。之前說他好像能看透一切，指的就是這麼一回事。

的確，那時候我並不覺得寂寞。而且老實說，一想到藤俊的座位已經不在了，反而讓人覺得鬆了一口氣。

「每天早上都有人在他桌上放花，對吧？那是輪流的工作嗎？」

「是的。」

「所以你也放過囉？」

我伸出了兩隻手指頭。富岡老師把這工作稱為「獻花值日生」，每天兩個人，全班共輪了兩次。快要開始第三輪時，藤俊的桌子便被收掉了。花朵是富岡老師自掏腰包加上班費購買的，我輪到的兩次都剛好是大波斯菊。

「你把花放到桌上時，心裡在想什麼？」

「我……」

「那時候的心態，應該跟把板擦打乾淨時的感覺一樣吧？」——他這種挖苦人的說話方式，從藤俊自殺後一直沒變過。

「只是因為輪到了，所以不得不做吧？」

「不……」

「不然是怎樣呢？」——他這種咄咄逼人的問話方式，也從來沒變過。

「就是懷抱著替藤俊祈福的心情……」

「不是叫你不要說謊了嗎？」

田原先生像打鼓一樣，用原子筆敲打著筆記本：「事後才說這種好聽話，是想營造好孩子的形象嗎？我覺得這種做法很奸詐。」

我完全沒辦法回嘴。

「這不就跟寫反省文一樣嗎？」聽到他這麼說，我連頭都抬不起來。

「唉，算了，」田原先生重新把筆拿好：「那你跟我說說最近發生了什麼事吧！」

關於那時快升上三年級的二年三班，我把當初沒告訴田原先生的事，寫在這裡。

那時候，我們很少提及藤俊的事。

當藤俊的桌子還在教室時，我們都會刻意避免提到他。當他的桌子被收掉，而且原本只用兩條線將他的名字槓掉的點名簿都換新了之後不久，很自然地，他也跟著消失在我們的話題中。

當然，我們並沒有忘記他。不論是他的事，或是我們對他所做的事，都還殘存在心底某個角落。只是，那裡被蓋上了蓋子——雖然剛開始必須刻意用力將蓋子蓋上，好讓它不會被打開，只是曾幾何時，蓋子變得愈來愈密合，甚至讓我覺得，即使放手不管也不會露出縫隙。

不過，那個角落有時候卻會讓人感到很不安。每當一個人獨處時，蓋子似乎便會稍微鬆開一些，讓人不由自主地想去確認，是不是真的緊貼、密合、滴水不漏？

他已經死了，已經不在了。他的臉、他的姿態、他的聲音，都不會再次出現在我們眼前了。這是理所當然的吧？知道他的死訊後，我們想都沒想就接受了這個事實。不過，每當和大家一起談到在這間教室上課的日子已經所剩無多，或是提到升上三年級便需要換教室的話題時，藤俊在這裡隕落的事，便會讓人格外掛心。

在這間教室的某個角落，是不是還有藤俊留下的塗鴉呢？在某人的置物櫃裡，會不會還混著他的東西呢？當初把他的桌子運出去時，會不會弄錯而把別人的桌子送了出去，而他用過的那張桌子其實仍然留在教室裡，在沒人注意到的情形下繼續被使用著呢？會不會？會不會……

人死了之後為什麼要分送遺物呢？我終於了解其中的含意了。

我甚至還開始思考：在照片發明之前，人們是怎麼追憶死者的呢？

藤俊的父母，並沒有將遺物分送給班上的同學。雖然這不是我們能作主的，但他們如果真的把遺物交給我們，大家說不定還會很尷尬。

不過，有一件事我沒跟任何人提起過，藤俊媽媽曾經對我說：「如果想留些什麼在身邊的話，儘管跟我說，千萬不要客氣喔！中川同學已經有一個存錢筒了，小裕想留些什麼呢？」我雖然點了頭，但對於收下遺物這件事，我既沒有拒絕也沒有主動開口要求。如果她堅持要我收下，我想我還是會收吧……，就算會煩惱該放在自己房間的哪裡才好，也不會把它丟掉。但即便如此，我還是一點也不想自己開口說：「請給我。」雖然這樣說藤俊媽媽或許會比較高興，不過，我還是說不出口。

關於藤俊的事，我究竟是想愈早忘得一乾二淨愈好，還是希望一直記在心底？其他同學又是怎麼想的？從大家平時的樣子觀察，我完全沒辦法判斷大夥兒是否已經完全振作起來了，或其實仍背負著什麼陰影；也完全無法得知，嘗試探問時若聽到對方回答說：「我也是這樣……」究竟是會讓人感到鬆一口氣，還是反而令人更加鬱悶。

我告訴田原先生的，都是關於三島他們的事。我並不是自己主動提起的，而是因為田原先生總是會問我：「那些傢伙最近怎麼樣？」

「還是在浪蕩度日嗎？」

「嗯。」

「那個畏畏縮縮的傢伙呢？」

「您是說堺翔平嗎？」

「對對對，堺翔平。那傢伙也還是一樣嗎？」

雖然有些遲疑，但……算了，還是如實把情形告訴他吧！

「第三學期後，他就很少到學校來了。」

「為什麼？是因為沒辦法上學，還是他不想上學？」

「目前是……」

「應該是因為他不想來吧？」

我點點頭。關於堺翔平的事，田原先生也很清楚，而且他也與堺翔平的事有點關係。

十一月之後，被惹惱的三島與根本，對堺翔平的態度已經不是視若無睹這麼簡單了。他們開始常常為了一些雞毛蒜皮的小事，就對他拳打腳踢。據說，最初為了求得那兩個人的原諒，堺翔平還會拿錢給他們吃喝玩樂，而且金額並不是兩、三百塊，而是好幾千塊。為了拿出這些錢，聽說他每天都會到車站前去當扒手，甚至恐嚇小學生或看起來好欺負的國中生。

那兩個人的情緒也因為這樣稍微平撫了一些，不過他們並沒有回到從前的相處模式，而是讓堺翔平像個聽話的小嘍囉般跟在身邊，頂多就是打他、踢他、戳他或踹他屁股的力道稍微輕了一點罷了。

出人意料的是，因為十一月中旬發售的《觀點月刊》，堺翔平再一次跟那兩個人結下了樑子——他抖出了藤俊被霸凌的細節，讓田原先生寫下了以「死祭自殺——令人顫慄的人間地獄」為題的報導。

「因為內容絕對不可以出錯。」所以在把稿子付印之前，田原先生還先把稿子拿給我確認過。

關於霸凌的內容，大致都跟我們知道的一樣。

「沒錯吧？沒有任何你之前不知道的事吧？身為記者，我還真是不夠格呀！」他露出了一臉沮喪的表情，等到我稍微放鬆緊張的情緒後，又突然沉著聲音放冷箭般地說：「你們知道得這麼清楚，果然就是見死不救呀！」我跟田原先生間的往來，一直都是這種模式。

不過，田原先生的原稿之中，有一件事跟我們所知的事實不同。那篇文章裡頭，田原先生寫道：「霸凌的主謀就是俊介同學遺書中所點名的M氏與N氏。」關於堺翔平的事，他隻字未提。

針對這點，田原先生泰然地說：「就這樣啦，因為遺書裡只有那兩個人的名字呀！」

「可是您知道吧？堺翔平的事。」

「嗯嗯，我知道呀！他做的事似乎比三島和根本更過分。」

明知如此，報導裡卻什麼也沒寫。

他指著原稿中的一段說：「我還去訪問過他本人呢！」文章中有一段署名為「與M氏和N氏熟稔的同學」指出：「雖然我很想阻止他們，但因為害怕之後會遭到M氏與N氏的報復，所以什麼都不敢說。」

「這……是堺翔平說的？」

田原先生爽快地點頭說：「我用錄音帶錄起來了，你想聽的話我可以放給你聽。」

看樣子應該不是亂扯的。

「他完全沒提到自己霸凌藤俊的事嗎？」

「他以為自己可以逃掉吧？真是個笨蛋！我全都調查得一清二楚，那傢伙還以為自己可以撇得一乾二淨。只因為遺書上沒提到他的名字，就以為還有一條生路，拚命地在那邊強調：『不是我、不是我，最壞的不是我！』」

「真的是笨蛋！」田原先生不屑地說：「所以，我就照他的希望，把堺翔平描寫成一個『好人』囉！」

他為什麼要這麼做？又為什麼要把這些事告訴我？「因為我覺得『其實還有一個大壞蛋』這種事，無論對俊介同學的父母親或是對學校而言，都還是別說比較好。」——這些話應該並不是隨口亂說的，卻也讓我覺得，事情並非如他所說的單純。

總之，當《觀點月刊》的報導出來了之後，三島與根本又故技重施，他們對待堺翔平的方式，甚至比十一月初那時更加殘酷。而且，這次不只他們兩個人欺負堺翔平，連沒什麼關係的學長也加入了。報導中出現的同學就是堺翔平——這消息到底是誰傳出去的？說不定就是田原先生。他會這麼做其實並不奇怪，連當初四處張貼的遺書影本，他都毫不在意地承認：「對啊，是我貼的。」

藤俊的遺書裡沒有出現他的名字，頂多讓堺翔平成了一個倒楣的受害者，但在那篇報導刊出之後，他卻徹頭徹尾地成為一個「背叛者」。

堺翔平不斷替自己辯解，哭著表示他明明已經承認了自己的罪行，但即使如此，他依舊沒獲得原諒。

當時序進入十二月後，堺翔平便時常曠課沒來上學。即使到了學校，也幾乎從一早開始，就躲在保健室裡不出來。

又出現了一個祭品——這一次，我們依然見死不救。

第三學期開學後，出現在學校的堺翔平看起來簡直是形銷骨立，但是他的眼神卻銳利得令人毛骨悚然。那雙眼緊緊瞪著三島與根本，臉上滿是憎恨——十二月時膽怯畏縮的模樣，全然不復見。

另一方面，被瞪視的三島與根本的反應也起了變化。按照之前的情形來說，堺翔平這樣的態度一定會招來一頓打，但當時，那兩個人卻只是困窘地避開堺翔平的眼神。

原本一直在做記錄的田原先生，低垂著視線問說：「寒假的時候發生什麼事了吧？譬如堺翔平結交了比那兩人更壞的傢伙之類的？」

「雖然只是傳言，但聽說是那樣。」

據說寒假的時候，堺翔平在車站前的電動遊樂場跟認識的飆車族混在一起，有人則說是特種行業的圍事而非飆車族，還有人說其實是黑道的流氓……，不過，無論是哪種人，都是三島與根本惹不起的對手。為了讓那些人替自己撐腰，據說堺翔平拿出來的錢，比當初討好那兩個人的時候更多。

「真是淺顯易懂呀，不愧是笨小孩會幹的事。」田原先生冷笑著問：「那麼，堺翔平有報復三島與根本嗎？」

「沒有……還沒有……」

「你覺得時機快到了對吧？」

「因為……堺翔平最近都沒到學校來……」

「是因為忙著鬼混嗎？」

「有可能……」

「還是只是在逃避呢？那三個人都是？」

他的態度變得更加冷淡，嘲諷似的笑了笑後，終於合上筆記本把它收進包包裡。

「總而言之，我後天之前還會待在這裡，如果還有什麼想問的，會再打電話給你。」

十二月發行的雜誌裡，針對藤俊自殺後學校與教育委員會的對策做出了強烈的批判。一月的雜誌則揭發了學校自去年開始便視若無睹的事，還寫了〈老師以暴制暴壓抑的校園暴力，被學生轉換為陰險的霸凌〉大肆批判利用體罰將事件壓下來的富岡老師。二月的主題，則是三島與根本的父母，報導中提到兩人的父母一直拒絕採訪、他們根本沒上門拜訪過藤俊的父母、就是因為他們放任式的教育才讓兒子犯下那樣惡質的罪行……

雖然比起前幾期，「藤俊事件」報導的頁數少了許多，在目錄中所占的篇幅也愈來愈不起眼了。不過這個月，原田先生還是來到我們鎮上，這表示——採訪仍會繼續下去。

「接下來……您要寫些什麼呢？」

「你希望我寫你的事嗎？」

雖然理智上知道他在開玩笑，但我的心跳還是怦怦地加快了，背脊也跟著緊繃起來。

「我今天晚上會跟藤井同學的爸爸一起喝酒喔……」

我的心跳愈來愈快，背脊也愈來愈僵硬。

「如果有什麼話想託我轉達，你就直說吧！」

根本沒等我回答，田原先生便哈哈哈地大笑起來，拿起帳單站起身。「把果汁給我喝完，」當我打算跟他一同離開之際，他對我說：「不要糟蹋人家請你的東西。」

沒辦法，我只好把桌上剩下的柳橙汁拿起來喝。同時，服務生端了咖哩飯過來，一直等我到收銀台結帳時，才聽說田原先生已經都買單了。

真是搞不懂他！像田原先生這樣的大人，到底都在想些什麼呢？他又是怎麼看我的？就這樣，在我什麼都還沒搞清楚的情形之下——再一次見到田原先生時，已經是四年後的事了。

2

離第三學期結束還有幾天的某一天午休，中川小百合突然來到二年三班的教室，把我叫了出去。

「有個東西想讓你看看……」

她滿臉困窘，一面小心翼翼地注意著旁人的眼光，一面拿出了圖書室的借書卡。

二年三班，座號二十三號——藤井俊介。

中川在第三學期擔任圖書委員，因為快到年底了，所以昨天放學後，她整理了已經不使用的借書卡。

我們學校的每一個學生，都有一張可以寫上借出的書本名稱與歸還日期的借書卡。借書卡的使用方式是——每借一本書，借書卡便要先放在圖書室的櫃檯，還書後再把卡片領回去；如果沒有想再繼續借書的話，就把借書卡放在圖書室裡的班級借書箱中。

藤俊的借書卡，就放在二年三班的借書箱裡。在跟其他的圖書委員一起整理借書卡之前，中川心裡想著「該不會……」而探頭往借書箱裡一看——果然就在那裡！

「富岡老師忘記整理這個了。」

「我也完全沒想到……」

我很少到圖書室去借書，從班上的借書箱把自己的借書卡拿出來時，也不會去留意其他人的卡片。

不過仔細想想，也的確如此，即使藤俊已經不在了，他的借書卡也還留著，如果沒有人想到要把它拿出來，借書卡就會一直留在箱子裡。

「他好像借了不少書。」

卡片上寫了近二十個書名，幾乎都是《世界之旅》的系列書籍。

「藤井同學很喜歡旅行嗎？」

「應該沒有吧……」

其實，我根本不了解藤俊究竟喜歡或討厭什麼。

「你看這個日期。」

上面明確地寫著最後還書的日期——

九月四日。

九月二日借的《世界之旅・歐洲》在九月四日歸還了，就在那一天，他上吊自殺了。

「要是他看了書之後能夠打起精神來，應該就不會死了吧……」

刻意發出的笑聲，讓身體不自覺跟著顫動。

借書卡上的名字是用蓋名冊的印章蓋的，書名與日期則是櫃檯的圖書委員寫上去的。

如果上頭能有藤俊的字跡就好了──這個念頭一湧而上之後，我突然發現，這是我第一次這麼想。我讓自己的視線從借書卡上挪開，死盯著自己的腳邊。

「這張借書卡，還給藤井同學的媽媽比較好……」中川偏著頭詢問時，看到我含混地點了點頭後，又接著問：「或是別還比較好？」

「總之……嗯……我想，還是還給她比較好……」

「還是悶不吭聲地丟了它？」

這樣做不好。我搖了搖頭，中川也終於如釋重負地說：「我想也是。」

「那就交給富岡老師，請老師幫忙處理囉？」

那樣做更不好。

我清了清喉嚨，小心留意不讓聲音顫抖。「交給我吧……」

「給你？」

「嗯。」

「為什麼？」要是她這樣問，我想我沒有自信能夠好好回答。

但中川只是稍微想了想，便說：「這樣也許比較好。」

我驚訝地抬起頭。

我倆四目相視後，她噗哧地笑了出聲：「不知道為什麼，我總覺得你會這麼說。」

而我也覺得，如果我說別給我，中川大概也會接著說：「那給我吧！」

鬆了一口氣之後，我再度望著藤俊的借書卡。

從六月中旬開始，他便不斷地借書。那段時間，剛好是三島、根本與堺翔平對他的霸凌愈來愈激烈的時候。

《世界之旅・亞洲》、《世界之旅・北美》、《世界之旅・中南美》、《世界之旅・大洋洲、南極》、《世界之旅・非洲》、《世界之旅・蘇聯、東歐》、《世界之旅・歐洲》——當時的俄羅斯還在蘇聯體制下。

當中夾雜著幾本小說與歷史書籍，但重複借的書都屬於《世界之旅》系列，他最後借的那本《世界之旅・歐洲》，則已經借了三次。

「中川……」

「嗯？」

「圖書室今天可以進去嗎？」

還是算了。我對著中川搖搖頭，像是想收回剛說出口的話。

「現在的話……我可以想辦法。」圖書室從昨天開始整理書庫，四月前都不會開放。不過，因為中川放學後要整理書庫，所以她身上有圖書室的鑰匙。

我並非沒有絲毫猶豫。

不過，我沒辦法等到四月，也不想拜託中川一個人去。我必須親自去確認一下，不是因為有人叫我這麼做，也不是為了任何人，而是為了我自己。

「你要去看看嗎？」中川問。

我點點頭，往前邁開步伐。

中川跟在我的斜後方走著。「不知道為什麼，我也覺得，你說不定會這麼說。」

事隔二十年，如今回想起那時我對中川的感情——其實很不可思議。

如果問我喜不喜歡她，我的確喜歡，只是，所謂的「喜歡」卻不是想跟她「交往」的那種情感。要是問我跟她在一起時開心嗎？老實說，並不是那麼開心，但一想到分開時的不安與不踏實，就覺得……還是在一起好些。

每次到藤俊家陪藤俊媽媽聊往事時，中川的樣子總讓我覺得好可憐，不過我卻也說不出「妳今天不去沒關係，我一個人去就好了」這種話。

中川的感覺，或許也跟我一樣吧……？

後來某一天，我在看著電視裡的懸疑影集時突然意識到，我們兩人之間的關係，說不定就像是——共犯。

就像犯罪後逃亡的搭檔一樣，我們也如此聯繫在一起。

只是，緊追在我們身後的——又是誰呢？

空無一人的圖書室裡，我們將《世界之旅》系列的書排放在桌上。與其說是為了實際到該地旅行所寫的導覽書籍，這套書更像是讓人欣賞世界著名觀光景點的大開本圖片集。

「藤俊的國語很爛，所以才選這種字少的書看吧？」

雖然我刻意胡說搞笑，但中川卻沒有露出笑容。

「不過……真是壯觀呀！」

這次說的就是真心話了。

中川也靜靜地點了頭。

將七大本《世界之旅》排列在桌上，看起來的確很壯觀。美國的自由女神、巴黎的凱旋門、埃及的金字塔、亞馬遜河蜿蜒的空拍照、紅褐色的澳洲大平原、中國的萬里長城、莫斯科的紅場與克里姆林宮……光看每本書的封面，就讓人覺得彷彿真的環遊了世界。

「這些書，其他還有很多人借嗎？」

「沒有。這書又大又重的，還書時很麻煩。」

「也對。」

「所以，應該不是為了消磨時間而隨便借的，藤井同學應該是真的非常想看才對。」

而且，他還把整套書重複看了好幾次。

「看著這些書時，他在想些什麼呢？」

中川沒有回答，這代表她跟我一樣，正想著相同的問題吧？

我們隔著攤在桌上的《世界之旅》面對面坐下，接著各自拿起手邊的一本啪啦啪啦地翻閱著。

想要感受藤俊的心情——是絕對不可能的，我們也沒打算去刺探。我們只是想仔細咀嚼一下，當藤俊每天在學校無處可躲地被霸凌時，回到家後總會讀的這些書。

即使身體無法逃脫，起碼能讓心靈逃離到遠方吧？

他大概想啟程到別處去旅行吧？

如果身上有錢的話，如果年紀再大一點的話，他大概會選擇離家出走而非自殺吧？

「你過來一下。」中川對著我說。

在藤俊最後借的《世界之旅・歐洲》裡，夾著一張活頁紙。

紙上有著用自動鉛筆寫的標題：「環遊世界之旅——決定版」。

從日本出發後，接著先到澳洲去。然後以雪梨歌劇院為起點，依序去看大堡礁、塔斯馬尼亞島，再經過夏威夷到美國的洛杉磯、拉斯維加斯、大峽谷、五大湖區、尼加拉瓜瀑布、紐約……

小小的字依著箭頭，滿佈於紙上。

「這是……藤井同學的字？」

「嗯。」我回答道。在他的筆跡中，「ツ」跟「シ」很難分辨——因為無論是筆畫中的「點」或「撇」，他通通都會寫成橫撇，這也是我認出他的字的主要原因。

「好像不是一次就寫好的，你看這裡，」中川指著活頁紙說：「字體的大小和字跡的深淺變來變去的。」

「既然說是『決定版』，代表這是他最後決定的版本吧？」

「有可能……」

「那傢伙是因為覺得已經成功環遊世界了，所以才去自殺的嗎？」

中川什麼話也沒有回答，只是微微地搖了搖頭。究竟她是覺得「不對」，還是「不見得」，我完全摸不著頭緒。

在北美洲繞了一圈後，往南美洲前進，接著由巴塔哥尼亞前往非洲，遊遍非洲後朝北前進，再經由中東前往亞洲。一路橫斷至歐亞大陸的東部後，經由西伯利亞鐵路由東往西縱貫。遊覽過歐洲各地後，最後抵達瑞士的Skogskyrkogården。

這地名我聽都沒聽過。
「這裡很有名嗎？」
「我也沒聽過……」
書裡夾著活頁紙的地方，正好是介紹Skogskyrkogården的頁面。Skogskyrkogården這個字的含意是「森林墓園」。在斯德哥爾摩的郊外，有片坐落在森林中的墓園，裡頭還有教堂、火葬場等設施。書上的介紹文字這樣描述著：這個經由世界知名建築師設計而將風景與墓園結合為一的森林墓園，可說是一件藝術品。
在綠茵遍野的山丘上，聳立著一個巨大的十字架。
襯著背後湛藍的天空，深灰巨大且毫無多餘浮雕或裝飾的十字架，散發出與墓地無關的光潔氛圍。儘管如此，這個四周空蕩蕩、什麼都沒有的小山巔，還是透露著遺世獨立、孤孤單單的寂寥感。
我在電視上看過很多次歐洲教會的十字架，我們鎮上也有好幾個基督教的教會，教會的屋頂上也有十字架峙立著。
但「森林墓園」裡的十字架，跟我記憶中的十字架不一樣。
原來還有這種十字架？
不知不覺地，我竟思考起這種問題。
「一般來說……不會選……這種地方當旅行的終點吧？」

小小聲、斷斷續續吐出話語的中川，眼淚似乎就要奪眶而出。「他如果選一些熱鬧一點、繁華一點的地方就好了……」或許因為勉強著繼續說話，早在眼淚從臉頰滑落之前，她的聲音就先哽咽了起來。

我慌亂地張口回應。

「本來……這就不算環遊世界啊！從日本出發到瑞典，根本還沒繞完一圈嘛！」

「對吧？妳也同意吧？這樣真的很奇怪啊！」我的聲音在空蕩蕩的圖書室裡迴盪著。如果不將聲音從肚子裡硬擠出來，我恐怕也會跟著落淚。

既然是環遊世界，就必須回到出發點。這原是一段必定會歸返的旅程，但他卻沒有回來——他選擇了一段沒有歸途，只有去程的旅途。

「可是……他沒有把終點寫出來……」中川吸著鼻子說：「說不定，說不定本來……他還想……繼續下去的。」

「沒有了啦！」甩開從心底湧上的許許多多思緒，我只讓自己存著一個念頭，斬釘截鐵地回答道。

藤俊所決定的終點，就是「森林墓園」——他想把山丘上聳立的十字架當作旅程的終點。也就是說，他早就有要結束自己生命的念頭了，所以，無論我們怎麼做、做些什麼，都無法阻止他自殺。邁向死亡，是出自於他自己的意志，也是他的個人自由，無論旁人怎麼介入，都無法改變。不管這樣做是魯莽的，還是自私的，總之，他就是想這麼做。

「那麼，他為什麼要把活頁紙夾在這裡？難道你不覺得，他是因為想繼續寫，打算下次再借同一本書，所以才把它夾在書裡的嗎？」

「不對，絕對不是因為這樣。那傢伙一向很糊塗，所以一定忘了——他忘記活頁紙還夾在書裡頭，就直接把書拿去還了，就只是這樣！他從小就容易丟三落四的，一天到晚都在恍神，就是個糊塗蟲……」

我拚命地解釋著，中川則猛然趴在桌上，嚎啕大哭了起來。

用制服的袖子胡亂擦去眼角湧上的淚水，我乒乒乓乓、粗魯地收拾起書本。「這個，就先放我這裡。」我邊說邊拿起那張寫著環遊世界計畫的活頁紙，掉頭離開圖書室。

這時候，或許別聚在一起反而會好一些。這張紙，還是別讓中川拿著比較好。

中川就這麼趴在桌子上，一句話都沒說——那時我還不知道，藤俊自殺的當天，中川曾經接到他打來的電話。她因為自己斷然掛掉藤俊的電話而產生的懊悔，以及一直將這份懊悔藏在心裡一個人承受的痛苦，當時的我也都一無所知。

3

借書卡跟環遊世界的事，我都沒告訴藤俊的父母。

我並非刻意隱瞞，而是因為幾天後發生了一件意料之外的事件，讓我沒有機會把事情說出來。

我們寫的反省文，被刊載在《觀點月刊》上了……

就是被那個人拒於門外的那些作文。

第三學期開始後，富岡老師再度探訪藤俊家時，又把那些作文帶了過去，希望對方至少能看看學生們的心情。

那個人最後是收下了，但卻完全不是因為他已經原諒我們。他並沒有忘記自己第一次接受《觀點月刊》採訪時所說的話——「人命的重量，光靠文章是寫不出來的吧？」不清楚他是先和田原先生聊過，或是拿到作文後才決定的，總之，他把我們的作文交給了田原先生。在將作文的作者名字遮起來，並隨意擷取內容後，這些反省文便以「條列式的空洞言語」為標題付印了。

事實上，報導中雖然刊載了近十名學生的片段文章，但到底哪篇是誰寫的，連我們學生自己都分不清楚——這些片段的文字，真的成為了「條列式的空洞言語」。

我們從來沒想過，只要寫篇文章就能獲得原諒；我們很清楚，無論寫下什麼，最後都只是些「空洞的言語」，所以當我們的作文被拒於門外時，大家反而都覺得鬆了一口氣。第三學期後，因為對方終於肯收下作文而感到開心的，也只有富岡老師一個人而已。

即便如此，我們也從沒想過事情會發展成這樣，除了愕然，大家都不知道應該如何反應。雖然報導是由田原先生所執筆，並由《觀點月刊》印刷在全國發行——對我們來說，那個人將我們的作文交給媒體，才是最讓我們感到訝異的。

每個人都覺得被背叛了。女同學裡，好幾個人都哭了；男同學中，即使是個性比較嚴謹的人，也都掩藏不住怒氣。

那個人本來是「被害者」，所以無論他怎麼氣我們、恨我們，大家也都認了；雖然自覺理虧，但是我們心裡還是希望有一天能獲得他的原諒。正因如此，他這次的舉動讓我們更加難過、悔恨了。

校方被迫出面做出應對，他們前往編輯部抗議、向田原先生傳達不滿，春假時還緊急召開了全校集會，校長在集會中不斷強調：「你們沒有做錯什麼，老師們都很清楚，你們是真心在反省、懺悔的。」

至於那個人，不知道是否也有收到什麼樣的不滿抗議？有人說，富岡老師跑到藤俊家去大發雷霆；也有人說，富岡老師因為擔心《觀點月刊》繼續刊登相關報導，只好忍氣吞聲……，然而，究竟是否發生什麼事，誰也不知道。

不過，老媽倒是告訴了我一些事情。二年三班的家長會中，沒有任何一個人出來替那個人說話——比起我們與校方，家長們更加怒不可遏。

「這是當然的呀！他這麼做，等於是踐踏了你們的心意。真是太不近情理了！大家都說，藤井同學就是因為有那樣的爸爸才會自殺的！」

當最初的打擊感逐漸淡薄了以後，同學們也開始覺得：「算了啦！」大家似乎都鬆了一口氣，「既然對方連這種事都做出來了，我們也就扯平了啦！」

終於，我們也成了「被害者」，不管是二年三班的學生，還是學生的家長。

既然同樣都成了「被害者」，就再也不用感到內疚了吧？

藤俊的媽媽一一打電話到全班同學的家裡，為報導的事道歉。

不過，據說每個家長的反應都非常冷淡。

我媽似乎也是一樣。

「因為很同情藤井同學的媽媽……所以之前大家的事被隨意刊載在報導上時，我們全都忍了下來。不過，現在已經忍無可忍了！既然藤井同學的爸爸對大家的恨意這麼深，我們積壓了許多的心底話也就沒有必要再憋著了。」

是藤俊自己選擇結束自己的生命，又不是被別人給殺掉的。

「你自己想想嘛，如果那孩子把被霸凌的事跟老師說，還會發生那種事嗎？當人家的兒子該說的不說，就那樣任性地自殺，而為人父的還把不該說的對媒體亂說一通，那家人到底在搞什麼呀？」

氣憤地發洩完之後，老媽趕緊又補上一句：「這是……大家都這麼說！」

刊載在《觀點月刊》上的報導只占了兩頁的篇幅，報導的主題也都圍繞著教育評論家對「心靈教育」的看法，到頭來，這篇報導並沒有如大家擔憂的那樣，引起太大的風波。

唯一受到影響的是——讓藤俊的爸媽變成了壞人。

接著，我想談談關於健介的事。

本來應該在四月進入我們學校就讀的健介，選擇到隔壁學區的學校去了。

中川小百合告訴我說，《東洋日報》的本多小姐做了很多努力，才讓市府教育委員會同意以特例的方式處理，讓健介進入隔壁學區的國中就讀。

「聽說，藤井同學的媽媽無論如何都想讓健介去讀那間學校。」

開始放春假後，藤俊媽媽突然向本多小姐提起這件事。

「如果硬讓健介進我們學校的話，每天健介上學後，她都會擔心健介會不會被欺負。本多小姐懂得為人母的心情，所以就去拜託報社高層有影響力的人幫忙。」

「不過，健介他……同意這樣的安排嗎？」

「他似乎是同意了，」中川說：「但他心裡到底是怎麼想的，其實也沒人知道。」

「在那間學校裡，健介應該沒有朋友吧？」

「嗯……」

「說不定在那裡還比較容易被欺負哩！」

「說不定是這樣沒錯……，但總比到我們學校來好，不是嗎？」

分不清是懊悔、悲傷或令人懷念的思緒襲來，我笑著說：「說不定等我們畢業後，他就會轉回來了。」

「是啊……」中川寂寞地微笑回答，接著又更加落寞地說：「他們一家人的人生都因此而改變了呀……」

「藤俊這麼做真的很過分哪！」

「不是這樣的，」中川說：「改變了他們人生的人，其實是我們。」

時值四月。

富岡老師調任至教育委員會，校長也轉至他校任職。我們升上了三年級，原本二年三班的教室裡，也換成了另一批二年三班的學生。

三島、根本與堺翔平，分別被編到了不同的班級裡去，我跟中川小百合也不在同一個班級。大概基於某些考量，校方才會把我們這五個跟藤俊自殺事件有關的人，特別編到五個不同的班級去。

四月底發行的《觀點月刊》中，並沒有見到田原先生的報導。自從三月那一次見過面後，他就沒再跟我聯絡了。五月的雜誌中，關於我們的報導再度缺席。之後，田原先生便音訊全無。

一直以來窮追不捨的《觀點月刊》終於收了手，而關於「死祭自殺」的報導也終於落了幕。

關於藤俊的事，也從我們每一天的日常生活中迅速地淡去。

「藤俊的週年祭，你有什麼打算？」

原本一起念二年三班的宮村，突如其來這麼問我。六月了，每到這個時期，我們總是會從教室的窗口眺望著下著雨的操場，度過無法到外頭活動的午休時間。

我已經好久沒在學校聽見有人提起藤俊的名字了，這陣子，如果不是因為突然想起什麼或遇到什麼特別的時機，藤俊通常不會出現在我們的話題中。

「小裕，你覺得應該要像喪禮那時一樣，全班都到比較好嗎？」

「應該不必全班都到吧……」

「說的也是，就為了這一天集合二年三班的全體同學，好像也怪怪的。」

「而且，富岡老師也不在了。」

「對耶！那麼這樣做真的不太好。」

宮村邊點著頭邊笑著說：「如果要推派代表的話，就一定是小裕你啦！因為你跟他是『好朋友』嘛！」

聽他語氣如此輕佻，我也就隨便笑著回答說：「那天我放假。」

還是二年級的時候，大家幾乎都盡量不去提「好朋友」這檔事，如今……卻成了開玩笑的題材。

就這麼簡單地……

二年級尾聲時如影隨形的沉重感，就彷彿是一場夢，升上三年級後，我們對失去藤俊的事早已釋懷。並不是我們的思考模式出現了什麼重大改變——藤俊就像從一群以相同步伐跑著馬拉松的團體中掉出來一樣，極其自然地被遺忘了。

「如果你代表我們去的話，中川小百合也會一起去吧？」

「你很煩耶！」

「喂，你們真的在交往喔？」

「沒有啦！你在鬼扯什麼？」

「要不要開場記者會宣布一下呀？」

宮村假裝對著我伸出麥克風，我笑著推了一下他的肩膀。

關於中川的事也是一樣。每次我跟她在走廊說話時，男生就會對著我們開玩笑，女生則會跟其他女生咬耳朵，意味深長地看著我們笑。說不定有人連我們之所以開始變得熟稔的理由都忘了，還在那邊摸不著頭緒地問：「那兩個人怎麼老黏在一起呀？」

宮村誇張地裝痛，邊揉著肩膀邊不死心地繼續繞著中川的話題轉。

「你們兩個都在聊什麼？」

「社團活動之類的事。」

「可是她是網球社的吧？跟足球社又沒關係……」

「因為我們都是社長，所以有很多事可以聊。」

我說謊了。

即使在學校時可以暫時把藤俊的事拋在腦後，但我跟中川沒辦法像其他人一樣，把藤俊的事忘得一乾二淨。我們一面往前跑，一面不斷回頭尋找從馬拉松團體中落下的藤俊；他落後這個團體好遠好遠，遠到他已經無心追趕了，卻還是會落入我們的視線之中。雖然這是條只有一個方向的直線跑道，雖然他的身影已經渺小得像顆豆子，不過大概還需要好一段時間，才會完全從我們的視線中消失吧？

因此，有時候我跟中川會低聲交談。

四月之後，藤俊媽媽便不再找我們去家裡玩了，雖然不致於擔心，可是卻讓我們很在意，所以「有什麼地方不對勁嗎？」「怎麼辦？我們要不要打電話去問問？」這類沒有結論的談話，也在我們之間不斷持續著。

「可是，如果你跟中川真的變成了一對，可以說是託了藤俊的福呀！」

宮村依舊繞著這個話題打轉。大概是因為正值梅雨季，所以胡亂找些話題來消磨無聊的時間吧，但……在這個節骨眼上提到藤俊，真是……

「那傢伙不知道會有什麼反應？如果知道你跟中川的事，他會開心還是不爽呢？」
「那種事我哪知道。」
「他該不會因為嫉妒，還化成鬼來找你吧？」
因為覺得對方變得很煩人，於是我半認真、半開玩笑地用比剛剛更大的力量推他的肩膀。這次，宮村也真的覺得痛了。
去年的這個時候，宮村比我還高，但現在已經被我追過去了。在這一年之間，我長高了十一公分——若從藤俊死後算起，也長高了七公分。
我突然想到，如果現在見到藤俊，自己大概得低著頭看他吧？不過，說不定藤俊也會長高一些。他大概會長高多少呢？他個子很小，了不起長個一、兩公分吧？不，說不定他會因為邁入成長期，一下子就抽高個五公分也不一定……我試圖去想像他可能的模樣，卻怎麼也勾勒不出來。
這時候，坐在靠走廊座位的朋友突然開口叫了我的名字。回頭一看，是二年級足球社的社員站在教室門口對著我鞠躬打招呼。因為下雨天沒辦法使用操場，他大概是為了詢問今天的練習內容才過來找我的吧？
終於，我有理由可以打斷與宮村的交談了。
「我先走囉！」我輕輕推了一下他另一邊的肩膀，便朝走廊走去，心裡則想著：藤俊有比這個二年級生還高嗎？

與其跟同年級的學生相比，把藤俊跟二年級生比較，還比較容易有頭緒。像從馬拉松團體中掉出來的那種感覺，也許就是這麼一回事吧？

一直到了七月的時候，藤俊媽媽還是沒有聯絡我們。

大概是偶爾會跟她聯絡的二年三班家長會和原本的二年三班都解散了，再加上《觀點月刊》事件的緣故，讓她逐漸與我們疏遠了。

「而且，一直和你們保持聯絡，說不定反而會讓悲傷無法消失，徒增困擾……，家裡還有個小兒子，她也必須好好轉換一下心情吧！」

老媽所說的事，我也不是不懂。只是，聽到原本二年三班的同學們轉述其他家長間的談話，讓我覺得事情並不這麼單純。

許多家長都很擔心孩子們升高中的事。

原本的二年三班被稱作「見死不救班」，這件事萬一影響到他們的升學考試怎麼辦？不只是私立學校的推薦入學，就算參加縣立或市立高中的入學考，這件事還是可能會有負面的影響。

有些家長為了搞清楚學生資料上面會不會寫到這件事，還親自找上班導詢問。

我們這些人，包括學生與家長在內，是不是做錯了什麼？或者，我們其實並沒有錯？

這個問題的答案，即使我在長大成人後，依然搞不清楚。

等到自己也當了家長之後，我更不知道該怎麼回答了。

4

暑假過了大半後，老媽聽到了關於藤俊媽媽的傳言。

在市內最大的市立醫院大廳裡，有人見到了藤俊媽媽的身影。她身上並沒有穿著睡衣或家居服，所以應該不是在住院。只是，她坐在長椅上的姿勢和身影，蒼老得像是另外一個人，身子整個縮得小小的——見到她的人，一時間根本認不出她來。

「她應該差不多四十歲而已，但聽說看起來卻像個老婆婆一樣……」

老媽看起來也挺擔心的。

「那個人有跟她說話嗎？」

「據說，對方覺得那個時候不適合叫她，所以就直接離開了。」

「這樣不是很沒意義嗎……」

「但別讓她生氣比較好吧？」

「……那麼，不知道是哪方面的病嗎？」

「是在大廳遇到的，掛哪一科都有可能……」

比起身體，我更擔心她的心理狀態。

老媽想的事也跟我一樣。

「我覺得可能還是精神方面的毛病吧？畢竟發生了這麼多事啊！如果親人去世後很快就出現精神狀況的話，還比較沒關係，要是隔了一段時間才出現問題就……」

「藤俊的媽媽自己也不清楚吧？說不定是因為更年期障礙變嚴重了啊！妳要是不振作一點喔……」為了閃掉老媽發不完的牢騷，我逕自走進了自己的房間。

中川小百合應該知道這件事吧？我本來打算撥電話跟她確認一下，要是她不知道這件事，那我就告訴她，不過老媽卻一直坐在放著電話的起居室裡。

足球社從七月底舉行的縣級足球比賽預賽敗下陣來後，我們這些三年級生也退社了。中川帶領的網球社也沒能如願進入縣級大賽，這讓我跟她在暑假期間失去了唯一可以碰面的機會。

我決定到補習班去找她。中川今天也有上暑期課程，應該會一直在補習班待到下午六點，如果在補習班前的大樓等，應該就可以見到她。

早知道會這樣，當初我也報名補習就好了。我完全沒意料到，以全縣前八強為目標的足球隊，竟然會連預賽都沒過，所以之前就算老媽一直念，我也都以「暑假時要花很多時間練球，沒時間去補習」為由而沒去補習班報名。

最後的一場比賽，讓我相當懊悔——有機會可以逆轉比賽的自由球被踢壞了，而且還是被我踢壞的！在我準備踢球之前，對方的選手走到我旁邊來，以裁判聽不見的音量說：「喂，你接下來打算對誰見死不救啊？」自從知道要成為我們學校的對手後，對方便一直在等待在最好的時機來這一招吧？

同分後的ＰＫ戰，更像一場惡夢。當我們的選手準備要起腳前，對方休息區中沒在選手席就座的一、二年級生，便對著我們大喊：「見死不救！」「殺人凶手！」即使後來因為裁判制止而稍微收斂，但我們的心情卻都被影響了。

ＰＫ戰失敗後所流下的懊悔眼淚，一半是因為輸球，一半卻是因為別的原因。我們這些人，難道一輩子都要被當成「對藤俊見死不救的傢伙」嗎？這樣的感覺，讓我悔恨不已，討厭起這個只有彈丸大的小地方。也第一次開始認真思考：高中畢業後，我一定要離開這裡！

中川雖然並不知道藤俊媽媽生病的事，但她的反應並沒有我想像中驚訝。雖然表情看來很訝異，但很快就被「果然如此」的反應給取代了。

聽說本多小姐前幾天有打電話給她。

「我問你，藤井同學的媽媽有跟你聯絡盂蘭盆會[1]的事嗎？」

「有聯絡妳嗎？」

「沒有……你呢？」

「我也沒有。」

「但是，今年是第一次的盂蘭盆會耶！」

我也想過這件事，對方如果開口叫我去，的確會讓我覺得有些困窘，但一點消息都沒有，卻也讓我心神不寧。

如果一直站在大樓前聊，下課後出來的同學看到後又要嚼舌根了。「走吧！」說完，我便踩下腳踏車的踏板，中川也沒問我要到哪去，便騎車跟在後頭。

跟走路時不一樣，因為腳踏車速度比較快，又必須把臉朝著前方，說起話來反而比較沒有顧忌。

「而且啊……」中川說話的聲音，聽起來比平常更加纖細。

前陣子，本多小姐問過中川關於藤俊媽媽的事。中川表示，對方沒有聯絡她，接著她也反過來詢問本多小姐：「我主動打電話去會不會比較好？」

「這我也不確定……」本多小姐語帶保留地回答：「藤井同學的媽媽可能會很開心，也可能不會太高興。」

「她不是說藤俊的爸爸，而是說藤俊的媽媽可能會不高興？」

我感到非常意外，所以口氣驚訝地回問。

「我也問了一樣的問題，」中川也苦笑著回答：「因為我本來以為，藤井同學的媽媽一定會很高興接到我的電話。」

「就是啊……」

「不過，本多小姐說的可能也沒錯。」

聽說在剛邁入四月的時候，藤俊媽媽便對本多小姐傾訴過她心裡的寂寞。

她對俊介的回憶已經用盡了……

的確，關於藤俊的回憶，藤俊媽媽已經從他的出生一路說到小學畢業了，二月碰面的時候，她也總是重複說著之前已經說過的事。

「接著該要說到上國中的事了，但她大概還是不想回憶起藤井同學上國中後的事。」

「嗯……」

「藤井同學的媽媽跟本多小姐說：『僅僅只有短短十四年的人生，真的是太空虛了！關於他的回憶竟然一下子就說完了，很讓人傷心……』」

我懂她的意思。

1 日本的盂蘭盆會有追悼逝者以及祈禱迎福的相關習俗。

「後來，藤井同學的媽媽還說：『俊介活了十四年，就應該要花十四年的時間來回憶他的人生才對啊！但是……我卻辦不到，真的太慚愧了……。因為，我沒辦法記住每一個細節……』」

那是當然的呀！這句原本想都沒想便已經到了嘴邊的話，被我硬生生地吞了回去——因為藤俊媽媽的心情，我也不是無法理解。

「仔細想想，除了藤井同學之外，大家還一直活著，每一天都不斷累積著新的回憶。你也是，我也是，今後，我們也會一直不斷增加新的回憶……」

自藤俊去世後，我們已經新增很多回憶了。雖然都是些瑣事，但我突然想到：那傢伙連畢業旅行都沒去成！今後的我們，將一一體驗他來不及經歷的事；今後的我們，將見識許多他無法看見的事物……對了，就連從學校三樓往下看的景致，他都還沒見過呀！

「真田，你長高了。」

「……嗯。」

「退出社團後，我的頭髮好像也長長了些。上高中後，穿的制服會不一樣，朋友圈、興趣、周圍的世界全都會跟著改變吧？這些變化，藤井同學的媽媽都不想看到吧……」

本多小姐也是這麼跟中川說的。

希望兒子的朋友，能替死去的兒子幸福快樂地活下去——這並不是真心話。

「就因為不是真心話，所以無論怎麼幫自己洗腦，內心還是無法真的這麼想。說的也是，我甚至覺得……藤井同學死了以後，誰過得怎麼樣都與她無關了，相反地，她說不定還會覺得，為什麼大家都過得很幸福，我的兒子卻得死呢？」

本多小姐採訪的新聞中，也發生過類似的事。公園裡，一位年輕女子接近一名正在遊玩的幼童，她突然把小孩抱起來後摔到地上，一旁的媽媽連阻止都來不及。原來，那名犯人的孩子在意外中不幸死亡，當她看見在公園開心玩耍的小孩時，憎恨突然一湧而出……這是發生在本多小姐剛當上記者時的事。

「那時她雖然很驚訝，但現在已經能夠理解了。看著藤井同學的媽媽，讓她對那位犯人的悲悽感同身受。」

突然間，彷彿有千斤重擔「咕咚」地沉沉落在我背上，因為想要揮去這樣的沉重感，我刻意笑鬧著說：「我們也算被藤俊的媽媽給殺了吧？」

中川並沒有露出笑容。「你可以不要用這種方式來逃避嗎？」

隨著腳踏車「嘰——」的煞車聲，她對我說了一聲：「掰掰。」

我完全沒有煞車，在眼前第一個轉角就轉彎，絲毫不敢回頭望。

結果，不僅是第一次的盂蘭盆會，藤俊的爸媽連他的忌日都沒找我們過去。

他們沒有找任何一個跟學校有關係的人，就連新上任的校長打算在忌日時送花過去，也接到藤俊的親戚們婉拒的通知。

藤俊忌日當天，我從圖書室裡借了《世界之旅・歐洲》，然後在自己的房間裡一直盯著「森林墓園」的十字架照片看，從窗外還見得著光的時候，一直看到太陽西下、房內暗到連書上的文字都看不清楚為止——我就像失去時間感般，獨自面對遺世聳立的十字架。

我究竟在想什麼呢？其實連我自己也不知道。我覺得自己什麼也沒想，只是愣愣地發著呆。

把書本合上前，我從抽屜裡拿出藤俊寫著「環遊世界之旅」的紙張，夾在印著十字架照片的那一頁裡。我打算就這樣把書還回去，因為說不定那傢伙這次並不是粗心忘記，而是刻意把活頁紙夾在書裡面的——假使他希望那裡能成為他想像中環遊世界之旅的終點，就讓他這麼做吧！

中川小百合也在自己的房間裡度過了那一天，她請家人提前兩天，在星期日先幫她慶祝十五歲的生日。因為她說，這樣子大家才能比較悠哉地吃蛋糕，雖然不知道這理由有多少真實性，但她的父母什麼都沒多說，也照著她的希望，在九月四號那天別對她說「生日快樂」。

我後來才知道——

那天，中川寫了一封信，對於冷冷切斷藤俊電話一事向他道歉，並祈禱他能安息。

「對不起！」她在信紙上寫著：「希望下次投胎轉世時，你能過得更幸福。」

她把信紙折起來，打算將之投進藤俊送給她的存錢筒裡，但存錢筒的口實在太窄了，她只好再將信紙對折，但這次卻變得太厚了，還是無法通過存錢筒的口。

最後沒辦法，心想對方應該如何都能夠收到自己的心意，於是她把信紙撕碎，投進存錢筒裡面。

「雖然形狀是郵筒，但也沒什麼用呀！」等她帶著寂寥的笑容告訴我這件事時，已經是好久之後的事了。

5

那一天，我相當焦躁不安。那是十一月的最後一個星期日，一大早我就窩在自己的房間裡，為了準備週休結束後的模擬考而念書。升學考的進度始終拉不起來，之前還可以擠進男生的前十名，但十月的模擬考我第一次被擠出前十名，而且還一下子掉到了二十幾名。暑假前還被列為「保證考上」的第一志願——縣立東之丘高中，現在也只落後到「極有可能考上」的水準；如果掉到三十多名，便會落到「有希望考上」的程度了。再這樣下去，到時可能不得不更改志願。

我非常焦急，卻不知道該從何著手、該怎麼做才好。現在才開始按部就班地準備升學考試，已經太遲了。

對於我暑假沒去上補習班的事，老媽到現在都還在念我，而爸爸一看到我，也只會對我說：「你給我用功一點！」其實，不必老媽提醒我，暑期沒去補習的事已經連我自己都覺得很後悔了，但是每當聽到爸爸那句「你給我用功一點」，好不容易湧上的讀書欲望，卻又全部煙消雲散。

好想去跑一跑，好想到操場去盡情地跑一跑。退出足球社後，我的體重也變重了——放學回家之後，如果想到附近去跑跑步，就會被老媽念：「你有時間做那些事嗎？」無計可施之下，我只好在下課後，以監督社團的二年級生練習為由，一起參與練習。

不過，一旦到了星期日，就連想練習都沒有辦法去了。

從星期五傍晚開始，我就一步都沒離開過家裡。

心情煩悶不已——

我把筆擱在桌子上，伸手把桌上的參考書跟筆記本全都掃到地板上，但這樣還不足以紓解我的情緒，我把放在床上的枕頭拿起來往牆壁砸了過去。還是不夠！再這樣下去，很可能得要把窗戶的玻璃都打破，才能讓我發洩個夠。

於是，我穿上運動夾克，離開房間。在到玄關的時候，對著在起居室的爸媽說：「我到便利商店去一下。」沒耐心等到他們回答，我直接走出家門。

傍晚的風有些刺骨，天空依舊明亮。

一下子就好，在附近繞一圈就好……。我一直替自己辯解，然後在經過回家時必須轉彎的十字路口時，持續往前騎著腳踏車，離家愈來愈遠。

我很清楚，這陣子一直過得亂七八糟的。就算去參加足球社的練習，也不是真的為了解決運動不足的問題——亂傳根本追不到的球，還大聲咒罵叫其他人去撿球；在距離很近時故意用力把球踢過去，或是刻意做些在比賽時會領到紅牌的粗魯動作……

仗勢著學弟們不敢抱怨，我盡做這些過分的事。

或者應該說，我渴望做這些過分的事，就算學弟們看起來很可憐，就算覺得自己很過分，我也不在意，因為我就是想讓他們吃苦頭——我就是忍不住想做一些奸詐、卑鄙、過分的事！

去年的這個時候，我恰恰好處於相反的立場。退社的三年級生們經常跑來打擾我們練習，如果我們生氣了，就會被說跩什麼，然後挨一頓揍。那個時候，我打從心底看不起這些三年級生，不過現在我懂了，正是因為被學弟們瞧不起，更讓人想這麼做。

在公路的交叉口，我繼續往跟自家方向相反的地方騎去。

直到最近我才發現——自己的所作所為，其實跟霸凌沒什麼兩樣。

我知道霸凌不是一件好事，也知道會欺負人的傢伙都是一些卑鄙的可憐蟲。但是，誰都好、什麼都行，我就是想好好糟蹋一下對方。

三島與根本也是這麼想的吧？堺翔平也是這樣吧？

那三個傢伙都愈來愈壞了。不但很少到學校來，就算偶爾出現，他們的黨羽們也很快就會騎著機車到校門口來接他們，一起騎著機車在操場上亂繞，騎著騎著就不知道騎到哪裡去了。對於他們，老師們什麼也沒做。他們大概覺得，與其讓他們來擾亂課程或對同學暴力相向，放任他們那樣做傷害還比較小，反正剩不到半年就要畢業了。少了富岡老師，學校裡盡是一些擅長對事情視若無睹的老師們。

不過，那三個人並沒有和好。三島與根本沒跟堺翔平混在一起，而是結交了其他的同夥，這讓他們之間產生了奇妙的平衡感——彼此都不敢動對方，偶爾遇到時，頂多也只會互相給給臉色。

再者，他們在學校外頭找到了更好玩的天地，就不需要留在教室裡排解焦躁了。

好想跟富岡老師說呀，跟他說——

「老師，現在我們學校裡，可沒有霸凌這檔事啦！」

去年老師刻意盯著三島與根本，強迫他們不可以到校外去鬼混，究竟有什麼意義呢？

說不定一開始就這樣放著他們不管，藤俊反而不會被霸凌，也應該不會覺得死了反而比較好吧？

我抬高臀部離開坐墊，一口氣騎上了短而陡的坡道，視線也跟著開闊了起來。河川出現在眼前。順著河堤，我朝著上游騎去。

為什麼要到那裡去？到那裡想做什麼？雖然感覺到自己早就把理由揣在心口，但那些都只是裝腔作勢的藉口，真正的原因，或許遠在不管怎麼伸手都無法觸及的地方。

無論如何，我正往那裡前進——我並不是一開始便打算要往那裡去的，而是途中才下定了決心。

在河堤上騎了一陣子後，我停下車來。好一陣子沒見到藤俊家的庭院，院子裡的柿子樹梢上還留著幾個如夕色般紅透的熟柿子。

透過窗子，可以看到起居室裡亮著的燈。停車場裡有車子停著，代表那個人應該在家吧？廚房那頭暗暗的……，藤俊媽媽不知道是在起居室，還是在裡頭的房間內休息呢？關於藤俊媽媽的消息，最後聽到的就是出現在市立醫院的事了。聽本多小姐說，雖然不需要住院或長期臥床休息，但入秋後，她的情形每況愈下。雖然中川詢問過究竟是身體還是心理的問題，但本多小姐似乎只支吾其詞、含糊帶過。

我並沒有打算按下玄關的對講機，也沒想要見藤俊的爸媽，我只是想從河堤上看看藤俊的家。

目的已經達成，我可以回去了——不回去也不行了。雖然知道該走了，但我卻沒有踩下踏板，只是跨坐在腳踏車的坐墊上，凝望著藤俊的家。

身上套著一件針織外套，那個人從屋子裡走了出來。

他手裡拿著茶碗和小包裝的零食，緩緩朝向柿子樹的方向走去。

他似乎沒有注意到我。沒有適時改變腳踏車方向這件事——只要稍微移動一下，說不定就能讓我閃過他的眼角餘光——我後來一直很後悔。

他在柿子樹前蹲了下來，替換擺放供品的茶碗，插好香，雙手合十。一舉一動間，看不出其中隱藏著滿溢的情緒，他就像替植物澆水一般，極其自然地做著理所當然的事。

或許這已成為他日常生活的一部分了？而深刻的情緒也早已滲入這些日常工作了吧？

我一直凝視著他，身體一動也不能動——原因與剛才完全不一樣。

那個人打開合十的雙手，站了起來，對著柿子樹說了一聲：「我走了。」並微微點了點頭。當他正打算走回家裡去時，看到了我。

我就這麼僵在原地。

他沒有避開我的視線，就這麼盯著我看了一會兒。又過了一下子，他重新踏出步伐。不過，他並沒有回到屋內，而是通過廚房外側狹小的通道走出大門，一路往河堤走來。

我，依舊僵在原地。

在走上河堤的途中，他完全沒有抬頭看我。

最初是低著頭，接著抬頭看著灑上暮色的天空；走上河堤後，則是眺望著隨著天色而變暗的河川。

「你到這裡來有什麼事嗎？」

他的聲音裡沒有怒氣，也沒有任何的抑揚頓挫。

被問傻的我只能回答：「聽說……伯母臥病在床……」

「你突然過來我很困擾，今天請回吧！」

「……伯母，她的狀況很不好嗎？」

「只是感冒而已，因為最近氣溫突然變冷的關係。」

從納骨前被叫到藤俊家之後，他已經一年沒跟我好好說過話，或是正眼瞧過我了。跟去年比起來，他的外表變化並不大——至少，並不像藤俊媽媽那樣，蒼老到讓人認不出來是她。

難道說……？一份期待感瞬間閃過腦海，雖然不敢設想他會原諒我，但跟去年相比，他的內心似乎柔軟了一些。

「我聽說……有人在市立醫院看見伯母。」

「什麼時候的事？」

「暑假的時候。」

「那是因為中暑。」

他並沒有生氣，聽起來也不像有祕密被揭發的焦急感。然而，他那一邊眺望著河川一邊說話的冷漠聲調，就像是在離自己心房很遠的地方，架起了一片圍籬。

「中川同學還好嗎？」

「……嗯。」

我沒跟他說中川頭髮變長的事。

「快考試了吧？」

「是呀……」

「好快呀，」那個人自言自語地說：「大家很快就要各分東西了。」

如果我的成績沒有繼續往下掉的話，說不定可以跟中川一塊兒上東之丘高中。不過，原本的二年三班裡，似乎沒有其他人能上東之丘高中了。至於三島、根本和堺翔平，我連他們究竟有沒有打算上高中都不清楚。

我們大家……大概真的要各分東西了。

如果他願意談談二年三班的事，我倒有事想問他。我其實一直都很想知道——

為什麼要把我們的作文交給田原先生呢？

我沒有責怪他的意思，但我真的很想知道為什麼。

因為這麼做，讓原本同情藤俊及其雙親的人都被惹怒了。他難道不知道事情會演變成這樣嗎？假使他其實心裡有數，為什麼還要刻意選擇被孤立的處境呢？

不過，那個人只是將視線移往庭院，咕噥低喃地說：「今年沒長幾顆柿子，是欠收的一年呀……」

去年是什麼情形呢？去年被叫到藤俊家裡來時，柿子樹旁也插著香，但我不記得樹上有沒有長柿子。

那個人也一樣吧？

「照理說，去年應該也結了很多果實才對……但我什麼都記不得了。究竟有沒有採收柿子呢？應該不致於沒有收穫才對……但，我不記得了。」

他的聲音裡，第一次流露出些許情感。

「不過，今年夏天倒是有很多蟬呀！」

「……您是說柿子樹上嗎？」

「從來沒有一個夏天，有這麼多蟬到訪啊……」

我想起小學時，我跟藤俊一起抓過蟬。他雖然很不會用補蟲網，但卻很會找分布在樹皮上的蟪蛄[2]。「小裕，那裡、那裡，在那裡啦！」他一邊大叫一邊用手指著蟬，好幾次都把蟬給嚇跑了。

不知道藤俊媽媽曉不曉得這件事，如果告訴她的話，她就又多了一件跟藤俊有關的回

---

[2] 蟪蛄是一種體積較小的蟬。吻長、體短、色黃綠，有黑白條紋，翅膀有黑斑。

憶，這樣說不定會讓她很開心。當我正打算請那個人轉告藤俊媽媽的時候，他卻自行走下了河堤。

「不要再隨便過來了。」他頭也不回地說。

我沉默著點點頭，向他鞠了一個躬以示道別，卻不知道他有沒有感覺到。

這次，也是我在國中時代與他最後一次的兩人會面。

因為無法增加更多對兒子的回憶，讓藤俊媽媽悲痛逾恆。

但是，我覺得……

增加回憶時，也不可能只選擇開心的事。那些讓人忘都忘不了的回憶中，不開心的事情說不定還多一些呢！

關於這一點，那個人大概也心知肚明。

所以，他才想要告訴原本的二年三班——他無法允許我們只帶著開心的回憶畢業。

事情發生在我們的畢業典禮上。即使相隔很久之後，只要一提起那時候的事，老媽依舊都會氣呼呼地說：「好好的畢業典禮，都被他搞砸了。」

因為我們坐在畢業生席上，所以並不清楚家長席那邊發生了什麼事，不過，在典禮快結束的時候，卻感覺到緊張的氣氛從家長席飄過來。

那個人走進了舉行典禮的體育館。他穿著正式的西裝，抬頭挺胸地踏步走了進來，然後不帶一絲笑容地坐在家長席的角落裡。

當下，我們什麼都沒有察覺到。

因為所有的公立與私立學校都放榜了，所以對我們來說，畢業典禮正是個告別國中時代、邁向嶄新前程的儀式。校長致詞、來賓致詞、在校生送別詞和畢業生致答詞中，到處都充滿了「開心的國中歲月」、「耀眼的未來」等詞藻，我們也都理所當然地照單全收。

我順利考上了第一志願的東之丘高中，辛苦的準備總算有了代價，秋季尾聲時的焦躁感也一掃而空，對足球社的學弟們也恢復了原本的態度。

四月後，一切都將是新的開始。國中時代會逐漸遠去，就像經過沉澱一般，只會留下開心的回憶。

但是，那個人卻以沉默的方式告訴我們——不要忘記了！

畢業典禮的最後，輪到畢業生離場。當我們襯著掌聲與《驪歌》的旋律，踏著步伐走過家長席時，那個人突然站起身來，高高舉起原本藏在西裝下的藤俊遺照。

他沒有出聲，也沒有很激動。

就只是沉默地高舉著遺照。

我們並沒有因此喧擾哄鬧，雖然家長席跟在校生席開始吵嚷不安，掌聲也突然中斷，但排列離場的畢業生們卻始終安安靜靜的。

沒有任何一個人停下腳步。雖然有幾個學生低下了頭，但隊伍卻不致於散亂。即使一面瞄著藤俊的遺照，一面僵著尷尬的笑容，我們仍然依著《驪歌》的旋律繼續前進。

不久，會場裡重新響起掌聲。像是想假裝沒看到那個人、遮掩掉他的舉動似的，鼓掌的聲音愈來愈大，一波又一波，響徹了整座體育館。

那個人一個人獨自前來，藤俊媽媽和健介都不在身邊。我後來才知道，藤俊媽媽前一天晚上因為身體不舒服，只能躺在床上休息。那個人就這樣獨自一人帶著藤俊前來，不惜與全校的人為敵，高高舉起藤俊的遺照。

隊伍持續地前進著。當我們班走過家長席前方的時候，那個人並沒有看向我們任何一個人。如果他一一瞪著我們，或許我們還會好受一點。如此一來，我們就可以緊張地縮著身子，或是逃避地低著頭走過，然而他卻只是一直凝望著並列的摺疊椅、空無一人的畢業生席。

我們走過藤俊的遺照，照片中的他還是凝望著遠方。即使在心裡對他說「掰掰」，也聽不見他的回應了，這讓我覺得——我們才是被藤俊與那個人忽視與拋下的人。

我低著頭，與歉意和無地自容略有不同的沉重感壓著我，讓我的頭自然朝下低著。那個時候的我們，依舊背負著莫名的重擔。

離開家長席走到在校生席時，我終於抬起了頭。從眼角餘光看到好幾位老師將那個人團團圍住，但我卻沒勇氣回頭。

走出體育館後，我抬頭看著天空，深深地嘆了一口氣，大家的反應也都一樣——沉沉的嘆息聲，就像清透的雲朵一般，低垂在我們的頭頂上。

那個夜晚，老媽不斷說著那個人的壞話。當畢業生全部都走出體育館後，那個人默默地放下遺照，對著家長席點了點頭，接著便離開了，完全沒大吵大鬧。不過，對老媽這些家長來說，那個人要是能大吵大鬧一番，說不定他們還會覺得暢快一點。

因為工作關係而沒有參加畢業典禮的爸爸，一面心不在焉地回應著老媽的話，一面不開心地喝著搭配晚飯的燒酒。

老媽說完話後走到廚房去時，不知道是說給我聽還是在自言自語，爸爸滿臉憂愁地低聲說：「藤井同學的爸爸呀……」

那時他對我說的話，即使長大後，我還是沒搞懂。就算現在詢問年老髮疏的爸爸，他大概連自己說過那些話都不記得了吧？不過，比起言語本身，當時他說完話後的靜謐沉重感，我最近才終於逐漸開始了解。

當然，這又是好久好久之後的事了。

第五章 告白

1

上了高中之後，我改搭公車上下學。在家附近的公車停靠站搭上公車後，雖然途中會經過國中時期上下學的路線，但一過了往國道的十字路口後，公車便會背對著國中時的母校，往車站的方向前進。直到三月前，這條我曾經每天都要步行而過的道路，如今一坐上公車，瞬間便呼嘯而過；經過往國道的十字路口後，車子旋即朝著我不怎麼熟悉的街道前行……，這些微小的改變，讓我確實感受到，自己已經是一個高中生了。

世界變大了！我穿著全新的制服、眺望著新鮮的街景、和新認識的朋友交談……，就這樣展開了嶄新的每一天。

因為東之丘高中是縣內前一、二志願的學校，所以每個學生都很認真，完全沒有像三島、根本或堺翔平那類的人。不過，一旦談到我畢業的國中，便有人會興致勃勃地問：「是那間有人因為被霸凌而自殺的學校嗎？」「死掉的那個人是你的朋友嗎？」就連那個人在畢業典禮上高舉藤俊遺照的事，都出乎意料地廣為人知。不過，也就只是這樣而已，沒有人追根究底去探尋關於霸凌或自殺方式等細節，也沒有人會斥責我們是「見死不救的傢伙」。話題中出現藤俊的時間，大概只持續到開學後半個月左右，等到大家都習慣了學校與自己的班級後，就再也沒有人提起這件事了。

通車時，我在公車上聽中川小百合提過，她的班級也差不多是相同的狀況。

「因為對從別間學校來的人而言，他們根本和藤井同學一點關係都沒有呀！」她像是洩了氣般地鬆了一口氣，卻又語帶寂寥地說道，並一邊用手扶著放在大腿上的書包，以免它掉下去。

「也跟我們沒關係了。」我從中川身後的位置探出身子回應她，幾乎將臉塞近了窗戶與座位之間的縫隙。

中川將臉微微朝向窗戶說：「是嗎？」

「嗯……都結束了。」

我伸手抓住椅背上的把手，準備應付等等公車轉彎時的傾斜。「並不是說我們都忘記了，不過，真的都結束了。」公車轉彎的幅度遠遠超過我的預料，讓我幾乎往鄰座的老太太身上倒了過去。

開學雖然已經一個月了，但是我還是不太習慣公車搖晃的幅度。只要在車上看書，就一定會暈車，不過，我遲早也會像學長們一樣在行進的公車上寫功課，即使單手抓著吊環，也能照樣閱讀文庫本的書吧？等到那個時候，關於藤俊的事，應該會變得比現在更加的遙遠吧？

「比起那個，」我再度把身子向前探，繼續跟中川說：「據學長們說，我們班的數學老師很不會教耶，你們班的哩？」

中川回答說：「我們的老師很好呀，只是功課出得多了一點。」

之後的話題，便全繞著彼此的老師們打轉。

開始新生活後，最大的改變是我跟中川的關係。

我們每天都搭同一班公車到東之丘高中，我所屬的足球社跟她所屬的硬式網球社，都要求一年級生必須早早就到校整理操場或球場。也多虧了這項規定，在我們搭乘的那班公車裡，沒有任何讀東之丘高中的學生跟我們一樣來自同一所國中。在公車上的三十分鐘，便成了我跟她兩人獨處的時間。

我在比中川晚三站的地方上車，因為公車在駛到國道之前都沒什麼人，所以她都坐在兩人座靠窗的位置上。等到我上車後，彼此會用眼神互道早安並相視微笑，接著我就會坐在她前方或後方的位置上。剛開始的時候，總需要以有話要說為藉口靠近她，所以一坐下來之後，便得開始胡亂扯些話題，不過，現在我已經可以沉默地、理所當然地一屁股坐在她前、後的位置上——我覺得，她好像也不討厭我這樣做，但是我從來沒有坐在她的隔壁過。公車的位置實在太小了，沒辦法讓兩個人自在地坐在一起，而且我上車時，都會看到中川把她的書包放在鄰座的位置上。即使如此，我還是覺得她這麼做並不是因為不想讓我坐在她旁邊，要是我露出一副打算坐在她旁邊的樣子，她應該會把書包拿起來放在腿上，好把位子讓出來吧？

在高中認識的朋友們，似乎都認為我跟她在交往。我當然都表示「沒有喔！」地否認了，但心底卻又不怎麼想那麼拚命否認到底。如果說我覺得中川也這麼想的話，似乎又太自以為是了，但我其實希望她也能夠這麼想。

我們之間交談的內容也不一樣了。雖然我們原本是因為藤俊的事而被拉在一起，但現在我們的話題多數都不再與藤俊有關。

才一年半就這樣，似乎有點太快了。

或許，也有人會說：「夠了，夠久了。」一年半的光陰，真的就這樣扎扎實實地流逝了——就像在讀一本書那樣，描述到藤俊的頁面已經念完了，雖然這並不代表他就這樣消失了，但我們已經翻開了新的頁面。

「你看！鯉魚旗又出現了。」中川伸手指著窗外。

沿著國道，有間房子立著一根高高的柱子，從太陽升起到日落時分，一直高掛著迎風飛舞的鯉魚旗。從四月開始，這家人便把鯉魚旗掛了出來，直到五月的黃金週都過完了，都還沒被把旗子收起來。應該是傳統的農家吧？大概是因為生了一個男孫，才讓爺爺這樣興奮異常吧？

「聽說如果過了三月三日沒立刻把女兒節娃娃收起來的話，會晚婚不是嗎？鯉魚旗沒有這些忌諱嗎？」

「沒聽過有這種事。」

「你家會掛嗎？」

「完全不會。一來我家庭院太小，二來我爸跟我老媽好像都對這種事沒什麼興趣，雖然我是覺得這根本與有沒有興趣無關。」

啞然失笑的中川一面點著頭，一面說：「是呀，如果庭院不夠大，還真沒辦法掛鯉魚旗呢！」

我並沒有立刻接著回話，突然間，我的腦海中浮現了藤俊家的庭院。中川似乎也是如此，她略帶遲疑地問：「藤井同學家呢？」

我想起來了。

我和藤俊、健介三個人，曾經一面吃著柏餅[1]，一面看著藤俊家的鯉魚旗。因為那時候健介在念幼稚園，所以我跟藤俊大概在念國小一、二年級吧？

---

1 柏餅通常是日本男兒節讓小男孩吃的，有希望家裡的男孩子可以過得順順利利之意。

藤俊媽媽的回憶裡，並沒有提到這件事。等到我們有機會再碰面的時候，若將這件事告訴她，她應該會很開心吧？

「去年呢？去年有掛鯉魚旗嗎？」

「去年……應該沒有掛。」

「嗯……我也覺得應該沒有。」

一旦提到藤俊的事，我們交談的節奏便會慢了下來。

那感覺就像偶爾吹來的一陣風，讓書頁翻回了之前已經讀過的章節一樣，把我們拉回了國中時代。

在這世上有沒有一本書，可以將念過的書頁黏死，讓它再也不會被翻開呢？

不過，等到鯉魚旗退出視線後，我們又將話題拉回到現在正翻開的頁面上。「沒想到竟然一年級就要開始做升學調查呢！」「是為了讓我們先決定升學目標吧？」「你有什麼打算？要念文組還是理組？」「文組，我數學太爛了。」「我也是。」就這樣，我們一面交談著，一面偷看著之前已經讀過的書頁。

如果要選的話，我還是比較喜歡坐在中川後面的位置。她從去年秋天開始留長的頭髮，現在已長到肩膀附近了。當陽光從窗外照進來時，她的黑髮上便會四處暈著虹彩，看起來很漂亮。

這樣的美，藤俊無從得知……

——留長髮的中川，只出現在藤俊消失之後的書頁上。

五月底時，裝著國中畢業紀念冊的包裹寄來了。

老實說，我根本忘記自己在畢業前訂過這東西。再坦白一點來講，這時候才收到，我也只會興味索然地打開它。因為要收進三月畢業典禮的照片，所以必須到這時候才能完成製作——就算能接受這個原因，但我們早就已經展開了新的生活，另一方面，距離畢業的時間也還沒長到讓人產生懷念之情。所以說，此時真的是最不上不下的節骨眼。

畢業紀念冊當中，約四頁的篇幅都在介紹畢業典禮。領取畢業證書時的照片、校長致詞時的照片、畢業生們聽訓時一臉無趣的照片、唱校歌的照片、某位媽媽用手帕拭淚的照片，還有從體育館二樓拍的照片等。那個人高舉著藤俊遺照的相片，想當然不會在裡面。

當中還刊載著十月時各班的大合照——藤俊不在其中。拍照當天沒到的人，他們的大頭照都會被貼在照片的邊角上，只不過國三生的歲月，藤俊連一天都沒經歷過。

其中，還有以班級為單位的集體寫作。我們班的題目是「將來的夢想」，我寫的則是「I will go to Tokyo」，當初之所以用英文寫，究竟是由於不好意思，還是覺得這樣比較帥氣——因為是去年十二月時寫的東西，我早就記不清楚了。連當初簽下「真田裕」的字跡，現在看起來都幼稚得不得了。

有個班級集體寫作的題目是「給國中時自己的一句話」，正是中川小百合的班級。她寫著：「妳在網球社很努力了！」我知道那不是她最想說的一句話，所以明天搭公車時，我打算絕口不提這個話題。跟我同班的人當中，有七位也是原本二年三班的，但是誰都沒有寫到關於藤俊的事。即使是以「國中時最快樂或是最難過的事」為題目的班級，也沒有任何一個人觸及藤俊的事。

刊載著社團照片的頁面裡，沒有藤俊的身影；畢業旅行的照片裡，當然也沒有他。

紀念冊的後半，主要以「國中生活的那一天那一刻」為主題，集合了我們入學之後的各種活動照與生活剪影。橫跨六頁的篇幅中，照片的數量粗估有近百張。仔細數了數，發現當中有我的照片共有六張，有中川的照片則有四張，至於三島、根本與堺翔平，大概只有一到兩張。

但是，這之中還是沒有藤俊——連被當成背景拍進去的照片也一張都沒有。我重複看了好幾遍，最後甚至用手指一張張邊點邊看，還是沒有在任何地方看到藤俊的身影。不知道是學校故意這麼做，或只是偶然，他跟我們共度的、不到一年半的歲月，竟然就這樣被當作「從未發生過」。

紀念冊裡還有國中三年的大事紀年表，入學典禮之後所發生的各項活動與大事，都被標注日期後收編。很會畫圖的板谷，入選了本市所舉辦的讀書感想繪畫比賽；田徑社的佐伯參加縣立運動會，在跳遠的項目中拿到第三名的事當然也在列；此外，球類大賽、防災訓練等活動，以及在運動會上哪一組獲得勝利等事，都被一一記錄了下來，藤俊的自殺事件卻……被閃過了！

另有一張世界年表，記錄了從我們入學的一九八八年四月開始，到畢業的一九九一年三月為止的大事。

時代從「昭和」變成了「平成」、東西方結束冷戰、泡沫經濟讓地價狂飆、泡沫經濟崩毀、青函隧道與瀨戶大橋開始通車、開始實行消費稅、逮捕了連續誘拐女童並撕票的嫌犯、出現了「歐巴桑病」這個詞、《挪威森林》發行、波斯灣戰爭開戰、卡通《櫻桃小丸子》開始播出等，連一九八九年巨人隊睽違八年再度獲得職棒冠軍的事都被記錄下來了，但因為〈死祭自殺〉所引發的媒體熱潮，卻絲毫未被提及。

紀念冊最後的部分是畢業生的名冊。將三年級各班的名冊彙整而成的畢業生名冊裡，沒有藤俊的容身之處。到頭來，從開始到最終，關於藤俊的存在——無論是他活著的事或死去的事，全都「不曾發生」。

這讓我想到了科幻小說中的平行世界——其中一個世界中有藤俊，另一個世界中卻沒有。我們所度過的國中生涯明明是屬於「有藤俊的世界」，卻在「沒有藤俊的世界」之中迷航了。

如果我們所有人的記憶都一起消失，假使能記錄那段歲月的東西只剩下畢業紀念冊，那麼，藤俊究竟該到哪裡去才好？

收到畢業紀念冊的隔天早晨，我一上公車就發現中川小百合坐在位置上打瞌睡。

我在走道對向的座位坐了下來，心底盤算著，如果她想要跟我說話，我再換座位陪她聊，但她卻一直在打盹。

其實，這樣的狀況讓我也稍微鬆了一口氣。於是，我也閉上了眼睛。

途中，中川似乎放棄裝睡，出聲對我說了話。不過，那時換我在裝睡，所以並沒有聽見她的聲音。

「妳那個時候是想聊關於畢業紀念冊的事嗎？」

後來問起那一天的事時，她遲疑了一下後回答：「我忘了。」

2

把塞在書架最下層角落中的畢業紀念冊再度拿出來時，已經是那年的九月四日了。

「藤井同學的媽媽說她想看看。」

相隔許久，本多小姐打了一通電話過來。

藤俊的三週年法會，已經在前幾天的星期日由家人祭祀完畢。

「雖然法事已經結束了，但因為還有忌日在，總不能什麼都不做吧？」

因此，藤俊媽媽希望我跟中川小百合能過去一趟。
「真的可以嗎？」
在我直覺地丟出這個問題後，本多小姐笑著說：「小百合也說了一樣的話呢！」
「沒問題的，既然是藤井同學的媽媽開口找你們去，代表她應該好多了吧？」
我安心了下來，感覺到肩膀跟背上都少了一點沉重感。
雖然我自己沒有意識到，但在我內心深處，或許一直掛念著藤俊媽媽吧？當我注意到這件事後，又更安心了一些。
「對了，藤井同學的媽媽說她想看畢業紀念冊。你那裡有嗎？」
剛剛才放鬆的背肌，瞬間又緊繃僵硬了起來。
「小百合的反應也和你一樣。」
對著沉默的我，本多小姐說話的語調失去了笑意。
「紀念冊裡，連一張照片都沒有，是嗎？」
「……嗯。」
「藤井同學的媽媽很期待能看到畢業紀念冊呢……」
我的背肌又擰得更緊了一些。並突然想起——
那個人呢？
那個人難道不知道，畢業紀念冊裡完全刪去了所有藤俊曾存在的軌跡？

「藤俊的爸爸……他有說什麼嗎？」

「他也說想看。雖然不像藤井媽媽那樣滿懷期待，該怎麼說呢……應該說，因為藤井媽媽很想看，所以他說他也想一起看看……」

含混不清地回答完我的問題後，她嘆著氣繼續說著：「我實在不想破壞藤井媽媽滿懷期待的美夢。因為，她好不容易才慢慢重新振作起來……」

「不過……」

一旦看過紀念冊……，夢，就會碎了。

「藤井同學的爸爸說沒關係，之後的事就讓他們自己處理，如果說需要擔心的只有那些事，他還是想讓媽媽看一看。」

中川說她沒有畢業紀念冊。

「她表示自己把畢業紀念冊送給鄉下的祖母了，所以我想麻煩你帶你的那本過來。」

那應該是謊話吧？

連本多小姐也說：「唉，我懂她的心情啦！」接著，像是想揮去剛才的低靡似的，本多小姐提高了說話的聲調：「你跟小百合……是認真在交往吧？」

「沒有，不是這麼一回事……」

「不要害羞啦！是小百合這麼跟我說的喔！」

如果在其他時間聽到這句話，我一定會很興奮。

但此時此刻，我的後背卻僵直成一片。

我們兩個人開始並肩坐在公車的座位上時——是中川先開始這麼做的。第一學期的期末考前，她拿著英文的閱讀筆記本一面問：「有些地方我不知道該怎麼翻譯，可以教我嗎？」一面移到了我隔壁的座位。

隔一天，則換我主動坐在中川的旁邊。

在我上公車的時候，中川也會揮揮手、笑著對我說：「早安。」接著把放在鄰座的書包移到自己的大腿上。

雖然我們並沒有向對方說過「我喜歡你」之類的話，也沒有開口要求對方「請跟我交往吧」，但我覺得，透過本多小姐，我應該算是已經弄清楚中川的心意了吧？

我們把書頁往前翻了過去。

即使沒有發生藤俊的事，我也一定會喜歡上中川，而中川也一定會喜歡上我——

雖然我是這麼相信著，但曾幾何時，原本二年三班的宮村說過的話，竟一直在我心底徘徊不去。

那時提到藤俊時，宮村曾這樣說過……

「那個傢伙，不知道會有什麼反應呀？」

「因為他，才讓你跟中川被拉在一起，他究竟會覺得開心？還是後悔呢？」

九月四日，結束了社團活動後，便到學校的正門口與開車來接我們的本多小姐會合。從事件發生後第一次到藤俊家拜訪以來，我大概已經快兩年沒見到本多小姐了。見面時，她對我們說的第一句話是——「你們倆都愈來愈像個大人了。」

「我跟小百合偶爾會見面，所以不會覺得她差別太大，可是真田同學……你真的長高好多，身材也更結實了！」

上高中後，我又長高了兩公分。雖然比國三那時長高的速度慢，但肌肉卻更結實了。對我來說，窩在小車的後座實在有些不舒服。

不過比起這些，中川私下與本多小姐見面的事更讓我心裡不舒服。我完全不知道！根本沒聽她說過！所以，我下意識地將視線轉到身旁的中川身上，她卻為了閃避我的眼神而把頭撇向窗戶那頭。

「我剛剛已經先去藤井同學家一趟，伯母看起來似乎一臉期待，她還買了蛋糕呢！」

「蛋糕？」

「對啊……因為今天是小百合的生日，不是嗎？」

中川沉默地凝視著窗外。

「她還問我：『高一應該是幾歲？』她說因為俊介不在了，所以對這種問題沒辦法立刻反應過來。」

當本多小姐問「是十六歲對吧？」的時候，中川依舊沉默著，連我也不發一語。我當然知道今天是中川的生日，因為不好意思送她禮物，所以早上搭車時，我只對她說：「嗯……Happy Birthday。」

但我完全沒想到，如果藤俊還活著，他今年也跟我們一樣十六歲了！事實上，甚至連「藤俊如果還活著」這件事，都壓根沒出現在我的腦海裡。

「我說呀真田，你記得俊介的生日是幾月嗎？」

「我記得是……六月。」

「小學五年級時，你們在藤井家辦過生日派對吧？那個時候，聽說你跟俊介還在比誰喝可樂喝得快呢！」

我記得……，不，應該說我想起來了。

「那個傢伙喝得太慌張，還把可樂弄到鼻子裡去，搞得亂七八糟的……」

「好像有這麼一回事。」

「他穿著的白襯衫，還因為可樂灑出來而沾得髒兮兮……」

「對對對，他穿著全白的襯衫，所以讓伯母很生氣呢！伯母也是在敘述的時候想了起來，讓她好開心，因為又多了一個與俊介有關的回憶。」

「不過，」本多小姐繼續說了下去：「伯母雖然很開心，但也覺得很後悔，因為難得的生日，她竟然還罵他。」

那個生日，是藤俊的倒數第四個生日。那時候誰也沒想到，無論是十五還是十六歲，從今而後，他再也沒辦法迎接任何一個生日了。藤俊自己沒想到，藤俊媽媽和我，也都沒料到。

「聽說去年和今年的生日，他們都在佛龕上供奉了蛋糕。」

我靜靜地點點頭。

中川一面凝視著窗外，一面開始小聲地吸著鼻子。雖然察覺到她應該在掉淚，但我卻假裝不知情，將視線撇向我這一側的窗外。

藤俊的媽媽走到門外來迎接我們——大概是因為聽到我們停車的聲音後，才急忙走到外頭來的。

她變得好矮小！這是我的第一個念頭。不過，我立刻修正了自己的想法，應該是因為自己長高了，所以才讓藤俊媽媽看起來變矮了吧？

藤俊媽媽一和我面對面，就像在丈量身高一般地伸手比了比，用開朗的聲音說：「小裕，你已經像個大人了呀！」

她看起來並不像傳聞中那般垂垂老已，反倒像我跟藤俊都還是小學生時那樣，肢體語言豐富、比手畫腳、不停地說著話——直接與那時的記憶相連，或許能讓藤俊去世之後的日子變得不那麼難以忍受。

藤俊媽媽也用相同的開朗面對中川，她特意向中川彎腰行禮，感謝她到家裡：「與其把今天當作俊介的忌日，不如當成小百合的慶生會吧？」

在回以害羞的微笑之前，中川臉上閃過一抹驚訝——我也一樣。當初我們被叫到這裡來陪藤俊媽媽聊往事的時候，她一直是稱呼中川為「中川同學」。在這之前，她應該從來沒有以「小百合」叫中川過。

不過，當藤俊媽媽走到門前，轉身面對著我們時，她卻說：「小百合留長髮真好看，我聽本多小姐說過，想說小百合一定很適合，但可比我想像中可愛太多了。」

中川輕輕聳了聳肩，不好意思地點了點頭。

藤俊媽媽的口吻是那樣的親切、流暢，聽起來根本不像有一年半的時間沒碰過面。

「俊介也會嚇一跳吧？因為小百合變得這麼漂亮。」

這時候我才注意到——剛才中川的表情並不是驚訝，而是不安。

她站得離中川很近——太近了！「真的，好適合妳呀！」她伸手撫摸中川的髮尾。看出中川在第一時間微微閃開身子，藤俊媽媽轉身對我笑著說：「對不對？她很適合長頭髮吧？」雖然浮現在我臉上的微笑一定很僵硬勉強，但她似乎完全沒放在心上。應該說，打從一開始，她就像什麼都沒真的看進眼裡一般，自顧自地說著話。「因為我們家沒有女生，所以我好羨慕小百合的媽媽呢！」

開朗、愉快，但太過開朗、也太過愉快了。在沒跟我們見面的這段時間裡，她在心底對著藤俊的遺照說了多少話？對我們之間的關係又了解多少？一個是兒子的好友，一個是兒子喜歡的女孩——在藤俊媽媽的心裡，說不定我跟藤俊的友情變得更加堅定，而中川也成了接受藤俊心意的女孩。

玄關的門打開了。

「為什麼站著說話？快點進來裡面吧！」

是那個人！

他的聲音聽起來很開心，被外頭燈光照著的臉也掛著微笑。

畢業典禮過後，已經過了半年了。這是我第一次看到他的笑臉，也是第一次聽見他如此輕快的語調。不過，白髮卻多了——讓我不禁懷疑，是因為燈光的反射才讓他的頭髮看起來如此斑白嗎？

在我跟中川打過招呼後，不只對中川，即使對我，他都毫不遲疑地說：「歡迎。」本多小姐開口說了一聲：「不好意思，打擾了……」接著，像是叫我們別多想一般地敲了敲我們的後背，便率先走進了門裡。

我們跟著走進玄關，卻突然停下了腳步。中川忍不住叫了出聲，我也倒吸了一口氣。

藤俊，就站在玄關裡！站在那裡，靜靜地看著我們。

不對……

那是健介。

四目相對後，健介沉著嗓子說了一句：「你好。」便往樓上走去。

一直到健介離開之後，我心中的悸動依舊無法停止，就連脫下鞋子的時候，膝蓋都還顫抖著。

冷靜下來後，我仔細一想，雖然健介的臉型、身形都跟藤俊很像，但應該不致於會認錯。健介正處於變聲期的低沉嗓音，也和藤俊如孩子般纖細、偏高的聲音完全不像。

即使如此，在剛剛那一瞬間，健介與藤俊的身影的確重疊了。並非因為他們是兄弟，也不是因為他長得跟藤俊有多相像，但是他們兩人就是那樣鮮明地重疊了，讓人十分毛骨悚然。

「真是的，小健，你已經上樓了嗎？你有沒有好好打招呼呀？」

藤俊媽媽有點畏縮地望了望二樓，接著轉身對我們說：「小健也長大了對吧？已經上國二囉！」

健介也在今天，迎來了自己身為國中二年級生的九月四日。

一直到中川在藤俊媽媽和本多小姐的催促下繼續向前走的時候，我依舊站在玄關邊的木地板邊緣，向上看著樓梯。

「怎麼了？」最後一個脫鞋的那個人問我說：「健介也長大了吧？」他的口吻跟在門口迎接我們時一樣開朗而且愉悅。

「他在打籃球，聽說最近就要升為正式選手了。」

太好了！如果他也選了足球社，而且還半途而廢的話，那就真的變成藤俊二號了。

「不過，因為比那間學校的學生少，要成為正式選手也比較簡單啦！」

關於他突然衝口說出的「那間學校」，一開始我還沒有意會到，等到我發現他指的是我們那間國中後，便沒有再接話。

「你有帶畢業紀念冊過來吧？」

我點點頭。「不過……」在我抬起頭來打算看向他時，他已經往起居室的方向走了過去。「這樣好嗎？」

我坦白地開口詢問，如果他不清楚紀念冊裡的內容，我要在這裡直接告訴他。

他停下腳步轉過身來，目不轉睛地看著我，只說了一句話。

「放心，不會弄破的。」他回答的口吻顯得很冷淡。不過奇怪的是，比起他開朗的聲調，這份冷淡反而更讓我安心——他的眼神告訴我，其實他全都了然於心。

藤俊媽媽為中川買了一整個蛋糕。

「真是不好意思呀，小百合家今天晚上本來應該也會開慶生會吧？」

她還是繼續稱呼中川「小百合」，連為藤俊上香時都對著遺照說：「小俊，小百合也來囉！真是太好了！」

貼在餐具櫥櫃上的照片也多了好多張——雖然我沒勇氣仔細看清楚，不過我想，裡頭應該沒有任何一張國中時期的照片吧？

蛋糕上頭，用巧克力寫著「小百合，生日快樂！」的文字。藤俊媽媽一面用鼻子哼著數字，一面在文字的周圍俐落地插上一根根的蠟燭。

「十二、十三、十……四……」

插上第十四根蠟燭後，數數聲戛然而止。

「……十五、十六，好了，插好了！爸爸，能麻煩你把蠟燭點燃嗎？」

「真愛指使人呀妳！」那個人一面苦笑著，一面用打火機將蠟燭點燃。與其說他又恢復成剛才的好心情，不如說，他大概已經下定決心要配合藤俊媽媽的開朗，盡量讓今天過得開心一點吧？

「好了！那麼小健，麻煩你把電燈關掉吧！喂，你在發什麼呆呀？」

下樓到起居室之後，健介沒有開口說過一句話，看都沒看我一眼，但此時此刻，他也笑嘻嘻地聽從藤俊媽媽的發號施令。

室內的燈都被關掉了，起居室裡只剩十六根點燃的蠟燭，與佛龕前線香的微光。

搖曳著的燭火，映在佛龕上的遺照與餐具櫥櫃上的照片上，微妙地變化著光與影——就像是由上往下看著沉在水中的物品一樣。說不定，這整間起居室其實正沉在水中，沉在並非湍急而是微微搖擺的水中，而房裡的我們，或許正在水裡漂流著。

「小百合，吹蠟燭囉！」

中川默默將臉往蠟燭靠近。

因為氣息太短，沒辦法一口氣將蠟燭吹熄。於是又吹了第二次、第三次……而最後一根蠟燭又怎麼都吹不熄，一直吹到第六次，房裡才終於又恢復一片漆黑。

藤俊媽媽第一個帶頭鼓掌。「生日快樂！」

本多小姐跟著鼓掌，健介和我也都跟著拍起手來。最後，那個人才緩緩地加入鼓掌的行列。

房裡的電燈打開後，那個人因為強光而瞇起了眼，微微蹙眉。不知何時，他已經轉過頭去，靜靜凝望著佛龕。

藤俊媽媽將切好的一塊蛋糕供在佛龕後，從佛龕上拿下來一個小盒子——一個包裝精美、繫著緞帶的小盒子。

「不知道妳喜不喜歡，不過，希望妳能收下來，當作是俊介送妳的禮物。」

中川泫然欲泣地收下她遞過來的小盒子。

「是髮帶。因為我聽說妳頭髮長長了，而且在高中也加入網球社了對吧？我想，練習的時候頭髮應該會挺麻煩的。」

「謝謝您……」

「不好意思，妳可以也對俊介說聲謝謝嗎？」

聽到藤俊媽媽說的話，健介低下了頭，那個人把頭撇向一旁，本多小姐則靜靜地將手放在中川的背上。

中川跪坐在佛龕前，雙手合十，用幾乎細不可聞的聲音說：「謝謝。」

「小俊，太好了，真是太好了。」藤俊媽媽流著眼淚，哽咽地說著。

之後有好一陣子，只剩寂靜籠罩著整個房間。

刻意提高聲調打破僵局的人，也是藤俊媽媽。「啊啊，對了，小裕，你有帶畢業紀念冊來吧？」她伸出兩隻手像孩子耍賴般地說：「給我看、給我看。」

沒辦法，我只好從背包裡把畢業紀念冊拿出來。雖然我不斷看著那個人，用眼神告訴他——阻止她，拜託你趕快阻止她。不過，他依舊將頭撇到一旁去。

藤俊媽媽滿臉期待地翻開了畢業紀念冊。

一頁又一頁，她仔細地看著每一張照片。偶爾，她會張大眼睛，泛起懷念的微笑。

但是，藤俊並不在那裡面。

「爸爸你看，你看，這個是小俊嗎？」

她朝著那個人招手，然後指著相片集中的照片。那個人也探出身子，一臉興味盎然地盯著照片看。

畢業冊被一頁一頁地翻閱著，藤俊媽媽臉上的笑容也始終未曾褪去。她突然揚高了聲音：「啊，是小百合呀！」並對著那個人說：「大家一年級時，真的都還像個孩子呢！」

那個人也微笑著回應：「是呀！」

緩慢地、怡然地，畢業冊被一頁一頁地翻閱著……。她一面「嗯、嗯」地點著頭，一面翻動著書頁，就像裡頭的每個學生她全都認識一樣。

不過，藤俊並不在那裡面。

藤俊根本不存在於紀念冊裡的任何一個角落。

不確定是不是在尋找根本不存在的藤俊，她保持著微笑，持續地翻動著書頁。

「啊，在這裡！」藤俊媽媽幾乎喊出聲來。我知道，她注意到的是生活剪影中的一張照片。我在心底回應著：不是，妳是指馬拉松大賽的照片吧？照片邊角拍到一個小小的人影，他看起來很像藤俊吧？我本來也這麼以為，但……不是的。那個人叫樫野，並不是藤俊……。藤俊媽媽也很快就看出這一點，明顯的失落寫在眼裡，不過她的微笑卻仍然掛在臉上。她又繼續往下翻閱……

藤俊並不在裡頭！

照片集裡沒有，名冊裡也沒有，就連留在我們記憶中的藤俊，遲早也會消失殆盡。

即使如此，藤俊媽媽依舊翻閱著書頁。這些藤俊無法擁有的回憶，這些藤俊連看也看不到的回憶，她要繼續代替他逐一品味。

如坐針氈的我站起身子，雖然中川臉上露出要我別逃避的神情，我依舊視若無睹地走出起居室，朝廁所走去。

上完了廁所，我仍然不想走到外頭去。我瞪視著洗手臺上鏡中的自己，一下做鬼臉、一下惡狠狠瞪眼，然後又像個孩子般地噘起嘴來。

藤俊媽媽應該已經合上紀念冊了吧？

最後，她究竟是無法控制地哭出聲來，還是依舊帶著微笑呢？這兩者，究竟哪一種比較好呢？我已經不知道該怎麼判斷了。

走出廁所後，我發現健介就站在門口。

「不好意思……我霸占著廁所太久了。」

他把路讓了出來，使勁壓低聲音說：「你回去吧，就這樣直接離開。」

在我開口詢問原因前，健介就又繼續說了下去。

「爸爸跟我都拚了命，拚了命支撐著媽媽。」

「伯母的身體又出問題了嗎？」

健介沒有回答我的問題，又重複說了一次。

「你回去吧！因為媽媽拚命撐著，我們也都拚命撐著，你就別看了。」
「不過，這樣子突然離開……」
「無所謂，我會替你跟我媽解釋的。你的背包我也會先交給本多小姐或中川，之後你再自己想辦法去拿吧！」他直挺挺地瞪著我，伸手指向玄關。「我不想讓你這傢伙看到裡面的情形，你早點回去吧！」
而我，連回望他的勇氣都沒有。
「你們這些人所做的，就是這麼一回事呀……」
站在玄關穿鞋時，不知為何，我彷彿突然聽見了田原先生這麼說。

3

三島死了。
就在我念高中二年級的那個冬天，只念了半年私立高中便中輟的他，年僅十七歲，無業，就這麼死去了。

這件事是中川告訴我的。在通車上學的公車裡，她從早報上看到了這個消息。

「這個人……是三島嗎？」

是車禍。

前天晚上，他們開車到ＫＴＶ時發生了意外。因為超速，無照駕駛的十七歲少年開的車子失控撞上了路旁的電線桿。坐在副駕駛座的三島，全身都受到強烈的撞擊，送到醫院後不久便宣告不治；開車的少年也出現腰椎骨折等重傷。根據警方的調查，這兩個人是因為一起鬼混的大哥要他們「有種一點」，所以才輪流無照開車。

好空虛、好沒有意義的死法。

「所謂的大哥，應該是三島國三時認識的那群人吧？」

「……大概是吧。」

「那個時候，他好像很怕他們。」

「那個傢伙，非常敬畏比他強的人。」

我冷淡地回應著。事實上，三島的死雖然讓我震驚，卻不覺得悲傷。國三時我們便幾乎沒有往來，聽說中輟後他變得更離經叛道，所以這件事雖然不致於讓我感到大快人心，但也覺得心頭落下了一塊大石。

中川把報紙收到書包裡後，欲言又止地說：「這讓我想到了藤井同學。」

她指的並不是藤俊被欺負的事，而是他去世之後的事……

遺書中沒被提及的堺翔平被三島視為叛徒，等到堺翔平結交了惡黨後，退無可退的他只好加入堺翔平的敵對陣營，結果是——換來一死。

「如果沒有那封遺書，三島同學的人生也會不一樣吧？」

「堺翔平也是呀！」

堺翔平根本沒念高中。聽說國中畢業後，他就跟著一起混的大哥到縣級的大都市去，現在正在哪裡的酒店當店員吧？他並不是一個不會念書的人，要是沒跟那群人一起鬼混，就算考不上東之丘高中，應該也上得了其他以升學為目標的高中。

「藤俊也真是的，如果他在遺書裡把名字都寫出來就好了。這麼一來，堺翔平也好、三島也好，說不定都能擁有不一樣的人生了，不是嗎？」

我被自己差點脫口而出「我們也一樣」這句話給嚇得半死，所以故作冷淡地、輕鬆地這麼回答。

中川搖搖頭說：「不！如果他們沒有霸凌藤井同學，就能擁有不一樣的人生了。」

「你是說……那些傢伙吧？不包括我們。」

不過，中川卻回答說：「我是說每個人——無論是霸凌藤井同學的人，還是沒幫忙藤井同學的人，每個人都一樣。」

「好了啦，別說了。」我笑著對她說，避開周遭乘客的視線，偷偷握住了她的手，她也略帶遲疑地反手握住我的手。我們之間已經發展成這種關係了，上了二年級後，雖然彼此都不必再整理練習場，但為了享受兩人時光，我們還是都會搭早班公車上學。雖然我們依舊沒跟對方說「我喜歡你」或「我們交往吧」之類的話，但我開始稱呼她「百合」，她也開始叫我「小裕」。這時的我們已經十七歲了，之後再不到一年，高中的生活也即將結束，我們都打算考東京的大學。

藤俊離我們愈來愈遠——我們不斷翻開嶄新的下一頁，馬拉松的路線也不再只有一條跑道；我們已經轉了好幾個彎，也越過了好幾個補給站。現在即使轉頭回望，也只能看到最近才從領先集團中脫隊的人，而那個從三年多前的比賽便開始落在後頭的人，我們應該連個影子也看不到了。

話雖如此，有的時候，藤俊卻會以這樣的形式出現在我們的面前……

明明已經不在了，卻又重現眼前。

「關於三島的喪禮，會有人聯絡我們嗎？」

「……我也不確定。」

「如果有人通知，你會去嗎？」

「如果像開同學會的話，去去也不錯呀！」

「這麼說很過分耶！」中川——我是說百合，瞪了我一眼後又繼續說了下去：「雖然有很多人跟三島同學一起鬼混、玩鬧，但他身邊真的有算得上朋友的人嗎？」

「一直到最後，他都和根本很好不是嗎？」

根本和三島進了同一所私立高中，三島中輟後不久，他也輟學了，兩個人像得很。

「對喔！他還有根本同學……，不過，他們國一的時候處得很差對吧？」

「他們是上國二後感情才變好的。」

話題似乎又要繞回藤俊身上。

不要再提了，真的，夠了，別再說了！我這樣想著，一邊用力地握了握百合的手。

「發生車禍的時候，根本同學會不會也和他在一起？」

百合讓我握著她的手，卻沒同樣握住我的手。

我並沒有回答她。當我看到新聞時，心中便湧現些微不祥的預感，百合應該也有一樣的感覺吧？她放開了我的手，用那隻手抹去玻璃窗上的霧氣。

「守靈或喪禮時，會下雪吧……？」

今年冬天的第一個寒流已經來了，據說明、後兩天會是最冷的時候。因為車窗的玻璃髒髒灰灰的，窗外的街景也看起來更加黯淡、蕭瑟。

不祥的預感成真了！當天晚上，在國中校友會擔任委員的的長峰告訴了我這件事。

「雖然你可能已經知道了。」

發生車禍時，無照駕車的人果然就是根本。

「聽說是被整——原來三島和根本每個月都要拿錢給大哥花用，算是保護費吧！他們上個月拿不出錢來，所以被處罰，大哥們先出發到ＫＴＶ去，叫他們兩個在後面追。」

「所以說，他們被霸凌了嗎？」

「我覺得應該不是那種小事，不過……也可以算是被霸凌了吧！」

「那怎麼會是小事？」

「嗯？」

「算了，沒事。」

連我自己也常覺得不可思議。雖然藤俊的事已經過了好久，但只要在報紙或電視新聞上看到「霸凌」這個字眼，還是會讓我心頭一緊。雖然每次看到嚴肅討論著霸凌議題的社會評論家或新聞評論員時，我都很想跟他們說，這種事跟什麼教育失敗或心理陰暗面等誇張的問題無關，但一看到他們輕率的處理態度，我又會怒火中燒——甚至有一次，看到有個上了年紀的大學教授在電視上說「沒有被霸凌過的人，無法堅強生存下去」時，我氣到幾乎快把面紙盒捏爛！

霸凌並不是一件小事，有人甚至會因此失去性命，它不應該被當作是只發生在孩子們年幼世界的錯誤——直到長大成人後，我才開始這麼想。

長峰告訴我守靈與告別式的時間——明晚會進行守靈，告別式則在後天中午，兩個儀式都會在市立殯儀館舉行。

「告別式校方會出席，如果要去的話，去守靈會比較適合吧……」
「其他人呢？」
「有幾個男生會去，但女生好像沒有人會參加，因為念的班級也不一樣。」
「也是啦……」
「我本來打算過去，但一聽到是在市立殯儀館，就讓我想到藤井的喪禮，總覺得……心裡不太舒服。」
「長峰，你那時候有去嗎？」
「我也是二年三班的呀！那時不是全班都要參加嗎？你不記得了嗎？好過分喔！你也太誇張了吧？」
我忘了。無論是藤後的事或國二的歲月，竟然都離我這麼遠了！
「那你應該還記得吧？藤井的爸爸拒絕讓三島和根本替藤井上香的事。」
那個時候我人正在內廳裡，但長峰似乎不記得了。
這樣的我們，會逐漸忘記許多事，同時也被許多事拋在腦後吧？
「真是諷刺呀！三年前連上香都被拒絕的三島，現在卻要在同一個地點等待大家來替他上香。」
「根本呢？他會去嗎？」
「不太可能，不只腰椎，他連腳跟鎖骨都骨折了，至少要半年左右才可能出院吧？」

「不過，」長峰繼續說了下去：「對根本來說，受了這麼嚴重的傷，說不定反而是一件好事。」

我也這麼覺得，如果根本毫髮無傷的話，他必須背負的罪會更加沉重吧？

「你有打電話到藤俊家去嗎？」

很意外地，他竟然回答：「沒有。」

「因為我是三年二班的校友會委員，我當然會打電話通知自己班上的同學，但是藤井不但已經不在了……你說看看，這電話應該叫哪一班的校友會委員打才對？」

說到最後，他的語氣中已流洩出難以名狀的憤怒。

隔日，一大早便下起了冰雹，到傍晚時，已化為片片飛雪。

百合沒有去參加守靈，她說自己不想看到三島父母的樣子——並不是針對三島，只是她不想再看到白髮人送黑髮人的模樣。

因為懂得她的心情，所以我並沒強要她跟我一起去。

一回到家，我先在身上放了好幾個暖暖包，接著便走路前往殯儀館。搭公車去或許會比較輕鬆，不過，就跟送藤俊當時一樣，我選擇了步行前去。

雖然路上還沒出現積雪，但房子的屋頂或停在路旁的汽車引擎蓋上，已經覆上了一層白。如果持續這樣下一整晚，明天公車可能就不會固定發車了。我心裡想著等等回家後要先打電話給百合，討論一下明天的事，接著又希望到家後還有心情考慮這些事。我嘆了一口氣，呼出白色的氣息。

一到殯儀館，我便找到國中時期的朋友，並且加入他們。雖然大家原本打算緬懷一下三島，不過因為他國中畢業後的生活跟我們實在沒有交集，結果大家只好各自報告最近的狀況，好消磨掉等待上香的時間。

進行守靈的場所在殯儀館的二樓，比起藤俊當時用的廳堂小了很多。大概因為他死去的方式，讓家人想低調點處理吧？

比藤俊多活了三年的三島，他所擁有的世界，似乎也沒有比藤俊的世界多出三年份的遼闊。

我站在大廳跟同學說話，眼神不時往玄關探去。同學問我：「你在等誰嗎？」我只是回答：「沒有，我沒在等誰。」

開始上香了，但排隊上香的隊伍只勉強延伸到大廳的尾端，非常的空蕩寂寞。

祭壇上放著遺照。照理說，遺照裡應該是他中輟後剃了個大光頭，甚至連眉毛都剃掉的模樣，沒想到，家人用的是他高中入學時的照片。照片裡的三島穿著嶄新的制服，害羞卻又眼帶凶光地笑著。

身材豐腴的三島媽媽坐在家屬席上哭泣著，她染著鮮豔顏色的頭髮燙得捲捲的，臉上頂著大濃妝。三島家沒有爸爸，我記得，三島媽媽是靠直銷販售化妝品來維持家計的。這個家裡只有一位母親、一個兒子，所以三島去世後，他媽媽便無依無靠了。

藤俊自殺的時候，三島的媽媽似乎曾對來採訪的田原先生說過：「他是自己要尋死的吧？幹嘛怪到我們身上來？」當我在《觀點月刊》上看到這段文字時，心裡還想著：「這個媽媽真是可惡！」——直到現在，我也還是這麼認為——不過，要看著她因為兒子去世所顯露的無助與悲痛卻無動於衷，我還是做不到。

配合著隊伍前進的速度移動步伐時，我低頭思考著。

那張遺照是三島媽媽選的吧？遺照用的照片，究竟該怎麼選擇才好？要選死者在世時最快樂時期的照片，還是依照家屬的要求選擇他們最希望死者被人記得的模樣呢？

三島念的那間高中雖然學費很貴，卻是一間幾乎不用考試便可以入學的學校，所以被稱為「不良學生的集中營」。就算畢業了，也不可能有機會開拓什麼瑰麗的未來。關於這一點，就讀的學生自己應該也心知肚明。

不過，遺照中的三島，拍完照片後的半年內便休了學，之後不到兩年，又畫上人生的句點。這些事，在拍照的當下，三島可能怎麼想也想不到吧？升上國二時的藤俊，應該也是一樣的吧？

三島曾經為藤俊的死難過嗎？他曾經為霸凌藤俊的事後悔過嗎？根本和堺翔平呢？他們會不會思考自己現在為什麼會過著這樣的日子？會不會在某些時候突然覺得「如果可以

重來該有多好」呢？當他們在記憶中搜尋踏上分岔點的關鍵，發現一切都源自於藤俊的事件時，難道不會覺得心如刀割、嘆息連連嗎？

廳內突然響起尖銳的叫聲。

我回過神來，一抬起頭，便看到三島的媽媽站起身，對著站在上香臺的人大吼。

「回去！」

「給我出去！」

大吼大叫還不夠發洩所有的怒氣，她把帶在手腕的佛珠也砸了過去——對方是一對中年男女。三島媽媽連腳下的草鞋鬆脫了也毫不在意，她衝向前去，打算找他們理論，卻被其他的家屬給擋了下來。

「今天就請你們先回去吧，拜託你們快點回去吧，明天也不要再過來了……」

摟著三島媽媽肩膀的女性，對著上香臺前的兩個人這麼說。

那兩人滿臉沉痛地對著三島媽媽深深一鞠躬，三島媽媽扯著嗓門歇斯底里地哭喊著：

「把小武還給我！還給我！叫你兒子一命抵一命呀！」

那兩人快步走出了內廳。

「那兩位是根本的爸媽。」跟我站在一起的同學小聲地告訴我。

我沉默著點點頭，一面目送著他們離開的身影，一面回頭望向隊伍的後頭。

那個人，也來了。

他穿著深色的衣服，抿著嘴，凝望著天花板上的燈具，像在玩味著剛才的一陣混亂。

他來了！他還是來了！

告訴他守靈與告別式時間的人——是我。

昨晚打電話過去的時候，一開始是藤俊媽媽接的。她很高興聽到我的聲音，笑著說：「我知道課業跟社團都很忙碌，但等你比較有空的時候，要來我們家坐坐喔！」

看樣子，她應該還不知道三島的事。正因為還未知曉，聲音才能聽起來這麼爽朗吧？「伯父他的身體也還好嗎？」當我這樣試探地詢問後，才知道那個人還沒有下班回家。

「不好意思呀！我身體不太好，所以之前他跟公司請了好幾天假。現在只要去公司，常常都要留下來加班。」

沒跟她說三島的事，果然是對的。

我請她叫健介來接電話。本來還擔心，要是被問到為什麼想找健介講話可就麻煩了，沒想到她竟然很開心地說：「那麼，關於準備考試方面的事，就麻煩你多給健介一些建議吧！還有一個月就是縣立高中的入學考了，他卻光在那裡看漫畫。」

健介也要準備考高中了。他度過了藤俊所沒有的國中三年級生時光，即將迎向高中生的生活。

「他的第一志願是哪間學校呢？」

「如果是東之丘高中該多好，不過他說不要太好高騖遠，所以選了西高中。」

「那，你等一下喔！」接著，她便將電話轉為「保留待接」。

聽到不是東之丘高中，讓我鬆了一口氣。如果進了同一間學校，我跟百合的事大概就瞞不住了——這件事，也一樣別讓藤俊媽媽知道比較好。

待接的音樂戛然而止，健介用低沉的聲音說：「喂。」電話那頭，還傳來藤俊媽媽的聲音：「你好好向小裕請教一下念書的方法。」如果她在健介身旁，應該就不必擔心他會突然把我的電話掛斷了吧？

當我告知三島死訊的時候，健介聽起來不太驚訝，一副興趣缺缺地回答：「是喔？」就算我告訴他守靈與告別式的時間，他一樣沒有太大的反應。

我本來就沒打算跟他聊太久。

「並不是要求你們出席，但可以的話，能把這件事轉達給伯父嗎？」

我正打算掛電話時——「什麼？」健介不疾不徐的聲音突然傳了過來：「是哦？是這樣喔？不過，我不太懂幹嘛要那樣？」

「小健，你在說什麼？」藤俊媽媽在電話那頭說著：「專心聊課業的事！難得小裕打電話過來呀……」

隨著拖鞋啪嗒啪嗒的聲響，話音也漸漸遠去。

「就算家裡有無線電話，但我老媽總是一下子就跑去把主機接起來，那用無線電話根本沒意義吧？」

戲，就演到這裡。

等到確定說話的聲音不會被聽到後，健介「呼……」地嘆了一口氣。

「那你打電話來幹嘛？」他把聲音壓得低低的，語帶不悅地反問我：「你都說我們不去沒關係了，那還打電話來幹嘛？」

「我……」

「你是想說，三島那傢伙死了，我們應該很高興是吧？」

「不是，我不是那個意思。」

「那你是什麼意思？」

我只是想跟你們說而已——至少在這個時候，我希望能重新連結被拒於門外的我們與藤俊的關係。

「雖然我沒辦法說清楚原因……我只是希望讓伯父知道這個消息。」

「就算他知道了，你想幹嘛？」

「沒幹嘛。」

「既然沒想做什麼，那我為什麼一定要跟我爸說？」

「……麻煩你轉告他就對了。」

健介沉默了一會兒，邊嘆氣邊回答，語氣中滿是不悅。

「我想，他應該已經知道了。雖然他不清楚守靈的時間，但我想，他已經知道發生車禍的事了。」

今天的早報，其他人都還沒看過，就被他帶到公司去了。原本，他每天都一邊吃早飯一邊看ＮＨＫ的新聞，今天卻連電視都沒打開。

「還有，他今天幫哥哥上香的時間也特別長。」

在藤俊上吊的那棵柿子樹前擺放水與線香等事，早就成了那個人每天早、晚的固定工作。今天早上，明明天氣非常冷，他卻雙手合十地蹲在柿子樹前好久。

「我去上學時也聽同學說了。」

「那伯母……」

「當然沒跟她說！這種事怎麼可能會跟她說？」

「你這傢伙，」健介接著又繼續說：「希望你也別跟她提起，沒問題吧？」

「……嗯。」

「我老媽承受的已經夠多了，最近雖然狀況好一些，但如果又遇到什麼打擊，說不定就再也承受不起了，你如果敢多嘴，我絕對不會放過你！」

一口氣把話說完後，他的語氣又變了。

「真的很感謝你，考試我會加油的。」

大概是因為藤俊媽媽走回來了吧？

掛掉電話後，我不禁想著——

這麼些日子以來，你一直這樣保護著媽媽吧？因為媽媽需要你無時無刻的支持。

浮現在腦海的，除了孩童時代健介的臉龐，還有總是以大哥的態度笑著說「小健真愛撒嬌，一天到晚只會找媽媽撒嬌呀」的藤俊。

雖然健介說話的態度很不禮貌，但是我卻無法對他生氣。我甚至還想對他說：「謝謝你。」不過，健介一定會回我：「謝謝？你先給我好好道歉吧！」

關於對藤俊見死不救的事，無論是對藤俊媽媽、健介或是那個人，我都還沒有向他們道歉過。不知何時開始，我再也不認為沒有向他們道歉的必要了。

我在殯儀館的大廳等著，終於看到那個人上完香走出來。

本來覺得他可能會對我視若無睹，沒想到他在看到我之後，卻對我說了一聲：「你好啊！」然後走到我身旁來。

從高一那年的九月四日，也就是百合的生日與藤俊的忌日後，這是我們第一次見面。他頭上的白髮變得更多了，幾乎已經多過了黑髮的數量。

「你一個人？」

「是的。」

「我還以為中川同學會跟你一起來。」

那個人並沒有稱百合為「小百合」；至於我，他甚至連我的名字都沒叫。

「非常抱歉。」

「什麼事？」

「就是……我打電話去的事……」

「不要緊，沒什麼關係，」他搖搖頭，微微揚起嘴角說：「因為我太太也很開心。」

「我也跟健介聊了一下……」

「就是聽了你要他轉達的話，我才來的。」

「我沒想到您真的會來……」

他沒有回應我的話，只是說：「我開車來的，要搭便車嗎？我送你到你家附近。」

不了，我搭公車就好。當我正打算這麼說時，他已經邁步往外走去。

沒辦法，我只好從後頭追上他，腦海裡卻不斷想起藤俊告別式當天的事。那一天，那個人始終緊繃著後背、雙腳使勁支撐著身體，像是背負著什麼看不見的重擔似的，但現在已經不一樣了！他的肩膀垂了下來，他的頸項已經變得纖細瘦弱，看起來實在不像背負著什麼。然而，這並不代表他已經把重擔卸下了，說不定是因為——他再也沒辦法像那天一樣，扛起那麼沉重的擔子了吧？

走到戶外一看，大雪已經落了下來。往停在停車場的車子走去時，外套的肩膀與袖子都積了一片雪白。明天，三島的棺木便會在白雪靄靄中被送走吧？即使是像他這樣平白荒度的人生，至少在最後的最後，也能被美麗的景致包圍。

遲疑了一會兒，我決定不坐後座而坐在副駕駛座上，那個人也沒多說什麼，自顧自地發動了引擎。

雨刷發出嘎吱的聲響，把堆在擋風玻璃上的雪刮了下來。

「剛剛真是很熱鬧呀！」

他指的是三島的媽媽與根本爸媽的事。

「我本來以為那種場景只在連續劇裡才看得到，沒想到真的有這種事……」

「是啊……」

「不過那三位家長，都沒來參加俊介的喪禮。」

車子開動了。

「他們只會找藉口逃避，根本沒拿出任何誠意來！」

車子通過殯儀館的大門到外頭後，那個人說：「剛剛三島同學應該很開心吧？自己的媽媽為了維護自己而發火暴怒……應該很值得開心吧？」

他並沒有這麼做過。因為不想看到他們的臉，不想讓他們在藤俊面前出現，所以一開始他就把三島與根本給趕走了。

「俊介說不定會覺得，我們這對父母還真是膽小。那個時候，我本來覺得那是我能為俊介所做的最大的努力了。」

「我好像搞錯了呀，」他苦笑著繼續說：「如果在俊介的面前狠揍那些傢伙一頓、叫他們下跪的話，他大概會很高興吧？」

我不知道要怎麼回答他，難得他願意對我說這麼多話，我非但沒覺得鬆了一口氣，反而渾身不知所措，不曉得該說些什麼。

「結果，三島連一次都沒有跟俊介道歉過，根本和那個叫堺翔平的傢伙也一樣……反正，他們根本沒放在心上吧？」

對著一語不發的我，他吞吞吐吐地說：「其實……我很想殺了他們。」

——全班的人。

「霸凌俊介的人、知道卻視若無睹的人，我全部都想殺掉。」

——也就是說，我也包括在內。

「結果，我根本沒勇氣。」

話語到此中斷了。

雨刷將砸在擋風玻璃窗上的雪刮了下來，一次、又一次，不斷、不斷地重複著。

我出神地望著雨刷，開口詢問：「為什麼把我們的作文披露給媒體呢？」

「我既然收下了，要怎麼處置是我的自由吧？」

「那……是一種報復嗎？」

我在心裡想著——就算因此而惹怒他，我也不在意。不過，那個人既沒有說「是」，也沒說「不是」。他只用冷靜的聲音說：「反正寫的都是一些謊話。」

「怎麼樣的謊話？」

「好幾個傢伙都寫了『一輩子都不會忘記』啊！」

不會忘記藤俊的事……

不會忘記自己對藤俊做的事……

不會忘記此刻自己的後悔、悲傷與歉意……

「就是這類的謊話！」

每個人都忘了……

每人都若無其事地回到了日常生活中……

我沒辦法反駁他。

「所以，我才要讓他們忘不了。」

在畢業典禮上高舉著藤俊的遺照，也是因為這個原因吧？

「明明都是兒子呀……」那個人繼續說著：「對三島的父母來說，那傢伙也是他們的寶貝兒子呀！」

「……嗯。」

「俊介也一樣。」

我點了點頭。

「你們這些傢伙懂個屁！」他突然激動了起來：「對你們來說，俊介不過是一個剛好跟你們念同一班、根本可有可無的人。可是……對父母來說……孩子就是我們的一切啊！是無可取代的！沒有任何人能取代我的俊介！但是、但是他卻因為你們這些人見死不救而死了……」

他顫抖的聲音化成了嗚咽。

「雖然你們可以很輕易地就忘記，但做家長的，根本就做不到啊！」

輕易？不，絕對沒有這一回事！

我的情緒也一下子滿了起來。

因為……，我們不得不這麼做啊！我們還活著，但藤俊已經不在了呀！我們不得不忘記這一切呀！

我的思緒就像泡泡一般，在喉嚨深處無聲地破裂、消失。好後悔、好悲傷……但是，真正的後悔與悲傷是──完全無法將這樣的想法和心情傳達給對方。

我們正漸漸忘卻藤俊，無計可施地看著他離我們愈來愈遠。承認這件事雖然已經讓我們無比悔恨了，但不得不接受這個事實更讓我們悲傷不已。

他按下了緊急停車閃示燈，胡亂踩了煞車減速後，便讓車子停在路肩。

「你從這裡下車走回去吧……」

我沉默地打開車門，如果再開口說話，我的眼淚大概就會掉下來了。

那個人的臉面向前方，對走出車外的我說：「通知我守靈的事，謝……」代替了「謝謝」兩字，他用力地點了兩次頭。

我還來不及回禮，車門便關了起來。

車子一下子就開走了。我就沐浴在紛紛而落的雪中，一路步行回家。

每次一下雪，藤俊就高興地活蹦亂跳。

我突然想起小學低年級的事——因為想吃落下來的雪，他對著天空張大了嘴巴東轉西轉著，結果不曉得被什麼東西絆了一下就跌倒了。

走著走著，我加快了腳步。

回到家後，我連外套都沒脫，就跑進了房間，把一本還沒用過的筆記本拿出來，開始在上頭振筆疾書。

我還回憶起藤俊也很喜歡踩附著在地上的小冰柱的事，於是趕緊把這件事寫下來。此外，我還寫了——藤俊在寫平假名的「む」時，都會把中間的圓圈寫得小小的，讓字看起來比例很奇怪——這樣的事。

在連暖爐都沒開的房間裡，我就這麼穿著外套，花了近三十分鐘，在筆記本上寫下兩頁關於藤俊的回憶。

從那天起，這件事便成了我每天的習慣。

4

至今走過的歲月之中，就屬高三的日子過得最快，快到像流逝而過一般。

關於藤俊，能記下來的事似乎也都寫完了。

在這一年之中，我們為升學考努力用功著。雖然有些遙不可及，我們也為了爭取高中校際聯賽或冬季聯賽的資格努力練習著。在這一年裡，還舉行了高中生活裡最後一次的園遊會和最後一次的運動會。雖然畢業旅行在高二便舉行過了，但在補習班的暑期課程開始前，我們幾個比較要好的朋友還一起到離島的青年旅舍去住了幾天。我還答應已打算重考的朋友的邀約，加入了他們組成的「Blue Hearts」[2]模仿樂團擔任吉他手。我也與百合一起度過了這一年——我們一起說話，一起歡笑。我總是想著她，總是想見她，一旦見面了，便希望能永遠停留在那一刻。我想跟百合在一起，一直在一起，永遠在一起。她不只在我的面前，也同時存在我心底。

那個人大概會生氣吧？不過，這就是事實，千真萬確的現實——

我還活著。我已經十八歲了。我有好多好多必須做的事，也有好多好多想做的事。雖然的確有幾個我不願意忘懷的回憶，但是需要我記住的英文單字、世界史和年號……卻多得多——我，不可能永遠陪著那個國二的少年。

另一方面，關於藤俊的回憶，我大概已經寫了一整本筆記本了。我想得起來的，都是些雞毛蒜皮的小事。比方說：他在午餐時間把牛奶打翻了或他很不會剝白煮蛋，還有他因為在單槓上做引體向上時會發出「呼嗯、呼嗯」的聲音而被大家取笑……。這些事都太瑣碎了，瑣碎到令我不太有把握——這些真的都是發生在藤俊身上的事嗎？我甚至會懷疑自己是不是把其他哪個人做過的事跟藤俊搞混了。

即使如此，藤俊依舊在這裡。

當我想到他就在這裡時，便會覺得心裡釋然一些。

我沒有跟百合提過筆記本的事。

退出網球社後，從高三的第二學期開始，百合似乎偶爾會和本多小姐一起到藤俊家。除了陪藤俊媽媽聊聊天，有時她還會幫忙準備晚餐。

「不要讓小百合知道我跟你說過這件事喔！」本多小姐這樣跟我說：「不過，我希望你能體諒那孩子的心情。高中畢業後就要到東京去了，她大概希望在那之前，可以盡量多陪陪俊介同學的媽媽吧！」

---

2 日本一支活躍於一九八〇年代後期至一九九〇年代前期的龐克搖滾樂團。

因此，我在百合面前總是裝做一副不知情的樣子。這樣也好！等到她願意自己跟我說的時候，我也會把筆記本的事告訴她。所以，這樣也好！

百合在網球社的最後一場比賽是六月的高中校際聯賽，她打進了全縣的前十六強。第一場比賽的時候，她一直繫著一條粉紅色的髮帶——那是她十六歲生日時，藤俊媽媽送她的禮物。

雖然她說是因為雜誌上寫著六月的幸運色是粉紅色，所以才綁著那條髮帶的，但她心底究竟在想些什麼，我無從得知。

高一那年的九月四日，我們被邀請到藤俊家去。沒想到，那是第一次卻也是最後一次在九月四日這天到他家。本多小姐告訴我們，高二和高三的九月四日當天，藤俊媽媽都臥病在床。夏天一旦接近尾聲，愈靠近九月四日，藤俊媽媽的情緒和身體都會愈來愈糟。

「對她來說，只要想到又過了一年，似乎便非常煎熬……」本多小姐憂心忡忡地說。

本多小姐即將在《東洋日報》上以「再次踏步向前的人生」為題撰寫專欄。她說：「雖然是連載專欄，其實只是每個月用來消耗版面的東西而已啦！」但為了自己第一次執筆的專欄，她依舊幹勁十足地四處奔走、到處採訪。

顧名思義，所謂「再次踏步向前的人生」，便是以描寫從絕境中逆轉命運、重新面對人生的人為主題的專欄。一月刊載的第一回，敘述因車禍導致下半身癱瘓的女高中生加入輪椅籃球隊的故事；二月的第二回，則描寫了在泡沫經濟解體後慘遭裁員的中年男性如何在家人的支持下重新找到事業第二春；三月的第三回，則是曾經身為甲子園明星選手的當地英雄，在職業棒壇鎩羽而歸後，幾經曲折後開起烤雞肉串店的報導。

她也打算將藤俊的父母親寫進專欄裡，內容大概是描述兒子死於霸凌的父母，在無法痊癒的傷痛中如何相互扶持吧？

「因為連載期間為一年，所以我打算採訪完九月四日的忌日後再動手開始寫稿。」

據說，藤俊媽媽很開心。她開心的原因不是因為自己可以上報紙，而是因為藤俊的名字可以被印刷成字——說得更白一些，對藤俊媽媽而言，能把她跟藤俊之間千真萬確的母子關係以這樣的形式留存，比什麼都讓她開心。

「雖然會帶給她一些壓力，但我想應該可以寫出很棒的專文。」

「伯父呢？他怎麼說？他也很期待嗎？」

本多小姐想了一下後才說：「他似乎很期待寫出來的文章能夠讓媽媽開心。如果不是這個原因，他應該不會答應接受採訪。」

我也這麼認為。

「真田同學，你不會覺得驚訝嗎？」

「妳是指什麼？」

「藤井家的媽媽只想著俊介的事，而藤井家的爸爸跟健介也只擔心著媽媽的狀況……你難道不會認為，這一家人真的很傻嗎？」

「我並不覺得他們很傻……」我坦白地說：「我只是認為他們好辛苦。」

「是呀！不過，家人就是這麼一回事。」

「嗯……」

「所以，對那樣的家庭來說，失去一個成員是件非常嚴重的事。」

那個人說過，沒有人是可以被取代的。

他曾經哽咽著說，沒有人能取代俊介。

「等你長大了，組織了自己的家庭後，或許就會了解了吧？」

「說不定是跟小百合一起呢！」本多小姐拍拍我的背，半開玩笑地說：「加油喔！」

那年的聖誕節前夕，我經過車站前的商店街時，看到穿著西高中制服的健介與朋友迎面走來。雖然健介並沒有注意到我，但我卻立刻低頭掩面，轉進一旁的小書店。

「我不是在躲他，我又沒有什麼好愧疚的。」我自言自語著：「啊！對了。我之所以踏進書店，是因為突然想到要去東京考試前，一定要先買好地圖才行。」硬是替自己找了一個理由後，我便走向書店裡放置地圖與觀光導覽書籍的區域。

我隨便拿了一本大小可以放進口袋的東京導覽手冊，隨意翻閱了一下，一面找尋時機確認健介到底從書店前經過了沒有。這時，突然感覺到有人站在我身後。

「你好，好久不見了。」

因為我沒回頭，健介便主動走到我身旁。他從書架上拿起了一本國外旅行導覽書籍，邊跟我一樣隨意地翻閱著，邊笑著說：「你也不必刻意避開我吧？」

我還是凝視著手中翻開的導覽手冊，小心翼翼地不讓聲音洩漏太多情緒。「伯父、伯母都好嗎？」

「因為中川偶爾會到我家來，所以我老媽好像還挺開心的。」

「那……伯父呢？」

「就跟平常一樣。」

那時候我還不知道，他所謂的「平常」當中，包含了多少的深意與沉重。只不過，健介的聲音聽起來，已經不像以往那樣怒氣沖沖了。

「你要去考東京的大學嗎？」健介沒看著我，卻伸手指著我手上的導覽手冊問：「考得上嗎？」

「我也不知道……」

「如果落榜了，你也會在東京念補習班吧？」

我點點頭。

與藤俊無關，我只是不想在家鄉這小小的街道上度過大學生活或往後的人生。

「中川也說她的第一志願是東京的大學。」

我遲疑了片刻，然後故作驚訝地回答：「哦！是喔？」因為我並不認為，百合會把我們的關係告訴藤俊媽媽。

「大家都要離開了呀！」

健介笑著說，聽起來沒有任何的諷刺，而是發自內心的羨慕。大概是很希望我了解他的情緒吧？他緊接著說：「不過這麼一來，有種一切都告一段落的感覺。」對著不知該怎麼反應的我，他繼續說：「我真的很感謝中川，因為我老媽真的有精神多了。」

「是喔……」

「至於真田你……我是說小裕，我也不氣你了。」

「我說真的，真的喔！」他又笑了：「一直這樣氣下去，真的很辛苦呀！」

我靜靜地翻著導覽手冊。

「已經過了五年了啊……」健介把自己手上的導覽書籍放回架上。「雖然很久，卻又覺得過得很快。」

其實，他並非真的明瞭自己內心深處的想法吧？說不定，他並不是真的原諒我了，只是想要原諒我而已。

不過，他接著說：「如果我一直這樣想不開下去，我爸媽也會很傷腦筋吧？」

這段話與他臉上寂寥的苦笑，才是他真正的心聲吧！

「這陣子以來，我好像多少能稍微了解我哥為什麼會喜歡上中川了。我哥就是喜歡溫柔的人呀，因為他知道自己比較懦弱，所以想找個可以撒嬌的人吧？」

「其實中川在國中的時候挺霸道的。」

我這麼說只是為了讓氣氛輕鬆一點，沒想到健介卻認真地說：「那麼，一定是因為我老哥早就看出來她其實是一個溫柔的人。」

或許吧！我也希望是這樣——我並不想認為，百合是在藤俊死後才開始變得溫柔、善解人意。

健介又伸手拿了一本觀光導覽書籍。「嗯，算了，」然後把它放回書架上。

「那，我先走囉！」他對著我輕輕點了點頭，但到頭來，我們倆的眼神連一次都沒有對上，他就向出口邁步前去了。

「小健……」

我根本沒想到要說什麼，嘴巴卻自己動了起來。不過，等到健介回過頭時，我卻又完全無法言語。

反而是健介笑著說：「我自己都想不到我會這麼努力呢！你也應該要向前看。」

我只能默默地點著頭。

「小裕，升學考也要好好加油喔！」

「謝謝……」我竟連這兩個字都說不出口。

我跟百合都考上了東京的大學。

我考上了校區在市中心的大學文學系，百合則進了位在郊外的女子大學社會學系。我們一起看過首都圈的鐵路路線圖後，決定兩個人都要住在同一條私鐵3的沿線上。雖然我們住的地方之間，搭電車加上走路大約要花上一個小時，但我覺得這段距離並不算太遠，更何況，這樣的發展已經快到超出我的想像了。

雖然現在只是牽牽手的孩子氣關係，一旦到了東京，我們的世界一定會瞬間變得海闊天空。我當初是這麼相信著的，事實也的確如此。

如果要說有哪裡出了錯，應該不會是這個世界，而是我和她之間吧？

關於故鄉街坊的最後回憶，我非得寫下來才行。

三月下旬，在要運到東京的行李都打包得差不多了之後，我和百合便一起前往藤俊家拜訪。

藤俊媽媽並沒有找我們，不過百合卻主動說：「我們去打聲招呼吧！」

沒透過本多小姐，她自己聯絡了藤俊的家人，還自行決定了登門拜訪的日期。

那一天，我們約在藤俊家附近碰頭，一面散步一面朝藤俊家走去。

那是個溫暖的星期日。本來有些灰濛濛的天空也放晴了，對岸公園的櫻花樹下，許多人正賞著櫻花。雲雀在唱歌，腳邊黃色的蒲公英花隨著微風搖擺。耕耘機駛進了在冬季被寒氣包圍的稻田裡，翻動土壤後，漆黑的地面看來似乎也同時開始深呼吸，連走在河堤上的我們，都可以不斷嗅到泥土的氣息。

考試結束了，畢業典禮也舉行過了，接下來就等著搭上通往東京的列車了。與這段悠閒的時期最相稱的，便是像這樣沉靜的假日午後。

不過，走在我身旁的百合卻很少開口說話。她低頭走著，像是在思考什麼，即使我主動開口跟她說話，她也都答非所問。

她應該早就做好心理準備了吧？

從國中二年級的九月四日那天起便一直背負著的重擔，她打算放下了。

不過，當時的我早就緊張得自顧不暇了，根本無法想那麼多。

如果那時我問她：「妳怎麼了？」百合應該會跟我坦白吧？要是當時我就搞清楚她背

---

3 日本除了ＪＲ（日本鐵道）之外，還有許多私營鐵路，這些鐵路線連接的大多是城市郊外的住宅區和城市的市中心區，是日本人上下班和學生上下課來回乘坐的主要交通工具。

負的重擔是什麼，我又會怎麼做呢？我會阻止她，叫她別去了？我說不定會跟她說「還是沉默地繼續背負著比較好」？又或許，我只會驚慌失措、方寸大亂，根本提不出任何適當的對策吧？

然而這一切，都是事情發生之後才出現的揣測了。

藤俊媽媽在睡衣上罩著開襟短外套，開門迎接我們。

看來，她的身體應該又出狀況了。

「不好意思呀，雖然是我提議一定要幫你們慶祝考上大學的事，但因為我一直睡睡醒醒的……大概是一想到小百合跟小裕都要到好遠的地方去了，就覺得很寂寞吧！」

雖然聽來像開玩笑，但後半段應該是她的真心話吧？雖然她打算一笑帶過，但她的臉頰卻動也沒動，所以那些話一定是真心的。

那個人跟健介也在起居室裡。一看就知道，他們兩個人都在擔心著藤俊媽媽。

「高中畢業了，要去當大學生了呀！太快了……真的太快了……」

迎接一個新生活的開始，對藤俊媽媽來說，等於再度被失去藤俊的寂寞包圍吧？

但是，藤俊媽媽卻拚命裝出開朗的模樣。

「沒什麼好招待你們的，不過健介有買一些點心回來。」她一面要我們吃泡芙，一面替我們倒了紅茶，接著轉身對著佛龕笑著說：「小俊，小百合四月起就要成為女子大學的學生囉！很棒吧？」

佛龕上的遺照和櫥櫃上的照片中，都還映著藤俊稚嫩的臉龐。與其說是朋友，看起來更像比我年輕的表弟。再過幾年，這種感覺也會被取代，說不定到時他看起來只會像個住在附近的小學生。然後，再過幾年或十幾年，或許他看起來會跟我的孩子差不多一樣大。

等到我有了自己的孩子，當我發覺到那孩子在成長的過程中開始漸漸遇到跟朋友交往的煩惱，需要別人幫助的時候，我又會怎麼看待發生在藤俊身上的事呢？

「小俊啊……」藤俊媽媽在佛龕前坐挺身子，一面上香一面說：「小百合長得這麼漂亮、這麼可愛，到東京去後一定會很受歡迎。沒關係吧？你不介意吧？你要跟媽媽一起為小百合的幸福祈禱喔！」

健介一臉無趣地歪著頭，那個人沉默著，沒看房裡的任何人，只凝望著窗外的庭院。我硬是吞下口邊的嘆息，低著頭的百合，肩膀微微顫動著。

「這一段時間以來，真的很謝謝你們。每次小百合到我們家來玩，就是我最開心的時候了。經常勉強妳來陪我，真的很不好意思！」

低著頭的百合搖了搖頭，肩膀的顫動愈來愈激烈。

「不過，如果真的可以的話，如果小百合也願意的話，一定要再來家裡玩喔！如果妳交到男朋友了，也可以把他一起帶來，讓我認識認識。」

雖然我很想大喊——

別再說了！

不要再給百合加上這麼多枷鎖了！

拜託你們，放了我們吧！

「啊，說不定妳已經有男朋友了對吧？是嗎？妳已經有對象了嗎？」

就在藤俊媽媽帶著笑容探詢的時候，百合突然趴在榻榻米上，放聲大哭。

像是想把所有的悲傷——不，應該說是苦悶——全都一股腦從身上吐出來似的，她彎曲的背不斷晃動著，額頭頂著榻榻米，邊哭邊呢喃著。雖然剛開始聽不懂她在說什麼，但她卻不斷重複說著相同的話。

「對不起，對不起，對不起，對不起，對不起……」

我和她第一次到藤俊家裡時，她也是這樣。

不過，那天她沒說出口的事——那些始終沒有對任何人說的事，百合第一次把它說出來了。從喉頭湧出的聲音依舊伴隨著嗚咽，斷斷續續地傳到我們的耳中。

藤俊打電話給她的事、他說想把禮物拿去給她的事、她斷然拒絕的事、她把電話掛斷後藤俊便把禮物交給宅配寄送的事……還有——藤俊就在寄宅配的那間便利商店買了膠帶回家，然後把對百合致歉的事寫進放在房裡的遺書之後，便上吊自殺了。

如果當初她照藤俊的要求跟他見面的話……

即使沒有跟他見面，如果她掛電話時能更婉轉一點的話……

「說不定……藤井同學就……就不會死了……」

她用盡了胸膛中僅存的氣息擠出這句話後，便不斷哭泣著。

藤俊媽媽呆然若失的，不斷左右搖著頭，像是想抖落剛剛傳進耳中的話語。健介瞪眼看著百合的背影，眼神迷惘失措。那個人依舊面向庭院，皺著眉頭，用力閉上了雙眼。

「搞什麼？這是在搞什麼？」健介喃喃自語著：「妳給我等一下，這是在搞什麼？我搞不清楚妳在說什麼，我……」他扯開嗓門大聲重複喊著，肩膀也隨著喘息激烈晃動著。

為了不讓同樣的話從我的嘴裡跑出來，我死命地把快要脫口而出的話壓在喉嚨裡。

如果當時我中途打斷百合就好了，應該要打斷她的。又一次，當重要的東西即將破滅時，我還是什麼都沒做，只能沉默地看著它發生。

那個人一動也不動，雙眼依舊緊閉著。

藤俊媽媽的臉上露出了淺淺的微笑，像是虛脫了，也像是恍惚了，那是一個所有情感都消失了的微笑。她沒有怒罵百合，也沒有責怪百合，但也無法擠出任何寬恕的話語。

藤俊媽媽帶著淺笑凝望著百合好一陣子，發現她沒打算把頭抬起來後，便轉而看向我這邊，緩緩地對我點了點頭——不對！她是直接彎著身子向前倒下了。

直到那個人將藤俊媽媽攙扶出起居室後，百合還是一直趴在榻榻米上——雖然不再哭得那麼激動了——她大概是想繼續在藤俊的佛龕前伏地謝罪吧？

「我真是服了妳！」留在起居室中的健介，鬧情緒似的把手背在身後、用腳跟踹著地板。「原來，我哥本來還有希望能活著呀？那可是他最後的希望了啊……」

「夠了。」我出聲制止他。

不過，他卻反而大聲怒叱說：「本來就是這樣啊！如果能跟中川見面，我老哥一定會振作起精神、繼續努力活下去的。」

「……才不是這樣！」

「本來就是！」

「我……我一直都很努力……」健介的聲音裡充滿了怒氣，他用腳胡亂踹著榻榻米。「我真的打算要原諒你們了，不管是恨意、怒氣，這些東西我本來都打算拋開了，我……真的想原諒你們了呀！我真的以為已經都過去了……」

「別再這樣，我拜託你，請你不要再說了。」

我對著健介鞠躬道歉，如果這樣他還不接受，我甚至做好伏地謝罪的準備了。

「可是，我老媽等於被騙了不是嗎？」但是健介依舊說個不停：「你們對我哥見死不救，又欺騙我媽，這是在搞什麼？你們究竟把我們當成什麼了？」

「我懂，我懂你的憤怒……但是拜託你……不要再說了。」

理智上我很清楚，我們必須道歉，因為錯在百合。雖然可以輕易地找出許多辯解的理由，不過，既然百合自己都認錯了，那麼，錯就在百合。

「小健，拜託你……，不要再用這種語氣說話了，拜託你……」

健介來回搖著頭，更用力地用腳跟踹著榻榻米，地板幾乎都震動了起來。

「我可是拚了命、拚了命想原諒你們啊……雖然被傷得很重，但我想我一定能安然度過哥哥的事件；雖然沒辦法忘記，但我原本已經打算不要再去恨任何人、去生任何人的氣了呀……」

健介的聲音像波浪拍打般，撞擊而後四散。

「你們到底要把我們家人當白痴耍到什麼時候？開什麼玩笑！」

百合蜷起身子，不斷嗚咽著：「對不起，對不起……」

我的情緒也跟著爆裂開來。

「我們有什麼辦法？是他在那裡單相思，是他自己一廂情願喜歡上人家的呀！煩死人了，他把別人都煩死了！」

我用力把聲音大吼出來，就算被藤俊媽媽聽到，我也不在乎了。

「百合莫名其妙地被寫進遺書裡，這讓她受了多少苦，你知道嗎？他自以為是的把我當作好朋友，替我製造了多少麻煩，你也什麼都不知道啊！」

原原本本地——

在替三島守靈時那個人對我發的脾氣，我此刻正原原本本地還給健介。

「你這是什麼態度？」健介一邊說，一邊站起了身子。

我也把身體向前挺出去：「怎麼樣？」

我好氣！總之，我好生氣！不是對健介生氣，也不是因為百合有事瞞著我而生氣，而是想藉機打破某個更不對勁、更巨大、更深層的東西。

「我跟百合正在交往啦！藤俊死了以後也同時被甩了！我跟那個傢伙根本也不是什麼『好朋友』！從開始到最後，我跟百合都跟那個傢伙一點瓜葛都沒有！」

健介出手揍了我，我沒躲掉，讓他的拳頭直接打中了我的下顎。不過，我也立刻一把抓住健介的胸口，兩個人推擠成一團。

如果當時那個人沒有衝進起居室，勢態一定會更嚴重。

那個人沉默地把我們拉開，先是給了健介一巴掌，接著轉身對我揚起了手臂，但是那個巴掌並沒有打下來。

那個人瞪眼凝視著自己緩慢放下的手掌，抬起頭冷靜地說：「回去吧……」

就算他沒這麼說，我也正打算這麼做。

我要帶百合回去。

我再也不會踏進這個家一步了。

那個人叫我們站在原地等著，他從佛龕裡拿出了兩個小盒子。

「拿回去吧……」

「我不要。」

「這是我老婆在身體狀況還可以的時候到百貨公司買的，你拿回去吧！」

是放鋼筆的盒子，上頭還附著禮箋。在蓋著「畢業誌慶」圖章的文字旁，藤俊媽媽分別寫著小小的「小裕」和「小百合」。

「她好像買了兩隻顏色不一樣的，別搞錯了，等等把中川的也拿給她吧！」

中川的哭聲，迴盪在整間起居室中。

第六章　離別

1

意外的訪客造訪了我在東京的公寓——就在五月底，我終於搞清楚複雜的地下鐵轉乘路線的時候。

「明明是學生，竟然住在有冷氣的房子裡？真是跩啊！」田原先生環顧了我的房間後笑著說：「我們念書時，一般的宿舍連浴室都沒有，廁所跟洗手臺還都是共用的哩！」

我們已經四年沒有見面了。跟年齡相仿的那個人相比，田原先生的外表倒是沒有太大的變化——在車站見到他時跟他提起這件事，田原先生說：「身為自由撰稿人，年齡不詳反而是一個賣點呀！不過，是這樣啊……」他嘆了一口氣後繼續說：「藤井同學的爸爸蒼老了不少呀……」

「白頭髮多了好多。」

「變禿反而還好一些哪……」他邊走邊以一如既往的口吻說著。

我住在離市中心有些距離的街上，會靠站的也只有每站必停的平快車。對在媒體工作的人來說，這一帶應該是平時不會涉足的地區，但他卻熟門熟路地說：「二丁目[1]是這裡對吧？」遇到三岔路口時，他也知道該怎麼走。

「我們見個面吧？」接到田原先生的電話時，我本來打算到他工作的地方去找他，反正學校也在市中心，下課後去見他也算順路。起初，田原先生也說：「那你傍晚的時候過來吧！時間如果配合得來，還能一起吃頓晚飯。」但當他知道我住在哪個車站附近後，便主動說：「那我去找你吧！」

從車站到我住的公寓，步行約需十分鐘。穿過車站前的市地重劃區後，便進入了巷弄中。途中，田原先生不但曾超前我走在前頭，還帶著懷念的表情看著沿途的街道景致。「您以前住過這裡嗎？」「不是啦，不過我對這一帶的環境還有點概念。」「因為以前來這裡採訪過嗎？」對於我接著的發問，田原先生並沒有回答。

「不過呀……」

在我開口請他坐下之前，田原先生便一屁股坐在我房裡的木質地板上，還把背靠在床沿上。接著，他重新凝望著整個房間和我。「我們第一次見面時你才國二吧？真快呀，現在已經是大學生了呢！」

「嗯。」

「還習慣東京嗎？」

我已經習慣了，其實也沒什麼大不了的，除了自來水的怪味和交通尖峰時電車上的混亂之外，東京住起來並不差。跟我一起從東之丘高中到東京來的朋友裡，有幾個人因為思鄉心切，一到黃金週[2]便飛奔回鄉，但是我完全沒有那種感覺。我甚至還想，等到放暑假時再回鄉待個幾天就算了——如果可以的話，我甚至不想回去。

「你是第一次一個人住吧？會寂寞嗎？」

這點也不會。

「你有兄弟嗎？」

「沒有，就我一個。」

「那你爸媽應該會比較寂寞。」

「他們說，這下子像是讓他們回到了新婚時期呢！」

「哈哈，」田原先生笑了笑：「父母是一種很堅強的生物呀！」關於這點，我倒是頗為認同。

---

1 丁目相當於中文的「巷」或「胡同」。

2 或稱黃金週間，指的是日本在四月至五月間由多個節日所組成的國定假期。

「所謂的寂寞，應該是一種相互的東西。如果自己覺得寂寞但對方卻不這麼覺得，或是出現相反的情形……那就像單戀一樣了。因為，所謂的寂寞並不是由於對方不在身邊才覺得寂寞，應該說……不在身邊的那個人，不像自己以為的那樣思念自己，才讓人覺得寂寞……那樣的寂寞，才是真正的寂寞……」

「我也搞不太清楚哪！」雖然絞盡腦汁地思考，這話題還是這樣不了了之。

不過，我大概知道他想說什麼。

比起我自己的父母，藤俊爸媽的情形或許更貼切。

幾天前，田原先生收到了藤俊媽媽寄來的信。

——是為了我和百合寫的。

因為東京很遠，身在鄉下的他們沒辦法替我們做什麼，所以希望當我們遇上困難時，田原先生可以給我們一點建議。

寄信人屬名是藤俊的爸媽，但信封跟信紙裡的文字看起來都是藤俊媽媽的筆跡。田原先生說：「她大概是背著俊介的爸爸自己寫的吧？」

我也這麼想。

從冰箱裡拿出烏龍茶後，發現天色已經是傍晚了，所以我改拿罐裝啤酒出來。

「十八歲應該還不能喝酒吧？」田原先生雖然笑著這樣說，自己卻很快地拉開拉環，將啤酒罐舉起做了個乾杯的樣子，然後很享受地喝了起來。

我也喝著自己的啤酒。平時洗完澡之後，我連一罐三百五十西西的啤酒都不見得喝得完，但現在卻一口氣乾掉一罐，臉龐也絲毫不覺得發熱。我想，應該是因為緊張吧？

「你女朋友……是中川對吧？她也會來這裡玩嗎？」

「偶爾。」

「會過夜嗎？」

「不會。」我苦笑著回答。雖然我們會到對方的宿舍去，但百合絕對不會在我這裡過夜，我也不曾要求她這麼做——因為我們之間還是維持著輕輕牽著對方手的青澀關係，絲毫沒有近一步發展。

「她今天會過來嗎？」

「不會……她今天好像要參加社團的聚餐。」

我說謊了。不僅對田原先生，我也對百合說謊了——關於跟田原先生見面，以及藤俊媽媽寄信給田原先生的事，我都沒有告訴百合。

不過，連田原先生也都這樣說了。「嗯，今天你女朋友不在場比較好。」

「信裡還寫了什麼？」

「都是在道歉呀！說她很抱歉傷害了你女朋友之類的。」

「伯母這麼寫？」

「是啊，她說自己一直很後悔。」

我們也是！百合更是沮喪到了極點，還好我們在這個節骨眼上到東京來了。在那種情形下，如果持續待在家鄉的環境中，說不定會讓百合的精神狀況完全崩潰。

還好沒跟她說，根本不應該跟她說！當我把在藤俊家的事告訴本多小姐後，她也搖頭嘆息說：「百合，還是講出來了呀……」早在藤俊死後不久，百合就把事情告訴本多小姐了。那時本多小姐也跟她說，別跟任何人提起那件事比較好。

因為就算坦白說出來，也不會有任何人覺得開心，更不會有人覺得輕鬆一些，只會讓藤俊的爸媽徒增傷感而已——所以，本多小姐打從一開始便認為別說比較好。

不過，百合再也無法保持沉默了。像那樣守著祕密繼續跟藤俊爸媽見面的日子，她再也過不下去了。

「或許我這麼做是錯的，要一個才國、高中的孩子背負著這麼沉重的十字架……」本多小姐稍停片刻，接著又說了下去：「不過，我覺得啊……就這樣把十字架卸了下來，反而得背起另一個更沉重的十字架。」

就算知道藤俊媽媽寫信給田原先生，百合並不會覺得自己獲得原諒，也不會因此獲得救贖吧？相反地，她反而會因為自己讓藤俊媽媽更加痛苦而自責吧？

「她所背負的東西……我……我希望能全部由我來扛。」

當下這麼說時，我是認真的！雖然無法當著百合的面說，不過，我是認真的！

本多小姐點點頭說：「我知道。不過，你也有自己必須背負的十字架啊！」

就是在那時，她告訴了我「如刀似劍的話語」與「如十字架般的話語」之間的差異。

「這事有辦法讓人幫忙嗎？」聽完我的長篇敘述，田原先生捏扁手裡的空啤酒罐。等我從冰箱裡拿出新的啤酒後，他先是笑著說：「明明是個小鬼，買酒的方式還挺氣派的嘛！」接著維持著笑容繼續說：「從那時候起，你們也經歷了很多事啊……」

「嗯……」

「三島去世的事真是大利多呀！你本來以為能告訴俊介的爸爸這件事很棒吧？真是個薄情寡義的人啊！」他那種冷嘲熱諷的說話方式，跟往常一模一樣。「不過，我說啊，就算那天中川跟他見面了，他還是會自殺的。因為他的遺書早就寫好了，就算多活個一天也沒什麼差別吧？」

我沉默著沒有應話。

一直嬉皮笑臉的他突然失去了笑意。「對活著的人來說，也只能這麼想了。」

將我們的作文交給《觀點月刊》刊載的最後結果，讓田原先生與藤俊爸媽之間的聯絡落到僅剩相互寄送賀年卡的田地。

「我最後的一篇報導也沒有獲得好評，這樣說是有點『那個』啦，不過，畢竟只是中學生的自殺事件，之後也不可能一直持續報導，俊介的爸媽也都已精疲力竭，報導的熱潮也過了。」

「就這樣？」

「什麼意思？」

「就是說……等到沒有利用價值之後，就這麼畫上句點？」

「你在說什麼呀？你是喝醉了嗎？」

我已經喝了第二罐啤酒了，臉頰卻依然不覺得發燙。不過，微醺的感覺卻展現在與平時不同的地方。

「算了，」田原先生避開我的視線後說：「我給你好好上一課吧！」

「我跟俊介的爸爸提過，問他要不要告他們——三島的父母、學校、市政府——把他們全告上法庭，報紙上也報導過關於這類的霸凌案件。」

「然後？」

「我採訪過幾次類似的案件，所以與某些很擅長處理這類官司的律師也算有點交情，所以我告訴他，如果他打算打官司我可以幫他。」他接著補充說：「不是為了錢喔！」

「雖然可以求償造成精神痛苦的賠償金，但基本上多少錢不是重點。起碼，我所採訪過的家長們都不是為了錢。」

還有些家長表示，就算輸了也沒關係，他們不在乎判決或調解的輸贏。

「只要鬧上法庭，就可以知道真相了。跟學校所寫的報告或學生們的作文那類樣板文章不一樣，可以透過審判徹底了解自己的孩子在學校究竟遭到了怎樣的對待——這一點，大部分的家長都很想知道。」

「你知道為什麼嗎？」田原先生問。

當他發現我不知該怎麼回答時，便拋去了以往輕藪的口吻，立刻接著說：「因為那些家長們沒有親眼見到發生在學校裡的事呀，所以他們只好相信旁人的說法——相信我的孩子在學校過得很愉快，相信孩子每天都過得很幸福……也因此，父母才會經常問孩子說：『學校還好嗎？你過得開心嗎？』」

當我還是個孩子時，爸媽也老是一天到晚這麼問我。

「你想想看，小孩子並不會這樣問爸媽對吧？爸爸，你在公司還好嗎？媽媽，妳每天都很開心嗎？根本沒有小孩會這樣做。身為家長，也不可能讓小孩問你這些事吧？」

「嗯……」

「擔心，是父母的工作，而相信自己的孩子，同樣也是父母的工作。所以啦，如果小孩說他們每天在學校都過得很好，為人父母的也只好相信了。」

不過，如果他們知道事實上並不是如此……

當他們發現時，如果一切都已經太遲了……

「你大概會想——身為家長，為了小孩子，至少應該了解一下在學校究竟發生了什麼事吧？」說著說著，他的手「砰」地一聲放上了我的肩膀。雖然沒有說出口，卻傳達出了「你這傢伙還是什麼都沒搞懂」的訊息。

「剛開始，俊介的爸爸本來打算提告的。不過，俊介的媽媽就……」

她拒絕弄清楚實情。

她不想承認俊介曾經遭受到這麼過分的對待、經歷過如此痛苦的回憶，讓他甚至為了從痛苦中解脫而選擇死亡。如果全都弄清楚了，便只能接受，所以她不想知道。因為不想讓父母擔心，所以俊介到死之前都沒有說出被霸凌的事，要是他們將來龍去脈搞清楚了，那麼，那個孩子一個人這麼拚命地忍耐，便變得一點意義都沒有了。

「所以他們遮住了耳朵，閉上了眼睛。」

——他們的兒子，死於一種名為「自殺」的意外。

——他的人生雖然只有短短十四年，但擁有許多快樂的回憶，也活得認真努力……

「真是傻呀！」田原先生苦笑著說：「就算逃避現實也要有個限度吧?真是夠讓我傻眼的！或許，他們都是那種忍氣吞聲型的人吧……」

「可是……」

正當我忍不住開口回嘴時，他用眼神制止了我的發問。

「我懂。我最近才終於了解，父母的愛就是那麼一回事呀……」之後，田原先生第一次，也只有這麼一次，提到了他自己的事。「我的小孩在去年出生了，都四十多歲了才老來得子呀！」

這也是我第一次看到他略帶羞赧的表情。

等到喝光了第二罐啤酒後，田原先生對著我說：「為了醒酒，我們去散散步吧！有一個地方我想帶你去看看。」

步出公寓後，我們朝車站的反方向走去——之前，我幾乎沒有走到那一區去過。雖然巷道更加錯縱複雜，田原先生卻一面說著：「這一條應該是捷徑沒錯。」一面走進更加狹窄的小巷子裡，還一連拐了四個彎。

我想，反正他也不會告訴我要到哪裡去，乾脆問問他別的事。

「您為什麼猛寫關於我們的壞話呢？」

田原先生回過頭來笑著說：「喂，你真的喝醉囉？以後要小心點，你看起來很像會發酒瘋的人。」

「我沒有喝醉啦……」

不過，說不定我真的醉了。

因為依照那天的印象，我總覺得他帶我走的路線似乎非常複雜，感覺起來好像很容易迷路，不過，之後我試著自己一個人再走一遍時，卻十分順利地一下子就走到了目的地的大馬路。

田原先生停下來等我，之後兩人一起邁步向前走時，他開口說：「哎呀！那是因為我很討厭你們啊！」

「討厭我們？」

「是啊！我非常討厭你們，直到現在都是。總之，我完全沒辦法原諒那種對別人見死不救的傢伙。」

「您是指──除了我們之外還有這種人嗎？」

「一大堆，因為我專門採訪類似的事情呀！」

他接著說：「不過，這種報導實在賺不到什麼錢，就是賭一口氣罷了。」

「譬如說，有……哪些例子？」

田原先生提起了發生於半年前的殺人事件，我也記得那件事。在市中心的電車月臺上，因為被濕雨傘打到，讓一位中年上班族跟一群年輕人發生口角，當時兩方都喝醉了，而週末的末班電車正準備駛進月臺。那群年輕人在月臺上鬥毆那位中年男子，男子打算逃跑的當下，從月臺摔落到電車軌道上，剛好被駛進的電車活活輾死。

「死掉的上班族真是個笨蛋！逃跑時竟然往軌道的方向衝，要跑之前至少先確認一下軌道的位置吧？」

「犯人被抓到了吧？」

「是啊！當場就被逮捕了，但之後的審判問題就大了。不管怎麼看，那個上班族都是自己開始拔腿狂奔，掉下月臺才被輾死的，要說是他自己害死自己的也不為過……」

「不過，要不是……」

我一開口，便突然察覺——

田原先生也「嘿嘿」的笑了笑。「很像吧？這跟因霸凌而自殺不是同一回事嗎？」

對著一語不發的我，他繼續說了下去：「我去採訪了。雖然不知道能不能做成一篇報導，總之我利用處理正式工作的空檔，花了半年的時間去採訪了一些消息。」

不是加害人，也不是被害者——田原先生所追蹤採訪的，是那個時候在月臺上看熱鬧的人群。

「據說他們先吵了兩、三分鐘，剛開始雙方都有動手，後來那位中年人便一直挨打。在這段期間裡，沒有任何一個人出面制止……圍觀的人多到築成了人牆，使得車站裡的工作人員都發現出了事，但卻沒有任何人出面制止。」

「這就是見死不救呀！」田原先生衝口而出。

等弄清楚案發時間後，他便在同一個時間到那個月臺去，以收集目擊者的證詞為由，跟在那裡等車的人搭訕。至今，他已經找到了五位目擊者，在大約問過事件的經過後，他便出其不意地質問對方：「你為什麼見死不救呢？」

「五個人當中有兩個對我口出惡言，另外兩個則滿嘴藉口，不是說：『因為我又沒辦法插手。』就是說：『如果貿然制止，反而會讓場面更難控制。』而剩下的那一個人，就只是默默對著我笑。」

「不過，有辦法替這些人定罪嗎？」

「沒有。」他正色說道：「這種什麼也沒做的罪行，在法律上是無法可管的。」

逮捕犯人是警察的工作，而為了審判這些人，所以有了法院。

不過，對於那些只在旁邊圍觀的人……

「如果我們不把這些卑鄙膽怯的人或他們卑劣的作為寫出來，那些因為沒人出手相助而死去的人就沒辦法瞑目了。」

田原先生所說的究竟正確與否，我並不清楚。

即使什麼都沒做，也有其不作為的理由。只是這些理由，可以全都不屑一顧地被當作藉口嗎？什麼也沒做的人，也會後悔，扎扎實實地後悔——關於這一點，田原先生卻沒有好好問過我們。

穿過了兩排住宅之間、狹窄到屋子幾乎都要緊連在一起的小巷，我們走上了寬廣的大馬路。眼前的兩線道雖然跟家鄉的國道一樣寬，但來往的車潮卻繁忙到無從比較。車頭燈刺眼的光線，讓我好一陣子才發現暮色已然降臨。

「你來過這一帶嗎？」

「沒有。」

「我們走到前面的天橋去吧！」

「那裡有什麼東西？」

「跟我走就知道了。」

如果沒仔細看根本不會發現，在以「口」字型跨越十字路口的天橋下，坐落著一尊小小的地藏王菩薩像。神像跟前沒有任何供品，祂胸前的圍領已經破破爛爛，放在腳邊的茶碗也被塵土弄得黑漆漆的。

田原先生對著地藏王菩薩輕輕合上雙手。「祂佇立在這裡已經超過二十年了……，這個十字路口之前曾經發生過車禍。」

有個年幼的孩子去世了——是一個女孩，她和她的媽媽一起騎自行車穿越人行道時，被左轉的大卡車捲進了後輪。先騎過人行道的母親回過頭時，女孩已經連著她的粉紅色腳踏車一起被壓在大卡車下方。

「就在警方開始調查這件意外事件的時候，我正以跑龍套小記者的身分被叫去採訪。不過，畢竟不是警方的現場採證，我們頂多只能詢問到一些目擊者的說法。」

因為現在佇立著加油站的街角上，在那時候則是一間超級市場，所以並不難採訪到相關的消息。

「而且，當初圍觀的人也很多。」

有些人直接目擊到事發的瞬間，還有些人甚至一路看熱鬧直到救護車來為止。

女孩的母親幾近瘋狂地哭喊著，她不斷呼喚著渾身是血、抽搐不已的女兒的名字，並對著人行道上聚集的人群扯著嗓子喊著：「幫幫忙、幫幫忙、誰來幫幫忙啊！」然而，她得到的回應，卻只有從人群中傳來的一句──「已經幫妳叫救護車了。」

「當然啦，這跟剛剛那一件發生在月臺上的事件不一樣。這些圍觀的人什麼忙也幫不上，即便想幫忙，也無計可施。」

「是啊……」

「不過，等到我花了一陣子來回現場採訪，並詢問過幾位目擊者之後，我開始覺得納悶。這些人為什麼有辦法敘述得這麼鉅細靡遺呢？有些人甚至連當時女孩媽媽所穿的衣服樣式都記得一清二楚，這樣說來，他們不就是一直盯著這對母女看囉？搞不清楚是出自於好奇心或同情心──他們什麼都沒有做，就這麼看著小女孩死去，就這麼聽著女孩母親的嘶喊哭泣聲……，在那位母親的眼中，這些圍觀者看起來又是什麼德性呢？」

田原先生表示，他愈想愈氣，於是出其不意地詢問其中一位年齡跟死去女孩的奶奶差不多年紀的目擊者：「妳當時究竟在看什麼？」

「那位婆婆可是勃然大怒呀！一面露出驚慌失措的模樣，一面卻大發脾氣。『如果是你也會盯著看呀！看到那麼嚴重的意外，如果立刻就回家反而很奇怪吧？』」田原先生苦笑著說：「是啦！這樣說也沒錯，但有問題的是他們事發後的態度呀！」

他繼續說了下去：「雖然全身顫抖，那位婆婆依舊拚命滔滔不絕地說著。她一邊發著抖、一邊生著氣，卻又像是為了守護什麼似的不斷地說著，結果竟然扯到原因出在天橋沒有設置腳踏車專用的斜坡……講到最後，還說錯在讓那麼小的孩子自己一個人騎腳踏車的媽媽……」

雖然只是聽著田原先生轉述，卻已讓我的心裡感到很不舒服。

「我當下真的是忍不住了！雖然是在咖啡廳訪問她，我還是直接用力朝桌上『砰』地大力拍了一下。」他苦笑著表示，因為那時候的自己太年輕了——才二十多歲。「不過，我想如果是現在，我一定會更加火大吧？」

「我也這麼覺得……」

「少一副你什麼都知道的樣子。」

即使那位路過的婆婆沒那麼說，女孩的媽媽也已經相當自責了，她削瘦的模樣，連前去採訪的田原先生都覺得於心不忍。因為太過於責備自己，她連心理狀態都出了問題，所以女孩的爸爸在跟醫師商談過後，決定搬到離這裡遠一些的地方，而這尊祈求交通安全的地藏王菩薩，便是這對雙親所留下的紀念品。

田原先生通勤時，有時會繞遠路或在途中下電車，特意繞過來確認一下地藏王菩薩的情形。剛開始時，地藏王菩薩像前總是會供奉著嶄新的鮮花與點心；冬天時，還會有人替祂帶上用毛線編織的帽子。

「唉……基本上，人類還是一種溫柔的生物吧？」

「是呀……」

「但是所謂的人類呀……溫柔、任性，卻也健忘。」

事隔二十年，居民也隨之移轉，知道這裡有著一尊地藏王菩薩的人跟著愈來愈少；後來超市沒了，人潮亦隨之轉變，過不了多久，地藏王菩薩也消失在人們的記憶中。

「女孩的父母親呢？」

「搬家後他們就離婚了，之後的發展我就不清楚了。」

我情不自禁地低下了頭。

「不過呀……」田原先生接著說。

「偶爾還是會有人供奉鮮花跟點心，只是真的很少，少到我都快不記得了。」

究竟是誰供奉的，田原先生並沒有說，我也沒有問。

取而代之的，我們兩人一起對著地藏王菩薩合起了雙掌。

我心想，下次，也帶著百合一起來吧！

我和田原先生在車站告別。他表示還要到市中心去採訪，而且得趕在深夜將稿子完成才行。

「到了這把年紀還多出一個家人要扶養可是很辛苦的呀！」

這話聽起來雖然像在發牢騷，卻又幹勁十足。

當我對他說「請多加油」的時候，他還作勢要踢我的小腿，回答說：「少一副了不起的樣子！」

「話說回來，」他突然臉色一變：「有一件事，我直到現在還是搞不懂。」

「什麼事？」

「人類會感到絕望，是因為遭受到了讓人厭世的殘酷對待，還是因為遭到讓人厭世的殘酷對待時，沒有任何人伸出援手呢？」

我無法回答。

田原先生立刻笑著說：「我也不知道呀！」

接著，他話題一轉。「跟你見面這件事，我想起碼還是要跟俊介同學的媽媽說一聲，你有什麼話想要我轉告她嗎？」

「鋼筆……我跟中川都在用。」

「還有？」

「藤俊給的存錢筒，中川也帶到東京來了。」

「這樣啊！」田原先生點點頭，接著問道：「回鄉後，你還會到俊介同學家去嗎？」

「……我不知道……」

田原先生又點了點頭。「現在才這麼說似乎有點『那個』，不過，你們似乎也受到了不少的傷害呀！」

現在才這麼說，的確很……

「不過，我還是沒辦法原諒。與其說不原諒你們，不如說是沒辦法原諒袒護你們的那些大人。」

這是他第一次這麼告訴我。

無論是《觀點月刊》的編輯部還是田原先生自己，本來都不打算那樣大肆報導，但是當他們發現藤俊自殺的原因是因為霸凌，校方之後的聲明就更讓田原先生大動肝火了。

校方通過班導師跟他們說：「請不要影響到其他學生。」

「這太鬼扯了吧？」

「不過……」

我覺得校方的聲明其實頗合乎常理。

「唉，這也是標準的官方說法啦！」田原先生雖然略表認同，卻又加重語氣說：「所以才讓我更火大。」

「同班同學死了，而且是死於自殺，更不用說原因還是被霸凌，怎麼可能不受到影響呢？如果完全不被影響，不是很奇怪嗎？你難道不這麼覺得嗎？就算受到影響也沒關係吧？怎麼可以不受影響呢？你說對不對？所謂的人類，遇到身邊有人死去的時候，當然會受到影響啊！他們會受到打擊，會不知所措，會覺得苦惱，會覺得痛苦，或是覺得悲傷……教他們該怎麼感受這些苦惱與痛苦，不正是學校的責任嗎？這本來就應該是大人們的工作不是嗎？」

田原先生滔滔不絕地說著，發現到經過身旁的人都用驚訝的眼神看著我們時，才咳了兩聲，順了一下氣息。

「不只是藤井同學的事，剛剛提到的交通事故也是這麼一回事。那些圍觀者，回家之後有辦法跟往常一樣吃晚飯嗎？他們會閒聊說：『今天嚇了好大一跳！』然後就當沒事了嗎？對於人命的傷亡，而且對方還是死在自己眼前這檔事，有可能這麼淡然嗎？人命就這麼不值錢嗎？」

雖然聲調又跟著高昂了起來，但卻與跟才的口吻有著微妙的不同——話語中的情緒不是憤怒，而是悲傷。

「如果就那樣息事寧人，那麼班上所有的學生，便等於是再次對藤井同學見死不救了。」他將話語由口中擠出後，又以相同的口氣強調了一次：「沒錯，就是這樣。」

在藤俊死後，又再一次對他見死不救——我似乎懂得他的意思。

「為了藤井同學也好，也為了你們也好，我不想讓你們這麼做。」田原先生害羞地笑了笑。「哈哈……說得一副很了不起的樣子。」

我也回給了他一抹苦笑。

「直到現在，我還是時常想起藤井同學的事。比方說，他為什麼不在遺書裡寫出堺翔平的名字呢？」

不是為了報復他，或許只是單純忘了吧？

「對藤井同學來說，說不定覺得堺翔平跟他是一樣的。」田原先生說：「他說不定覺得，堺翔平不過也是被獻給三島與根本的祭品。」

不是被霸凌的祭品，而是被迫去霸凌別人的祭品。

「是嗎？」

聽到我脫口而出的回應，田原先生轉身對我苦笑道：「你想想看嘛，他根本沒有必要袒護堺翔平那種人，但說不定直到最後，他都還因為三島等人把堺翔平當作祭品而和他們拉扯不休呢！」

「我知道，嗯嗯……，我知道……」田原先生微微側頭，頗難為情地說：「自己最近的想法變得比較天真，真傷腦筋。」

是因為有了孩子的關係嗎？

要是現在，我應該會這麼問他。與其說天真，不如說是體貼——時至今日我才懂得，無論是為了堺翔平、為了藤俊，或是為了藤俊的爸媽，我們還能這麼想。

不過，那時候的我還年輕，那時候的我還無法卸下與藤俊有關的重擔，所以滿腦子只想著：為什麼要這樣幫他說話呢？

看到因為無法理解而沉默的我，田原先生接著問我：「三島死了，那根本呢？他在做什麼？」

我不知道。我只能確定他們把家鄉的自宅賣了，至於他們送賠償金給三島的媽媽時被三島家的人賞了好一頓臉色，或是因為車禍的後遺症讓根本從此得坐在輪椅上之類的事，我都是聽來的。究竟發生了什麼事，誰也不知道。

就在不知情當中，他們不久後也會被大家所遺忘吧？

「堺翔平呢？」

聽說他進了少年感化院，之後就不清楚了。

關於他的事，我們終究也都會拋在腦後吧？不過，說不定根本與堺翔平會更爽快地把我們忘得一乾二淨。老實說，我們這些人也沒資格對他們說：「不要忘了藤俊！」

「唉，有很多人都是那個德性啊！」田原先生低著頭，難得爽快地說：「不過，你不一樣。」

「是嗎？」

「藤井同學死後帶給你的痛苦回憶，至少讓你沒成為對他二次見死不救的人。」

是這樣就好了！如果藤俊能點著頭說：「是啊！」那該有多好……

「不過，死掉的人也不會因為這樣就起死回生哪……」田原先生雖然冷淡地加上了這一句，卻反而讓我鬆了一口氣。

「那麼，你多保重啦！」田原先生舉起手揮了揮，為了確認我是否聽懂他的意思，他又繼續說：「如果遇到困擾的事，可以找我聊聊，不過……你不會找我對吧？」

因為他笑著問我，所以我也笑著回答他：「或許吧……」

「嗯，是呀，也對啦！」田原先生連點了三次頭後，轉身走進了剪票口。

之後，我再也沒見過他了。

一直到五、六年前，偶爾，頻率非常少地，我還在雜誌上看過他的名字，但最近卻完全沒看到了。

我一直相信——他應該只是換筆名而已。

2

究竟打從什麼時候起，我跟百合之間便開始出現裂縫呢？

——大學二年級的秋天，我們分手了。

不過，與其說那時候發生了什麼決定性的事件，其實我們之間的裂痕，早在更久以前便開始逐漸形成了吧？究竟是從什麼時候開始的呢？說不定，發生的時間比我以為的還要更早呢！

住在東京的日子很開心。尤其是第一年時，無論所見所聞、所作所為都相當新鮮，全都閃爍著耀眼的光芒。

暑假、寒假和春假時，我都只回鄉待個幾天，露個臉讓父母看看而已。百合加入了某間男女合校大學的聯合網球俱樂部，我則是靠打工存錢去了好幾趟或長或短的旅行。我們念了很多書、看了很多電影、靠著在錄影帶出租店累積的點數，一下子就看了好多的錄影帶。我們去了Live House，也看了小型劇團的演出；我們還去了美術館跟二手衣店、到居酒屋喝酒，也到ＫＴＶ去唱歌；還跟朋友們一起開車去兜風……

著迷於新生活的我那時候並沒有察覺——即使感覺到了，當時一定也下意識地把它拋在腦後了吧？

跟百合兩人獨處時，我們完全不會提起國、高中時的事，連關於家鄉的事、決定升學或踏入社會的那些朋友們現在在做些什麼之類的事，也一次都沒有聊過。報紙或電視新聞還是會報導有關霸凌的新聞，有時也會出現自殺的新聞，但每次看到這類新聞的時候，我們也絕對不會提起藤俊的名字。

難道百合沒注意到，這樣子很不自然嗎？還是她跟我一樣，下意識地將這些事都拋在腦後了？

藤俊送的存錢筒就擺在百合的書架上——當我到她的宿舍時，她總是背對書架坐著。不過，她卻始終沒有把存錢筒丟掉的打算。

跟本多小姐之前所說的一樣，為了專欄〈再次踏步向前的人生〉而去採訪藤俊雙親的報導，在我念大一那年的十月刊載出來了。

老媽打電話跟我說：「藤井同學的爸媽上報紙了。」語氣聽起來不帶怒氣也不覺得困擾，卻有些不解。

我詢問老媽關於霸凌的事寫了哪些，她含混不清地回答說：「唉，也不可能完全不寫吧？雖然我們覺得事情都過去了，但對於孩子去世的人來說，應該沒辦法這麼簡單便釋懷吧！」「這是理所當然的，妳在說什麼呀？」爸爸略帶驚訝與怒氣的聲音從話筒那端傳了過來，讓我稍微鬆了一口氣。

「不過喔，雖然應該不是為了逃避責任啦！但是那兩個人的時鐘似乎都停住了……。家裡還有一個弟弟呀！多少還是該往前看一些，不是嗎？」

嚥下了嘆息，隨意虛應了幾句，我便請老媽將剪報寄來給我。

「那麼，我順便寄一些小東西過去給你喔！」

兩天後收到的宅配當中，有因為推銷報紙送的鋁箔紙和保鮮膜、我怎麼也不可能會用的玫瑰香洗髮精與潤髮乳、特價的衛生紙、家裡原本就有的罐頭食品、點心以及即時料理包……雖然全是些瑣碎的小東西，卻把平時寄送用的紙箱塞得快爆開來。

因為還放著尚未熟軟的柿子，所以箱子裡還附上了一張紙條，上頭寫著：「因為壓壞就不好了，所以還沒熟之前就先寄給你。這是住在栗原的阿姨寄來的，等個四、五天就會很好吃囉！」

我這才發覺到，原來已經到了柿子的季節了。藤俊家的柿子樹，今年應該也結了很多果實吧？

——關於這件事，報導給了我答案。

報導的標題是——「背負著兒子的遺憾，展開兩人三腳人生的藤井晴南、藤井澄子夫婦」。盯著被寫出來的名字，一瞬間無法跟藤俊的雙親聯想在一起，直到看見標題一旁的照片時，才確定名字指的是坐在起居室中喝茶的那個人與藤俊媽媽。斜對面坐著的兩人間，還看得到佛龕。雖然報紙上的照片是黑白的，依舊能看到遺照上藤俊的臉龐。

那個人跟藤俊媽媽的臉上都沒有笑容——依他們低著頭的姿態看來，應該是兩個人都嘆了一口氣之後的表情。那個人的白髮雖然依舊很多，但就像是想追過他似的，藤俊媽媽的頭髮也都花白了。他臉上刻著深深的皺紋，藤俊媽媽的臉孔與身形則似乎又萎靡了一大圈。兩個人雖然都不過五十歲出頭，看起來卻像已迎接遲暮人生的老夫妻。

報導的前半段，主要在敘述藤俊自殺的原委。雖然學生的名字都被遮住了，但學校的名字卻被刊了出來。報導不像田原先生的文章那般滿是惡意，但文中寫的都是事實，這讓我體認到，我們當初的所作所為有多過分。

中段開始則以藤俊死後的事為主軸，如同陳述故事般地描寫了藤俊媽媽因為身心飽受煎熬而開始往來於醫院，以及那個人透過接送藤俊媽媽到醫院、幫忙做家事等方式來給予她支持。

文中沒提到我跟百合的事。不知道是因為本多小姐刻意避開，還是因為藤俊爸媽沒有提及。不過，當中有這麼一段文字……

俊介的同班同學中，很多人這個春天都從高中畢業了，還有些同學因為升學或工作的緣故而離開了家鄉。澄子女士表示自己最近愈來愈常想到：「如果俊介還活著的話，他現在也……」她寂寥地笑著說：「不過，因為年齡隔太遠了，我怎麼也想不出現在的俊介會是什麼模樣啊！」

最後，在結尾前，身為筆者的本多小姐提出了一個問題。

「你還恨著那些把俊介逼到自殺的同學嗎？」聽到我的問題後，晴男先生神色嚴肅地思考了好一會兒後搖搖頭。我接著詢問：「那麼，你已經原諒那些同學了嗎？」晴男先生抬起頭說：「不，倒也不是。」他再次強調說：「我一直沒有原諒他們。」在訪問結束之前，坐在晴男先生身旁的澄子女士始終低垂著頭。

報導最後提到了柿子樹。

俊介選擇用來結束生命的那棵柿子樹，今年再次結實累累。雖然晴男先生好幾次都打算把樹砍掉，卻始終下不了手，但他們也沒有採收果實，因為澄子女士很喜歡看到鳥兒來吃柿子。「俊介是一個很溫柔的孩子，他一定會希望讓餓肚子的鳥兒來吃這些果實的。」等到鳥兒吃飽振翅飛走時，他一定會對著牠們喊：「要好好活著喔！」

百合已經讀過這篇報導了吧？說不定本多小姐已經拿給她看過了，或是像我一樣有家人寄來給她了。

不過，我不敢問她。

之後見面時，百合跟我說她寒假要跟網球俱樂部的人一起去滑雪合宿，我則跟她說我打算趁年終送禮潮到貨運公司打工。

我們就只談了這些而已。

在東京的生活步入第二年後，我們開始被喧鬧的瑣事逼得喘不過氣來。說不定，讓我們精疲力竭的是自己——是不把生活填滿便無以自處的自己。

我對自己說過無數次：「不要放在心上。」甚至還對著自己怒吼說：「你是在怕什麼啊？」如果乾脆點直接提起藤俊的事，說不定反而能讓我們更坦率地面對關於他的事。

百合並沒有跟藤俊交往過，我跟藤俊也不是貨真價實的「好朋友」，我們只是被迫單方面肩負起這樣的重擔而已。

「那傢伙到底在幹什麼？他這樣做替我們製造了多少麻煩呀……」

如果我這樣半開玩笑地說，百合也會笑著回答：「就是啊！」

已經夠了啦！我們一直到高中畢業都沒忘記他，那傢伙也應該滿足了吧？

如果我催促地說：「我們也該放手了。」百合應該也會點頭說：「對啊！」

雖然這樣的景象就浮現在我的眼前，我卻無法伸手觸及。

相反的，我們開始慢慢地擴展自己的世界——在我們倆世界的正中央，空了一個深不見底的坑洞。為了填補這個洞，我們都累了，所以只好各自往外開拓新的世界。

除了俱樂部的活動外，百合還開始當起了家教，我則和大學同學組了一個樂團。

因為各自忙碌，所以見面的時間也變少了。

我們各自的世界雖然愈來愈寬廣，但當中的坑洞卻愈來愈深。

就連我到百合的宿舍去時，也經常看到她在跟俱樂部的朋友通電話，每次遇到這種情況，她通常會一臉抱歉地儘速講完電話——剛開始時，她的歉意的確是針對我，但是不知從何時開始，她表示歉意的對象變成了電話另一頭的人。掛上電話時，她甚至還經常會發出失望的嘆息聲；有的時候，她會用手勢向我示意「不好意思」，卻又轉過身去，繼續煲她的電話粥。

我也做過類似的事。好幾次，因為拒絕不了一起打工的學長邀約，叫剛走上樓來的百合跟著我一起出門，像是要趕她回家似的。

我們之間的對話也逐漸對不上頻率。百合有她的天地，而我也有我自己的，這看似理所當然的情形，卻無可救藥地隔開了我們——我們的世界中唯一的交集，只剩下空在那裡的無底洞。

即使在見不到百合時，她依舊在我心底，並沒有因此消失蹤影，參加大學的露營時、在打工的居酒屋裡替客人點菜時、在租來的便宜練團室裡彆腳地彈著吉他時……。對我來說，百合都是無可取代、最重要的人；我也一直相信，百合也是這麼看待我的。

不過，漸漸地，百合離我愈來愈遠——不只是現實生活的每一天，也包括我的心裡。

百合不認識的新朋友，漸漸進入了我的心裡，我愈來愈常忘記百合，也愈來愈常忘記藤俊。就像之前我會把藤俊的事壓在心底深處的一隅一般，對於百合不在身旁的時間，現在的我也愈來愈懂得平常以對了。

如果以一本書來比喻的話，我們到了東京之後，就像翻開書裡新的一頁，只是，無論往下翻了多少頁，都常常看不到女主角出場……所以，往下繼續翻閱的時候，便會開始擔憂她究竟還會不會出現。

我們看著的書，真的是同一本嗎？

帶著這樣的不安，夏天來臨了。

我想跟百合一起住。

我認為，如果想把兩個世界結合為一，這是唯一的方式了。

不過，百合卻不認同。她說在我們一起住之前，她不會讓我在她的宿舍過夜，她也絕對不會在我的房間過夜——事實上，在更早之前，她便開始不斷拒絕我想親吻她的要求。

我想要百合。我想擁抱百合的一切，也想讓她擁有我的一切。我已經二十歲了，身體跟心理都很難再壓抑。

「對不起……」

百合推開了我打算擁抱她的手。

「雖然我很喜歡小裕，但是……」

她撇開了臉，痛苦地垂下視線。

我向她求愛了好多次，也被拒絕了好多次。我無法控制自己高漲的情緒，所以也曾經抓住她的手腕，打算強吻她。遇上那種時候，她都會用顫抖的聲音說：「不要。」像小孩般歇斯底里地搖著頭，眼睛閉得緊緊地懇求我：「不要，拜託你，不要這樣，不要……」

同樣的狀況持續一陣子後，百合跟我見面時都會垂著眼。如果不小心四目相對，她也會立刻將視線移走。即使當兩人獨處，像往常那般聊天、笑鬧的時候，她有時也會微微地低下頭。

我並不認為她討厭我了——或許我應該這麼想，但我不想這麼認為。只不過，我的確感受到她的閃躲，說得更貼切一點，百合在害怕。

在害怕什麼呢？

我雖然大概能猜得出答案，卻不想往下仔細探究。

我認為，人類的記憶並沒有辦法像奔流的河川那樣。

發生的事件或糾纏著某人的回憶，如果能像流水一般愈沖愈遠，逐漸被遺忘的話，事情就簡單多了。但事實上，回憶卻像海浪一般拍打而後退去，當你覺得海浪已經退得很遠時，它卻又突然悄悄進逼眼前。拍打上來的波浪，將你應該緊握在手上的東西席捲而去，隨潮水被送到更遙遠的地方。海上有時風平浪靜，有時狂風暴雨；潮水也有起有落，隨著這樣的來回起落，回憶漸漸被帶往海面，消失在水平的天際線。等到那個時候，我們終究能將那個回憶徹底忘懷。

來到東京的第二個夏天，有關藤俊的那些回憶讓我們陷入前所未有的煎熬。本來以為有關藤俊的回憶再也不會被沖回岸邊了，沒想到卻帶給了我們更強烈的衝擊。海潮一路上漲，波浪愈來愈高——再這麼下去，我們就快要溺斃了。

一定會過去的。

現在，我才能這麼說。經過一段時間後，暴風會平息、潮水會退去。現在，百合應該也懂得這一點了吧？

但那時，我們都還太年輕、太脆弱。

在夏天即將告終的某一個夜晚，我去了百合的宿舍。

原本暑假期間不打算回家的百合對我說：「我大概九月會回去吧，小裕呢？」

「我不打算回去，」我想都沒想就回答：「我每天都要打工，反正我過年的時候就會回去了。」

「這樣啊……」

打從一開始，百合就垂著眼。

「不過，妳為什麼要回去？妳爸媽叫妳回家嗎？」

「不是，並不是因為那樣……」

「妳什麼時候要回去？」

百合沉默著，猶豫了一會兒才舉起四根手指頭。

九月四日。

我像個小孩般噘著嘴衝口而出：「等一下！我們不是要一起慶祝妳的生日嗎？」

這可是她二十歲的生日呀！去年我們也一起到市中心去吃飯慶祝度過這一天，而這一次，因為打算要帶她到比較高檔的餐廳去，所以我還特意增加了打工的時間。

「今年，是七周年祭辰。」省略了解釋，百合用沉靜的聲音直接說道：「下一個是十三周年祭辰，到那時候，我已經二十六歲，應該已經在工作了，說不定也結婚了……我想，這應該是我最後一次參加了。」

這番話似乎不是解釋給我聽，而像是在說給她自己聽一般，而她的視線，則一直凝視著桌上的某一點。

我絲毫不覺驚訝，當我聽到她說九月四日的時候，就已經想到了——九月四日這個日子，已經不再是百合的生日，而是藤俊的忌日了。

「小裕，你要去嗎？」

我連回答的心情都沒有。

百合點點頭：「這樣啊，那我一個人去就好。」

「不要去……」

「這是最後一次了。」

「反正都是最後一次了，不去也沒關係吧？」

「可是，因為法事也不會每年都做，我以後也不會再去藤井同學家了……。這次真的是最後一次了！」

「不可能。」

「真的。」

「不可能！永遠都不可能！」

我好難過、好沮喪。無論是否站在佛龕前合掌，之後的每一年，每當百合迎接自己生日的時候，她都會想起藤俊的事吧？對百合而言，每多活一年，死去的藤俊便會不斷出現在她的回憶中。

第一次，我好恨藤俊。如果現在藤俊就在我眼前——我知道這樣做很孩子氣，但我好想問他：「你為什麼要選在那一天自殺呢？你不能晚一天再死嗎？你沒想過嗎？在剛打過電話給百合的那天自殺，讓九月四日變成你的忌日，會讓你喜歡的女孩一輩子背負著無法卸下的十字架啊！」

「對不起，小裕，下個月四號的約會取消吧……」

百合依舊垂著眼，以沉靜的聲音這麼說。

跟往常一樣，她背對著書架坐著，身後正是那個紅色的郵筒狀存錢筒。

我動也不動地瞪著存錢筒看。

「別這樣。」百合深深地嘆了一口氣後說：「小裕，對不起，你別再看了……」

「別再看什麼？」

「我沒辦法再正視你的臉了……所以，小裕，你也別再看著我了……」

「……我沒生氣。」

我覺得難過，覺得沮喪，卻無法湧上怒氣。當緊繃的神經被切斷後，悲傷與沮喪順應而生；當氣力用盡後，怒氣卻都化成了無奈。

「一看到小裕，我就會想起來……所以，我不想再見到你了，對不起……」

百合突然把頭往前傾，在她垂下頭後幾乎被隱藏起來的臉龐上，我看到了她精疲力竭後露出的淺笑。

「夠了。」

我們之間是行不通的。

「小裕和我，都去找個什麼都不知道的人，和那個人重新開始吧……」

我終於明白了，當初無論我們怎麼逃避都無法逃開的理由──我們本來打算牽著手一塊兒逃走，但是我們必須逃開的對象，其實就是彼此。

我站起身，朝百合走去。在百合躲開之前，我抱住並撲倒她。百合雖然舉起手腳慌亂的拒絕我，卻沒發出尖叫聲，等我跨在她身上時，她連抵抗都放棄了。

她的長髮像展開的扇子般散亂地撒落在地板上，而被我壓制住兩隻手腕的姿勢，看起來就像被釘在十字架上一樣。

百合把臉撇向一旁躲開我的視線。「來吧！如果你想要的話，就來吧……」

就算我放開她的手腕，百合的雙手依舊維持張開的模樣，動也不動，就這樣維持著像被釘在十字架上的姿勢。敞開的襯衫下，被內衣包裹的胸部隨著緩慢的呼吸上下起伏。

「如果這樣你就能原諒我，那就來吧！」

我把頭左右甩了甩，站起身來，從書架上拿起了存錢筒。存錢筒並沒有傳出放入硬幣等沉重物品的金屬聲——放在裡頭的東西，只有一周年祭辰時百合寫給藤俊的道歉信。

「為什麼要把這種東西帶到東京來？」

「我也不知道……」

「妳看著我！」

她沒有反應。她把頭貼在地板上，撇向一旁，不知何時連眼睛都閉上了。

「丟了吧！」

「不可以。」

「算了，丟掉吧！已經夠了！妳這麼後悔，受了這麼多苦，那傢伙早就原諒妳了。」

百合終於把臉轉向我。她張開眼，直視著我的眼睛，但她的眼神卻空洞呆滯，像是什麼都沒看進眼裡。

「因為我答應過藤井同學的爸爸……」

我想起來了。在我們第一次到藤俊家拜訪時，在那棵柿子樹前……

「我答應過他，如果不想要了，一定要還給藤井同學的爸爸和媽媽。」

她茫然的眼裡蓄滿了淚水。

我一語不發地站起身，沉默地走出了房門。

之後，我跟百合又見了幾次面。不過，我們已經無法像之前那樣互動了。

關於她九月四日到藤俊家拜訪的事，她幾乎從來沒提起過，而我也沒開口問她。

「藤井同學的爸媽都很健康。健介把當地的國立大學當成升學的第一志願，因為方便從家裡通車，這樣他媽媽也比較不會覺得寂寞。」

百合只告訴了我這些事。

季節步入深秋之際，百合搬家了。至於她哪一天搬家，又要搬到哪裡去，她完全沒有告訴我。如果我想打聽的話，應該還是能得到一些消息……，不過，聽著不斷重複著搬家留言的電話，掛上話筒後，我點點頭走出了電話亭。

一切已了然於心。那晚的事，其實在很久之前便種下了因。

相隔幾天後，下課的我走進了附近的舊書街。

在我常去的店裡買了幾本口袋本的推理小說後，我走進了一間平時很少去的書店，那是間專賣百科叢書與圖鑑的舊書店。未經探尋便看到了我打算要找的那本書。我上次來的時候還是梅雨季，當時雖然只是在書架上稍微瞥到，沒想到我卻在下意識中記住它被放在什麼位置上。

書背上的文字勾起了我的回憶。

從書架上取下來後，封面上巴黎凱旋門的照片更讓人心生懷念。

因為沒有湊齊全冊，讓每本的單價更加便宜。書本的狀態雖然不是很好，但反而更符合當初在國中的圖書室裡看到的模樣。

我走向櫃檯。中年的男店長一邊把書包起來一邊問我：「你要去國外旅行嗎？」因為覺得回答「不是，沒有啦！」還要解釋很麻煩，乾脆點點頭說：「嗯，是啊！」

「竟然要去歐洲呀，最近的學生們還真有文化。」

「就算要去，也是很久以後的事了。」

我在心裡自嘲著：「真的假的呀？」難道真的想繼承「好朋友」的遺志？

雖然並沒有打算裝出興奮的樣子，但把好久不見的《世界之旅・歐洲》這本書拿在手裡的時候，的確覺得心情開朗了一些。

等不及回到宿舍，我在咖啡廳便把包裹好的書打開來。

應該在這一帶吧？我翻閱著書頁。找到了！

聳立著十字架的綠色山丘，佇立在一整個跨頁上。

藤俊最後嚮往著的景色，就這麼帶著懷念、不捨、辛酸與無可言喻的後悔，躺在我的膝蓋上。

藤俊的魂魄，已經抵達那裡了嗎？

或是，那個聳立在山丘頂端的十字架，其實才是這段漫長旅途的起點？

我跟百合的旅程，究竟從哪開始？又該止於何處？這趟旅途有畫上休止符的一天嗎？

我啜了一口熱咖啡，鼻內一陣酸楚麻痛。

3

在小門等我的本山，還沒開口來一段久違的寒暄，便先苦笑說：「如果被別人發現，我可是會被提到教職員會議痛批的呀！」

「我們那個時候，就算週日也可以隨意到校園的操場玩啊！」

離開校園生活很久的我，說不定想得太簡單了。

本山正色說：「時代不一樣了啦！」本山還是本山，但是說話的口吻聽起來已經完全像一個老師了。

小門上的鎖，粗糙得像以前漫畫中監獄裡使用的鎖，據說明年或後年，學校便會引進真正的保全系統了。

「其實，我也覺得學校應該對社區更加開放一些，但因為出了不少問題，所以……這也沒辦法。」

「嗯。」

四年前，神戶的新市鎮裡不但發生了十四歲少年連續殺傷他人的事件，當中被殺害的小學生，腦袋甚至還被放在學校門前；兩年前，京都的小學也發生過男子潛入放學後的操場，進而刺傷小二生的事件。然後今年六月，大阪也發生了中年男子闖進授課中的國小，隨意殺害八位兒童的事件。

時值二〇〇一年。

那時的我已經二十六歲了。

打開了小門上的鎖後，我們踏進了校園。

校舍與操場上都杳無人煙。

週日的校園，鴉雀無聲得像被褪下的巨大空殼。

「隔多少年了？」本山問道：「從畢業以後算起，十年半了吧？」

「很懷念吧！」

「是呀……」

校舍與體育館都跟那個時候一樣。唯一不同的，只有架設在操場角落的戶外體能訓練設施。

「我們先到教職員室去吧！」

走在前頭的本山，稀疏的頭髮下已經看得到後腦袋的皮膚。他自己大概也挺在意的，笑著回頭說：「不要一直盯著看！愈看頭髮會愈少啦！」

高中時，我們念的都是東之丘高中。本山後來進了當地的國立大學教育系，畢業後成為國中的英文老師，現在於我們以前的國中執教。

「這年紀就這樣子了，三十歲後不就禿了。」

「不要說這種觸霉頭的話，我好歹還想努力維持到四十歲呢！」

聽說他每天晚上洗完澡後都會擦生髮液，還會幫頭皮按摩。

背後忽然一陣麻癢。我之前從未想過，會跟高中時代的朋友聊到三、四十歲後的事。

「你一直待在東京嗎？」
「是呀。」
「結婚了？」
「連孩子都有了。」
我的兒子在去年誕生了，結婚則是前年的事。我的妻子跟兒子現在在我的老家裡，大概正在接受我老媽的餵食攻擊吧？而我爸啊，大概正在用他最近很著迷的數位相機不停替他的長孫拍照吧？
「夫人是這裡的人嗎？」
「是札幌人。在東京認識後就在東京結婚了，她雖然比我大兩歲，但因為個性比較小孩子氣，所以滿合得來的。」
「這樣啊……」本山點了點頭，接著有點吞吞吐吐地問：「我念書時就聽說你跟中川小百合分手的事了。」
「我聽那個誰，就是那個誰誰誰說的呀！」本山提起某個跟百合感情很好的女同學。
「中川還在東京嗎？」
「嗯……好像是吧……」
「說不定會不小心遇到……」才剛開口，他便自己笑著說：「不太可能吧？畢竟東京這麼大。」

我也沉默地笑了笑。
東京的確很大。當我因為工作在外面跑時，偶爾也會想到百合，並不是想見到她，只是想知道她過得好不好。再過個幾年，這種想法說不定再也不會浮現在心頭了吧？等到那時，我會覺得寂寞嗎？現在的我還無法回答。
本山依舊單身，也沒有任何結婚的對象。
「也不是說我不著急，不過我覺得啊……我就算結婚，大概也不會生孩子吧？」
一走進校舍裡，說話的聲音突然變得清晰響亮。
「為什麼？」
「因為養孩子實在太辛苦了，一點好處都沒有。」
「當老師的人這麼說不好吧？」
「就因為我是老師，才更會這麼想啊！」
「小孩子會讓人覺得可愛的年紀頂多到小學低年級，之後最好能直接跳到念大學。」
他認真地說：「我是真的這麼覺得，說不定小孩子自己也希望這樣。」
「國、高中時期可以直接跳過？」
「因為那段時期很辛苦呀！雖然現在能當笑話來看，但當時真的覺得日子好難過。」
「現在的學校很亂嗎？」
「我們學校是還好，但城裡有些學校的確亂到連課都沒辦法好好上。」

「學校有霸凌的情形嗎？」

「沒有！」本山轉身對著我斬釘截鐵地回答，接著又寂寥地笑說：「我希望沒有。」

到頭來，大人們能做的——不過如此。

本山進入教職員室後，叫我在門口等著，伸手打開了鑰匙盒。

「你要去圖書室？」

「……嗯。」

「如果被圖書館管理員知道我擅自把鑰匙拿出去，他可是會來找我麻煩的，他對自己的地盤管得可嚴了。」

「不好意思啦，幫幫忙嘛！」

高中畢業後，我幾乎沒跟本山聯絡過。頂多維持著寄寄賀年卡的情誼——但他寄來的賀年卡上，工作單位寫著我們國中的校名。

「不過，究竟什麼事讓你特定從東京回來？」

「有點私事。」

有點事我想確認一下。

「如果你想調查什麼，跟我說一聲，我幫你做就是了。」

如果不親自確認，一切就沒意義了。

本山從鑰匙盒裡拿出了一把連著金屬板的鑰匙。

「走吧！」

在與百合分開之後，我自己的這本書又往下翻了幾頁。書裡面，已經不再出現百合的名字了。

剛開始時雖然也有向後倒退了幾頁，但是這種情形只維持了一小陣子，之後便不再出現了——大概是我已經知道該怎麼將書頁固定住了吧……

大學畢業後開始上班，而後與我的妻子相遇。

結了婚，生下了兒子，變身為一位父親。

我的兒子很健康，非常會撒嬌。雖然不知道這孩子長大會不會有出息，但此時此刻，不必任何理由，我非常開心他能成為我的兒子；不需要跟誰做什麼比較，這孩子便足以讓我自豪——總之，連妻子都對我會成為這麼黏孩子的父親感到驚訝！

之後，我再次與藤俊「相逢」了。在我成為父親的嶄新書頁中，我確實看到了被父母擁在懷中、襁褓中的藤俊。

二〇〇一年九月。

是藤俊的十三周年祭辰。

前往圖書室的途中，本山告訴了我國中母校的近況。

當初教過我們的老師，不是被調到別的學校便是屆齡退休，都不在這間學校任職了。關於當年藤俊自殺的事，在被提到時，不過只是以「聽說以前……」的口吻傳述罷了。

「如果是在校內自殺就比較『那個』，但因為他是回到家才出事的，總讓人覺得，就算想對學生說這件事是個很嚴重的教訓，也不知道怎麼做才能讓他們謹記在心，所以校方也沒特地為他設立個紀念碑什麼的。」

家長們也一樣。

「因為事情發生在我的年代，所以我才會記得，但其實很多學生家長甚至完全不知道曾經發生過那種事。」

有很多學生是這幾年才搬到這裡來的——學區內新建了不少大廈，附近的田地幾乎都變成了住宅區，據說連藤俊家附近的河堤都已經成了國道支線的預定路線。

「學生的數量突然多了起來，現在每個班級至少都有三十七、八個人。附近還有很多大廈正在準備新建，照這樣下去，聽說只好在附近蓋一間新的學校，把這間學校拆成兩間才應付得了。」

如果真的變成那樣，關於藤俊的記憶會變得更加模糊吧？

「這樣也沒什麼不好呀，沒必要硬是保留著不愉快的回憶。」

「也……是啦……」

對著含混回應著話的我，本山又以老師說教般的口吻說：「所謂的學校，不過是個容器。容器當中的內容物會不斷改變，但容器本身卻不會留下什麼，而教師的工作，便是守望著當中的內容物。與其不斷傳述著十二、三年前死去學生的故事，不如好好盯著眼前學生們在現實中可能遭遇的霸凌行為。」

霸凌的方式據說也改變了不少。

「不光只是踹人、打人、偷竊或把對方東西搞壞這類單純的欺負人方式，我們那個年代還沒有網路跟手機吧？今後，這兩樣東西可會是中學生霸凌的主要管道喔！」當初他的這番話，如今想起來的確是真知灼見。

「唉，對現在的學生來說，在他們懂事之前發生的事，跟他們一點關係都沒有啦！」

本山話剛說完，我們正好走到了位在走廊盡頭的圖書室前。

把鑰匙插進門鎖後，本山接著說：「難得有這個機會，真田，你先請。」然後讓出了門前的位置。

雖然對圖書室並沒有什麼特殊的思念之情，不過我還是苦笑著接受了本山的好意，伸手轉開了門鎖。

圖書室裡的布置跟那個時候幾乎一模一樣；即使經過了十幾二十年，學校本身依然沒有太多的變化。或許正因為如此，才讓我們有能力去懷念這一切。

「真田呀，你到這裡來究竟想幹什麼啊？」

沒回答本山的問題，我直接朝最裡頭的角落走去。《世界之旅》的系列書籍，跟當初一樣擺在相同的位置上，我鬆了一口氣——畢竟是舊書，就算被汰換掉也一點都不奇怪。

不過，到目前為止，我的目的連一半都還沒達成。應該說，如果沒辦法達成我的另一個目的，就算找到書也沒有意義。

我拿出了以歐洲為題的那本書。能站著完成的工作，就到這裡了。我必須讓自己沉靜下來。我告訴自己，如果落空了，也沒有損失，別抱著太大的期望，畢竟已經事隔十年以上了，千萬不要太失落、太沮喪……

我把書本夾在腋下，拿到閱覽室的桌上。對著一臉訝異、欲言又止的本山，我伸手示意道：「不好意思，讓我一個人安靜一下。」

我緩慢地翻開書頁。

當被夾在書本中的白色紙張映入眼簾時，我全身緊繃的神經瞬間放鬆了下來，幾乎渾身癱軟。

那天之後，再也沒有人翻開過這本書了吧？所以紙張才會原原本本地夾在一模一樣的位置上。

這讓我覺得，藤俊，就在這裡！這十幾年以來，他就這樣靜靜地沉睡在圖書室的角落裡——即使被遺忘了，但他就在這裡！這張紙條，就是藤俊確實存在這裡的證據。

「這張紙是什麼？」

本山滿臉不解地看著我。

避開他探詢的眼神，我把紙張從書裡拿出來。「不好意思，這張紙我帶走了。」

「你說什麼？」

我們回家吧，藤俊。

「等一下，等一下，你不可以拿回家啦！不要再折了，那可是學校的財產，我們的圖書管理員會找我麻煩啦！」

「遺失物應該歸還給本人吧！」

我把紙張對折再對折，放進了襯衫的口袋裡。

藤俊，這下子，你也可以畢業了。

「難得回來學校，到教室去看看吧？」

道謝過想打道回府時，本山這麼提議。

「你兒子才一歲吧？那麼下次你踏入國中教室，起碼是十年以後的事了。」

「是呀！」

「你三年級時念哪一班？」

本山起身後理所當然地由二樓往三樓走去，我趕緊喊住他：「不用上去了。」我想去二年三班的教室。

已經踏上階梯的本山一臉意外地回頭問：「你要去二年級的教室？」

「嗯，我想去看看二年三班的教室。」

四目相交，本山凝視著我一會兒後點點頭說：「這樣啊……」

高中時我一定想像不到，一天到晚只會談論露毛寫真集的本山，有一天會這麼一本正經地和我交談。不過，我們的確都長大了，今後也會繼續過著身為大人的日子吧？

二年三班的教室和那時的位置一樣。雖然因為椅子變多了，教室後頭的空間變得比較狹窄；從窗口望出去的街道也像本山說的一樣，增加了許多新建的大廈——不過地板上的蠟、黑板上的粉筆、書包的皮革和教室裡混著稀薄汗味的獨特氣味，都和那時一模一樣。

一邊回想著——當初藤俊的位置就在那裡吧？我在靠窗邊的桌子上坐了下來。環視著教室，記憶跟著甦醒。啊！三島的座位在那裡，根本應該是在他前面，堺翔平則是在那一頭……還有我自己的座位。無論好、壞，國中時的許多回憶依然存留在心底，但想在空無一人的教室裡憶起當時自己的模樣，卻意外地困難。

「仔細想一想，我們平時其實很少遇到念國二的小鬼啊！」

「這是當然的啊！」站在講臺上的本山這樣說著：「大家都是等到自己的孩子到了那個年齡，才會想起原來自己國二的時候也是那個樣子。」

「嗯……」

等到我兒子念國二的時候，不知道會長成怎樣的孩子？而我，又會是怎樣的父親？雖然現在還很難想像，但也忍不住盼望那會是一段最幸福的時期。

本山一面擦掉黑板上殘留的粉筆字痕，一面自顧自地說起自己的事。

今年三月，他第一次擔任班導的班級畢業了。

「因為我剛畢業便開始帶他們，感情畢竟不一樣，他們畢業的時候我還情不自禁哭了哩！老實說，以後要我像帶他們那樣全神投入地去帶另一個班級，應該是不可能了。」

學生們都很喜歡本山，同學間的感情也很好。畢業前，大家還約定好畢業後至少一個月要聚會一次，到時候他們一定會打電話給本山，請本山一定要出現……

不過，都已經九月二日了，卻連一次電話都沒打過。

「他們根本就把我給忘了！」

本山一派輕鬆地說，不帶絲毫怨氣。他的語氣爽朗乾脆，甚至聽起來還挺高興的。

「反正等到新學期開始後，我也不能一直沉浸在回憶裡，這樣也好啦！」

從四月起，本山要開始擔任一年級的班導。

「他們其實都還像小學生，都是小鬼頭、動物，他們根本就是野獸！」

雖然話說得很不客氣，他卻若有所思地露出了微笑。雖然念高中時，他並不是多傑出的學生，但他現在一定是個好老師吧？

「如果國一的學生是野獸，那國二的學生是什麼？」

「是猴子、是猴子呀！要等到快念完三年級，才終於有點人樣。」

「是猴子呀……」我苦笑地說：「這麼說也對。」

哈，原來我們像猴子啊！我又環視了教室一圈，終於模糊地憶起了當年二年三班同學的模樣。

我對本山說：「這裡根本就是一座猴子山呀！」

「嗯，的確如此。」

「不過，猴子山上的猴群，日子也不好過啊……」

「是啊……，有的猴子因為搶地盤失敗而被猴群驅逐，有的猴子老是被搶食物——電視上也常看到這些事，就是那些類似ＮＨＫ的紀錄片裡。」

「那些傢伙也有那些傢伙辛苦的地方哪……」本山一面環視著教室一面這麼說。

「本山，關於你之前提到的國三畢業生……」

「怎樣？」

「那些學生真的沒有每個月都聚會嗎？」

本山想了想後回答：「沒有啦！我們高中的時候也沒這麼做對吧？」

「嗯。」

「一開始就被拋在腦後的，其實是國中時的自己吧？」

我靜靜點了點頭。

「我覺得，這樣也挺好的。」

我也這麼想。

本山放下手中的板擦，步下了講臺。

「這附近雖然只有家庭式餐廳，要不要一起去喝杯茶？」

「不好意思，有個地方，我現在不去不行。」我伸手指了指放進「環遊世界之旅——決定版」紙張的襯衫口袋。

我回家換了衣服，準備跟久違的人碰面。

遺失物……一定要還給本人才行——無論是孩提時代或是長大之後，這一點都是不會改變的。

4

藤俊第十三週年的祭辰，只集合了家族中最親近的親戚，大家聚在一起，在墓園舉辦了簡單的法事。非親戚的參加者，只有我一個人——原來本多小姐也要出席的，但因為突然被配去進行採訪，實在騰不出時間，所以聽說她一早便打電話通知無法前來。

之前一直在分部工作的本多小姐，去年因為人事異動而被調到縣中心的本部去工作。她也從社會新聞被調去採訪縣政新聞，目前似乎正在追蹤採訪縣長涉及的圍標事件。

老實說，原本是因為本多小姐也會來，我才決定參加法事的。

對於藤俊的家人，我還是覺得有些尷尬。整個大學時期，別說到他們家拜訪了，我連一張明信片都沒寄過。等我隔了許久才從東京打電話詢問法事的日程時，藤俊媽媽的聲音聽起來雖然很開心，但也透露出不知所措與訝異的情緒。

法事還在星期日舉辦。因為九月四日是星期二，為了配合時間，我刻意把暑休的時間延後了。明天星期一，我會跟妻子、小孩，大概還會帶著我老媽一起到海邊去兜風吧……

結婚前，我跟妻子大略提過一些藤俊的事——我沒仔細多說的部分，老媽應該會自行幫我補上吧？

對於我在遺書上被藤俊稱作是「好朋友」的事，當時還是女朋友的她，並不認為我是「被害者」。

「這不是很光榮嗎？這個人在人生最後的盡頭時，還把你當作最重要的朋友耶！」

我很訝異，原來這件事還可以這麼想。她那種無論發生什麼事都能這麼正面、這麼樂天的態度，確實讓我大感意外。

不過，或許正因為她是這樣的人，才讓我想跟她結婚吧！

如果本多小姐來的話，我也想把這件事跟她說。

而且，老實說，我也想問問本多小姐百合的事。

現在，幸福嗎？

我只是想知道這件事而已……

藤俊媽媽沒有預想中的老態龍鍾，身心的狀態似乎也沒有太差，那種讓人心痛的故作堅強也不復見了。為了感謝我特地從東京回來參加而向我致意時，她也順道再次邀請我參加回禮的餐會。她說話的口吻平順，表情也很有精神。

至於那個人，他對我的態度也不再冷淡。他站在藤俊媽媽身邊，像是在看顧著她，雖然沒有開口跟我說話，但在我跟他打完招呼後，他也簡單地向我回禮。

「這一、兩年來，我爸跟我媽終於比較釋然了。」由集會室走向墓地時，走在隊伍後方的健介開口對我說：「花了十年的時間，他們似乎終於接受了我哥的事。」

其實，健介也一樣。大學畢業後便到市公所上班的健介，現在也不再用憤怒的眼神看著我了——他終於變回了孩提時候的那個小健了。

到最後，我還是沒好好跟健介道歉。無論是到東京之前跟他扭打的事，或之前許多亂七八糟的事，雖然都沒有好好化解開來，但我們就這麼各自度過了八年的歲月、各自長大成人，即使之間還留著微妙、尷尬的距離，總算能平心靜氣地交談了。

「時間會解決一切……很多事，的確還是要靠時間才能解決吧？」

一定是這樣的吧？隨著時間的流逝，一定也可以解決掉殘留在我們心中的一切吧？

「太好了。」覺得光這麼說沒有辦法表達自己的情緒，我又接著強調說：「真的，真的太好了。」

不過，這麼一來，反而讓健介看出我心底的想法。

健介對著我說：「你聽起來挺落寞的。」當我急急忙忙想要解釋的時候，健介苦笑著制止了我：「沒關係，老實說，我的感覺跟你一樣。」

為什麼會這樣？其實很難說得清楚。如果硬要解釋，恐怕會讓對方查覺到自己的任性與自私。

健介接著又說：「不是有人這麼說過嗎？有種愛，是以痛苦來呈現的。」

「怎麼說？」

「因為我哥的關係，我爸、媽一直都在受苦，持續抱著痛苦的回憶，讓我覺得他們兩個人都過得好辛苦，不過……或許正因為這樣受苦著，他們才會覺得哥哥其實一直在自己的身邊……他們只要想到自己為了哥哥這樣痛苦著，對身為父母的人來說，或許就是一種救贖了吧？」

「所以啊……」健介繼續往下說了下去：「哥哥在受苦的時候，他們已經沒有察覺到了，要是在他死後還沒有辦法為他受盡苦痛的話，他們會覺得自己沒盡到一丁點兒為人父母者的責任吧？」

我想起了那個人在告別式當天衝過來揪住我領口的樣子，還有畢業典禮時高舉著藤俊遺照的模樣。

不過，那一切也都成了遙遠過去中的曾經。

「我總覺得，無論是我爸還是我媽，只要傷口一結痂，他們就會再用指甲把傷口給抓開，再結痂就再扒開……，不斷重複著相同的過程。」

或許真的是這樣。已經忘懷的回憶突然再度甦醒，在自己都還沒察覺的時候，心上已經癒合的傷口又被輕易地扒開。

「我覺得他們兩人，說不定根本沒打算要走出來……」剛說完，健介接著又苦笑說：「不過，應該沒有這種事吧？」雖然我也想以苦笑來回應他，卻無法順利牽動臉頰。

我的腦海裡浮現出兒子的臉。

雖然他現在連「爸爸」都還不會說，只會對著我叫「啊、啊」，但那無邪的笑臉，此刻卻在我的心中蔓延開來。

如果，我失去了這個孩子……

如果……遺忘他便可以走出傷痛，我依然寧願永遠都走不出來。

我一點都不希望走出來。

參拜完墓地後，藤俊媽媽再次邀我到餐會用餐，但因為後天的祭日還會再過去，所以我依舊按照計畫直接由墓園返家。

不過，有一件事還是跟我計畫中不太一樣——我並沒把原本打算拿給他們的東西交給他們。

在墓園的管理大樓前等電話叫車的計程車時，我把紙袋遞給了前來送行的健介。

「這個，我原本想要交給伯父跟伯母……」

紙袋中裝的是我從東京帶來的《世界之旅・歐洲》的書，以及夾在書中的「環遊世界之旅——決定版」，還有一本寫著我對藤俊國中時期回憶的筆記本。

健介驚訝地說：「太好了，還有這些東西啊！我爸跟我媽一定會很開心的。」

我也這麼想，所以，才更沒勇氣交給他們。

「好不容易伯母的狀態終於比較好了，要是這時候給她看這些東西……我有點擔心她的反應……」

我沒有把東西交給健介。

「如果你覺得把東西先給你比較好，那就直接給你。不過，如果你覺得現在時機並不適當，那……那就把東西先放在我這裡吧！等到你覺得可以讓他們看的時候，我再把東西交給你。」

「不要給我這麼大的壓力啦！」健介笑著說。

「因為你是他們最親近的人，所以你應該最了解伯父跟伯母吧……」

「那當然。」帶著得意與些微的怒意，他把胸膛往前挺了起來。「雖然我爸跟我媽腦袋裡只有我哥的事，但是如果我家只有我哥一個小孩的話，我覺得狀況一定會比現在更糟……還好，他們還有我！」

「嗯，我懂你的意思。」

「我照我爸所說的到隔壁學區的國中念書，又因為擔心我媽會寂寞，所以選擇念了家裡附近的大學，也在這裡找了工作……」說著說著，健介的眼眶逐漸濕潤了起來。「等到我老了、死了，上天堂去之後，就算把我哥抓起來痛扁一頓，應該也沒有關係吧？我起碼有權利這麼做吧？」

「當然。」我點點頭。

健介突然不好意思地用力吸了一下鼻子，並用手掌拍了拍自己的臉頰，然後才伸手把紙袋接過去。

「我今天晚上會先看看裡面的內容，接著觀察一下我爸跟我媽的狀況，再決定要不要交給他們。」

「嗯，那就拜託你了。」

「不過……其實我一開始就決定要這麼做了。」

說完，健介眨了眨泛紅的眼睛，調皮地對著我笑。

九月四日那天，剛過中午我便前往藤俊家拜訪，並計畫在傍晚時搭新幹線回東京去。一來，我並不打算在藤俊家待太久，而且老實說，我就是想要趁那個人去上班不在家的時候過去，所以才刻意挑這種時間。

不過，那個人的車子卻停在停車場裡。

我心裡湧現了不好的預感。並不是擔心那個人刻意在等我，而是另一種更讓人擔心的感覺，擔心有什麼不好的事發生了。

按下對講機後，那個人出來應門。在玄關把門打開的人，也是他。我心裡邊想著不好的預感果然成真了，邊做好心理準備，然後才開口問：「伯母她……」

那個人邊把拖鞋拿出來給我邊回答說：「她人不太舒服，好像是因為血壓升高，有點頭暈。」

果然！

我連鞋子都還沒脫掉，便站在三合土的地面上開口道歉：「對不起……」

「道什麼歉？」

「因為……都是因為『環遊世界之旅』的那張紙……」

「喔，那個啊！」他微微地點了點頭。「昨天健介把東西交給我們了，我老婆嚇了一跳，開心得不得了。從昨天開始就一直反覆地看。」

他看起來並沒有生氣。即使藤俊媽媽因此不適臥床，他似乎也沒有太過傷感或驚慌。

「我覺得筆記的內容很有趣，知道了很多從前不知道的事。」

「不過……」

正因如此，關於藤俊，好不容易才飄然遠去的回憶，應該又再次清晰地被喚了回來。歷經了十年以上的歲月才讓水滲入的地面上，又被潑灑上了新的水分。

「她大概是太開心了。」

那個人說：「雖然人倒下了，不舒服地呻吟著，但還是很開心。」他稍微笑了笑，接著說：「大概因為連著昨天跟今天出現的兩個好消息讓她太開心的緣故吧？」

兩個好消息？

連著昨天跟今天？

「你先上來再說吧……」

把我一個人擱在玄關，他逕自邁步走開了。他回到起居室，對著藤俊媽媽躺著休息的隔壁房間喊道：「真田來囉！」

雖然覺得有些摸不著頭緒，我還是穿上拖鞋往起居室走去。

因為法事剛結束，藤俊的佛龕上擺滿了鮮花。這，沒問題。大概因為他一直重複翻閱吧，那本寫著我對藤俊回憶的筆記本攤開著放在矮桌上。這，也沒問題。但是，今天才收到的第二個好消息，究竟是什麼？

我環視屋內。

視線停留在立著照片的餐櫃上。

那裡有個紅色的東西。

是一個紅色的郵筒——那裡放著一個紅色郵筒狀的存錢筒。

「中午前過來的。」那個人在我身後說：「他們搭最早的一班新幹線來的，因為她說傍晚一定要回去東京才行……她只是拿存錢筒來還我們而已。」

她，不是一個人。

「聽說，她下個月要結婚了。」

她未來的老公也到藤俊的佛龕前上了香。

這是一場意料之外的來訪。大概是考慮到藤俊媽媽的狀況，所以她才刻意不事前告知吧？藤俊媽媽既驚又喜地歡迎他們兩人前來。臉頰上的紅潮不只來自於白天開始的微燒，她一次又一次地重複說著「恭喜」。

雖然百合他們並沒有久留，但他們倆回去後，藤俊媽媽的話匣子便打了開來。

她小心翼翼地把存錢筒放在大腿上抱著，對那個人訴說著關於百合寥寥可數的回憶，說完後便鑽進被窩裡睡覺了。

「昨天跟今天，她真的都很開心。」

一直到他說完話坐下了，我的視線都還一直停留在存錢筒上。

百合遵守了她的諾言——帶著與她相愛的人來見藤俊，把從藤俊那裡收到的感情，靜靜地歸還給他。

「她看起來還好嗎？」我一面凝視著存錢筒，一面這麼問。

雖然我很努力讓聲音聽起來不要顫抖，不過，或許還是被那個人識破了吧？

「是啊，她看起來很好……也很幸福。」

我背對著他，說了一句「謝謝」，並微微地點頭致意。我好開心！能夠讓那個人說出「幸福」這兩個字，讓我非常開心，卻也十分心痛。

紙拉門被拉開了。藤俊媽媽穿著睡衣，手腳都貼著地，從隔壁房間半跪半爬地探出身子來。

「對不起呀，小裕。因為我一站起來就會頭暈，所以沒辦法走過來……」光吐出這些話便讓她有些上氣不接下氣，但她還是繼續述說著：「是一個很溫柔的人哪！小百合將來的老公，看起來是個很溫柔的人呀！」

我也背對著藤俊媽媽，低下了頭。

「不過，俊介好像有些不甘心。他照片裡的臉，看起來有點不甘心的樣子呀！真的！我說真的啊！孩子的爸……是真的對不對？俊介一定是在吃醋了。」

「嗯……是呀，就是啊！」

「等我到天堂見到俊介後，我一定要跟他說：『對方是一個很溫柔的人，你也應該要替小百合開心呀！因為小百合看起來這麼幸福，而你又已經被甩了，應該要死心了，好好祝福她才對呀……』我到時候一定會這麼跟他說。」

說到一半，藤俊媽媽便開始語帶哽咽。

像是聽到這一切似的，庭院裡的蟬突然開始鳴叫了起來。在夏末好不容易才鑽出地面的蟪蛄，彷彿捨不得僅剩的夏日陽光，大聲地鳴叫著。

「小裕啊……」藤俊媽媽對著我說：「真的是太好了呢！小百合要結婚了，你也有孩子了……雖然發生了很多事，但大家都獲得了幸福，真是太好了。」

「對吧？小裕。」

雖然背對著她，但我依然看見了順著她微笑的眼角不斷落下的淚珠。

我低著頭仔細感受著，似乎有一個東西畫上了句點。終結的方式雖然讓人傷感，卻也讓人覺得幸福。

「我真想早一點見到俊介……孩子的爸，我想早點見到他，告訴他在那之後發生了好多事情呀！」

那個人什麼也沒回答，反而對著我說：「『森林墓園』好像是一個不錯的地方。」

「嗯……」

「我想找一天去看看。」

要跟誰一起去？這一點他並沒說。

那個人或許早就有預感了吧？

八年後，藤俊媽媽實現了她的願望。

打從一開始，那個人就打定主意了吧？

一路看顧著藤俊媽媽到她辭世後，他便展開了前往「森林墓園」的旅途。

第七章 那個人

1

藤俊媽媽就像睡著一般地離開了人世。

今年——二〇〇九年四月，發現她的胰臟與肺藏正受到癌細胞的侵蝕。本來已經決定使用合併放療與化療的方式來治療，但就在五月打算開始進行化療的時候，卻出現了突發狀況。並不是癌症開始轉移，而是她在住院時突然發生腦溢血，而後便因此過世了。

大約到六月底時，我才接到健介的電話。直到那個時候，我才第一次聽到診察出癌症的事。

那個人沒讓健介跟我聯絡，一直到七七四十九日的法事與納骨的儀式都結束了之後，他才被健介說服，答應讓健介跟我說。

「聽說化療的副作用很恐怖？說不定我老媽並不希望為了多活幾年而抱著痛苦、難受的回憶吧？」

健介的聲音聽起來雖然有些消沉，卻並不陰鬱。

「因為癌症已經到末期了，我爸跟我其實都已經有心理準備了。剩下的，就只有不要因為想勉強延長生命而讓她受苦，還有因此而讓自己也跟著累得精疲力竭……之類的考慮而已。」

他們一開始就決定放棄急救，也向主治醫師表示過，如果沒辦法根治的話，他們不希望透過外科手術在身上動刀。考量到藤俊媽媽才五十九歲，照理應該採取一些更積極的治療方式才對——據說醫院方面也認真表示希望採取一切可用的醫療方式。

「我爸跟我，好像都很無情呀……」

「沒有這種事啦！」我接著說：「我懂你們的心情。」

「這二十年來，一直都抱著痛苦的回憶度日，你們也覺得她夠辛苦了吧？」

「嗯……」

發生腦溢血後，藤俊媽媽昏迷了三天。期間血壓逐漸下降，生命跡象也逐漸減弱，最後就像燃燒殆盡的蠟燭般熄滅了。

「她應該沒有受太多苦吧？」健介這麼說：「因為她去世時面容很安詳。到了最後那一刻時，我甚至覺得她的臉頰突然鬆了一下，像是帶著笑容般地離去。」

因為藤俊來接她了吧？如果是這樣就好了，他總該盡點孝道才是。

「來得及見到孫女真是太好了。」

「是呀……」

「我媽臨終前，我抱著小文，讓她握住我媽的手。雖然只是一根手指頭，但她可握得緊緊的。」

健介三年前結婚了，去年也當上了爸爸。今年過年時，他寄來的電子賀卡上，加上了一張七人的熱鬧大合照。他的女兒文子在中央，旁邊圍繞著健介夫妻倆、藤俊媽媽和那個人、還有親家的兩夫妻。

健介一家雖然住在租來的大廈裡，但經常往來彼此都位在市內的老家，有時候三個家庭也會像照片中那般聚在一起吃吃火鍋。

電子賀卡中附檔的照片，就是在藤俊家的起居室拍的。

照片中，那個人雖然還是一臉喜怒不形於色的表情，但藤俊媽媽卻是滿臉的笑容，看起來真的很開心。

看著這張照片，我突然感覺到，比起「藤俊的父母」，他們更適合被稱為「健介的雙親」。不過，在人生的盡頭時，她還是以「藤俊媽媽」的身分踏上另一段旅程了吧？健介似乎也完全接受這件事，拍照時雖然刻意避開了佛龕，但在七個人身後的餐櫃上，卻看到了一個紅色的郵筒狀存錢筒——雖然藤俊的遺照消失在他們的身後，卻能從健介與那個人肩並肩的空隙中，清楚看到那個存錢筒。能拍出這張照片，說不定是因為健介刻意調整過位置吧？因為這麼一來，這才是完整集合了八個人的家族合照。

「伯父還好嗎？」

「感覺很寂寞，而且愈來愈不愛說話，現在一個人住，也更我行我素了。」

「這樣啊……」

「真是不好意思，到現在才聯絡你。」

的確，如果一開始就跟我說，我一定會去探病。如果時間許可，我還想參加守靈與告別式，想到她的靈前合掌致意。

不過，既然那個人決定不告訴我，我也沒辦法多說什麼。

「我爸心裡到底在想些什麼，其實我也搞不清楚。他明明知道如果你來的話我媽會很高興……卻叫我不要說，什麼都別跟你說。」

「這也沒辦法呀！」

「是啊，不過，事到如今，他對你也不可能還有什麼怨懟才是，他也知道是我哥一廂情願地把你當作好朋友的呀……」

「其實一直以來，他從沒怨恨過我。」

那個人對本多小姐說過，他既不恨，也不埋怨。

——只是，無法原諒。

之後健介告訴我，那個人有時候會像突然想起什麼似的問他：「真田不知道過得好不好……」有時也會問：「你最近有跟他通e-mail嗎？」

不過，一旦健介開始說起我的近況，他的表情瞬間便會罩上一層霜。那態度比不感興趣更冷淡，像是裝作從沒問過我的事一般，他開始讀報紙、胡亂按著電視遙控器，有時甚至會直接悶不吭聲地走出房間。

所謂既不怨恨，也不埋怨，但就是無法原諒的情緒，大概就是這樣子吧？

「不過，畢竟都過了二十年了呀……」

我對著似乎還無法理解的健介說：「你以前也對我說過很過分的話。」我制止他插嘴後，繼續說了下去：「一開始，我也被你狠狠地教訓了一頓呀！」

「別再提了啦，人家不是說『童言無忌』嗎？那個時候對你真的很不好意思啦！」

打從小時候起，他就是一個溫柔的人。那時的他，將心底溫柔的部分直接轉化成對我直衝而來的憤怒，現在的我覺得——很慶幸。

「嗯……關於那時候對你這麼不客氣的事，我也有好好反省過，不過……好像也不太後悔就是。」

我笑著回答：「我懂、我懂。」

「如果還有別的事，我會再跟你聯絡。希望你偶爾能夠想一想我老媽。」說完，健介便掛上了電話。

我把手機放進口袋裡，嘆了口氣。

這是真的嗎？

藤俊媽媽去世了！突如其來的通知讓我飽受打擊，當然也很感傷……卻沒有遺憾。

該說的我都說了，該聽的、該看的，我也都做了。對於失去兒子的母親所懷抱的苦痛，我想，我已經完全理解了。

不過，如果剛剛接到的是那個人去世的通知……

我大概就只能在完全不了解那個人思緒的狀況下，被他拋在後頭了。

今年，我已經三十四歲了。

我兒子目前是個九歲的國小三年級生。正如他還在襁褓中時我任性的期待一般，他的功課跟體育都沒特別傑出，甚至還會突然冒出「爸爸，什麼叫『一無是處』啊？」這種問題，讓當家長的我們一陣慌亂。不過，他在學校似乎過得還不錯——這一點，為人父母者也只能這麼相信著。

再過五年，這孩子也要上國二了。雖然並不是「近在眼前」，卻也不再是遠在天邊的「將來」。

如果兒子進入我們那時的二年三班，又會在班上扮演什麼樣的角色呢？我不希望他成為三島或根本那樣的人，更不希望他像堺翔平；雖然我也不希望他成為藤俊那樣的人，但我最不希望他成為的人——是我。

我一定會對著我兒子說：「勇敢一點。」「視若無睹的人最糟糕了。」「不要對朋友見死不救呀！」就像當時富岡老師那樣不斷囉嗦碎念吧？但我也很清楚，如果不多加上一句注解，說再多也沒意義——「因為當初爸爸沒能做到的事，讓我一直很後悔。」

其實，最近有很多機會讓我想起藤俊。

無論是過去或現在，男孩子其實都沒太大變化。我們以前做的事，我兒子現在也照樣在做；看見兒子所做的事，便想起過去的自己。

曾經遺忘的事逐漸甦醒，那時的自己與朋友的模樣也一一被喚回。在那之中，當然也有藤俊。

譬如說，剛邁入七月的那個夜晚……

很難得的準時下班回到家後，看見兒子窩在客廳的桌子上寫功課。除了正在寫的算數之外，其他的教科書與漫畫散了一桌，他一面聽著電視的歌唱節目，一面心不在焉地算著計算題。

我苦笑地說：「我說你呀，功課要到自己房間去寫啊！把桌面整理一下。」當我走到他身旁順手翻開某本筆記本時，看到他在一整頁的筆記本上畫了一個大大的一覽表。

「這是什麼東西？」

兒子一面緊張地說：「啊，這個不能看，不可以看啦！」一面從我手裡把筆記本搶了回去。

不過，我已經看到了他整理的表格內容。

他在表格裡把班上的男生分成「好朋友」、「普通朋友」、「對手」，以及「敵人」四種。

「好朋友」有五位，「普通朋友」有十位，「對手」有兩位，「敵人」則有一位。

「喂，這在搞什麼東西？怎麼把同班同學當作『敵人』呢？」

「因為鐵雄真的很氣人呀！」

我聽過這個名字好幾次，是一個跟兒子處得很不好的同學。

至於被列為「對手」的兩位同學，他們的名字我也有印象。一位是比賽收集卡片的競爭者，另一位則是跟兒子互相比賽打破午餐續碗紀錄的對手——連這種小地方都喜歡跟人競爭且不服輸的性格，可以看出他非常在乎自己的存在感。

五位「好朋友」有四位我都認識。都是在兒子平日的談話裡時常出現的名字，聽我太太說，他們好像每天都到對方家或到我們家來玩。

不過，五個人當中有個叫石崎的孩子，我卻沒聽過。當我詢問兒子：「石崎到我們家來玩過嗎？」他一臉不服輸地說：「因為我們只在學校裡玩呀！」

「他是個怎樣的孩子？」

「好孩子。」

「你們在學校都玩什麼呢？」

「很多啊！」

他突然變得很不耐煩。正當我覺得莫名其妙時，妻子從廚房偷偷探出頭來，用眼神示意說：「等等再跟你說。」

那晚等兒子就寢後，妻子才把事情的原委告訴我。據說那位石崎同學是班上的英雄人物，體育跟學科都很優秀，人品也很好。

「所以，其實對那個孩子來說，石崎並不是『好朋友』而是他的『偶像』。」

兒子在家裡和我太太提起石崎時也總是說：「小石好厲害喔！」「又只有小石一個人考一百分耶！」「小石說我很適合踢足球喔！」總是顯露出一副非常喜歡他的神情。

「這樣好嗎？」

「什麼好不好？」

「我們兒子一廂情願地崇拜著石崎，對方會不會完全沒把他看在眼裡，或是被對方使喚、利用啊？」

妻子笑著說：「又不是男生、女生之間的單相思。」

「沒什麼啦！他們在學校的確處得不錯，石崎沒到我們家來玩，主要也是因為他們家住在學校的另一頭，離我們家太遠的關係。」

我鬆了一口氣。

今後，像這樣讓我操心的機會大概會愈來愈多吧？

「不過，」妻子有些淒清地笑了。「我想，石崎應該沒把我們兒子當好朋友。」

我腦海裡突然浮現出藤俊的臉——他邊叫著「小裕」，邊跟我說話時的開朗臉孔。

你難道也是這樣嗎？

雖然我並不像石崎那樣出類拔萃，但是藤俊從記憶中甦醒的臉孔，卻帶著那般崇拜的眼神看著我。

你難道不懂嗎？

不只小二那時候，直到升上國二後，你都還不懂嗎？

所謂的「好朋友」，是當你有想尋死的念頭時會跟他說的人。一旦把這樣的念頭跟他說，不對，就算你沒說對方也會察覺，就算沒辦法替你做些什麼也會想盡辦法幫你的這種人，才叫「好朋友」呀！

你這麼傢伙，連這麼簡單的道理都搞不清楚嗎？

腦海裡的藤俊動了動嘴角，帶著崇拜的眼神，慢慢地開了口——

「可是，小裕就是我的好朋友呀！」

聽到這句話的瞬間，我的淚水一顆顆落下。妻子驚慌地問我：「怎麼了？」我雖然回答「沒什麼」，卻無法遏止地開始放聲大哭。

我哭得像個孩子一樣。

我感到後悔、抱歉、悲傷，還有對自己的憤怒。

但不可思議的是——我卻沒感到心痛與難過。我所流下的眼淚並非從心中湧出，而是一滴滴落下、灌溉在我心底的深處。

那是……藤俊最後一次來看我吧？

那天深夜，我收到了健介的電子郵件。

郵件裡寫著——庭院裡的柿子樹被砍掉了。

因為我擔心自己沒辦法冷靜地講電話，所以還是寫e-mail給你。

今天，庭院裡的柿子樹被砍掉了。我爸叫做庭園造景的師傅來砍的，他事前完全沒跟我商量。

我下班後湊巧回老家去看看（這叫心有靈犀吧），想到柿子樹前上香而走到庭院去時，卻發現樹已經不在了。

雖然問了原因，但我爸什麼也不肯說，只自顧自地一邊啜著薄燒酒，一邊看著你拿來的《世界之旅》。

自從我媽過世，他開始一個人生活後，我爸真的愈來愈不愛說話。因為他總是什麼都不說，我根本不知道他每天究竟過得開不開心。

下個月，他就要退休了。雖然我媽還在的時候，公司曾經提出要求請他繼續留任，但他好像婉拒了。為什麼婉拒？對於退休後的生活他又有什麼打算？因為他什麼都不跟我說，我也不知道能替他做些什麼……

讓你見笑了，真是不好意思。不過柿子樹被砍掉的事，真的帶給我很大的打擊。那裡雖然是個帶著悲傷回憶的地方，但這二十年來，我總覺得哥哥在那裡守護著我們。如果我媽還在，她一定會反對的。

我又太激動了，對不起。

今年夏天是我媽的第一次盂蘭盆會，如果你也要回來的話，請再跟我聯絡。

2

由東京車站發車後，從新幹線上看出去的景色始終煙雨繚繞。就連每次回鄉時兒子總會興味盎然看著的富士山，也因為被雲一路遮到了山腳下的平原，什麼也看不到了。

從東京出發前我先打了一通電話到那個人家裡，不過，大概是出門上班了吧，鈴聲響了很久後轉到了答錄機。我只在答錄機中留下「我會再打電話過來」的訊息，接著便打電話給健介，一下就接通了。告訴他我打算做什麼後，他先是嚇了一跳，接著便不好意思地向我道歉。

「不好意思，寄了那樣的mail給你……」

我也到現在才知道，原來，自己意外地也可以是這樣大膽的一個人——

不過才三十分鐘前，我還像往常一樣塞在客滿的電車裡，準備到公司去上班。可是，當我步行到換車的地點的時候，有兩個國中生出現在我面前。我一面聽著他們沒有重點的談話，一面看著他們走路的背影，突然心念一轉，不對，從昨晚便一直困擾著我的問題，終於有了答案。

我轉過身子，逆著人潮向前，快步走向往東京的車站。拋開迷惘後，我片刻也無法等待地一口氣跑向離開月臺的階梯。

「你不用放在心上啦！我想，無論有沒有接到你的mail，我早晚都必須跑這一趟。」

「公司，沒關係嗎？」

「我會安排的。」

「我爸那邊……」

「我還沒跟他說，總之我會過去一趟。」

我已經做好會被掃地出門的心理準備了。

如果見了面，究竟要問他什麼，其實我到現在也還不知道。

即使如此……

「我先去給伯母上個香，再去替藤俊上個香，接著，我跟伯父大概就會一直大眼瞪小眼了吧？」

我也能預期到沉默將帶來的沉重壓力。但是，我決定去承擔這一切。

健介嘆了一口氣說：「我知道了。」

「伯父幾點下班？」

「七點後……你已經在新幹線上了嗎？」

「還沒，我搭下一班。」

不到傍晚，我就可以回到故鄉的街道上了。「我會想辦法先消磨點時間。」

「那我先打電話到我爸的公司，叫他早一點下班，儘快回家。」

「這不太可能吧？」

我並不認為他是會這麼做的人。我心想，如果他知道我在等他，說不定會刻意晚歸，更糟的狀況，甚至有可能根本不回家了也說不定。

但健介卻斬釘截鐵地說：「我爸會提早下班的。」

「是嗎？」

「是的。」

他刻意加強語氣說：「我好歹也是我爸的兒子，這一點我起碼能肯定。」說完，健介嘆一口氣後繼續說：「我也知道，那個時候我最好不要一起待在那裡……」

健介背負在身上的寂寥，最近我愈來愈能感同身受。長大成人，又成為了父親，讓我比那個時候察覺出更多的寂寞。

「總之，請你直接過來就對了。沒關係的，我會先跟我爸說。」

「我知道了，那就麻煩你了。」

「你可以再跟我多聊幾句嗎？發車之前還有時間嗎？」

「嗯嗯，可以啊！」

「我昨晚上網去搜尋了一下『森林墓園』。因為每次看到我爸在看的時候都覺得很火大，總覺得『森林墓園』是什麼鬼東西呀！」

我已經調查過了。在我家書架的角落上，也放著一本最近在網路二手書店買的《世界之旅・歐洲》。

「那裡是世界遺產對吧？」

「是啊！」

「不過我哥在圖書室裡看到的時候，那裡還……」

「啊啊！那裡被選為世界遺產是在一九九四年的時候吧？」

「是呀！」健介笑著回應說：「我哥挺有先見之明的呀！沒想到他還挺有品味的。」

「說不定喔！」我也笑著回答。

不論是那個時候還是現在，「森林墓園」都不算是個聞名的景點。會把那裡選為旅程終點的藤俊，說不定真的是被那個十字架給吸引住了。因為想逃離艱困的現實，所以想投向任何廣大無垠、能讓人喘一口氣的世界吧？這樣的心情，最近我開始逐漸明瞭。

「我爸好像想去看看。」

「伯父曾經出國旅行過嗎？」

「從來沒有。年輕的時候生活比較困苦，等到生活稍微過得去，又因為我哥已經不在了，所以似乎也提不起勁來。」

「這樣啊……」

「而且，我爸大概連護照都沒有吧！」

健介自言自語地說著：「『森林墓園』……要讓他去嗎？還是要帶他去呢？」

我小聲地應和：「他會很開心的。」

「那你呢？」

「我？」

「如果我要帶我爸去『森林墓園』，你要不要一起去？」

「不是為了陪我爸，而是為了你自己走這一趟……」

隔壁月臺發車的警笛聲把健介的說話聲蓋了過去，但是，他剛剛的話還是傳進了我耳內深處。

故鄉的街道上也下著雨。

告訴計程車司機我要去的目的地之後，車子走上了與我印象不符的路線。

因為有點不安，所以我又強調了一次要去的地方，並問說：「這樣走對嗎？」中年的計程車司機回答說：「因為連絡道蓋好了呀！」

經過好幾年的工程終於拓寬完成的河堤，今年春天已經正式開通為連絡道了。

「現在可以越過城中的街道，快很多喔！」

「這位客人，您想走以前的路線嗎？」

「不用……請你走連絡道就可以了。」

重新靠在椅背上，我出神凝望著窗外。

我在距離藤俊家稍遠處提前下車，撐著雨傘走在雨中。

周圍的景致改變了許多——原本的田野如今只剩下零星幾塊，夾雜在一棟棟房屋間；

許多住家也都改建了，大概因為下著雨又不是假日，沒什麼人在外頭走動，從住家中也沒傳出太多說話聲或其他聲響；連經過河堤連絡道上的車輛，都因為空氣中的濕氣讓行進的車聲聽起來不甚吵雜。

像被吸進街道的寧靜與靜謐之中，我在最後的街角轉了個彎。

跟那時候相比，藤俊家的外貌絲毫沒有改變。因為附近的住家都翻新了，只有這棟房子看起來像被刻劃上了所有流逝的時光。

門口的燈亮著，停車場裡也停著車。

我呆站在門口，搞不清楚自己究竟希不希望看到這樣的情景。

信箱也和從前一樣——用奇異筆寫上的名字，一樣寫著家裡四個人的名字。字跡變得很淺，淺到不定睛仔細瞧便看不清楚的程度，但是，現在只剩那個人獨居的家族，的確還存在於這個信箱上。

我對著四個人的名字輕輕點了點頭，更用力握住了傘柄，伸手按下對講機。

雖然對講機並沒有傳出回應，玄關的門卻打開了。

滿頭白髮的那個人探出頭來。

他的脖子與下顎線條愈來愈纖瘦，身體的厚度看起來也變薄了。

他握著把手招呼著我說：「今年的梅雨季……很長呀……」接著，便說了一句：「上來吧！」

當我穿過門檻時，看見他把門半開著便走回室內。

藤俊媽媽放在佛龕上的照片很年輕。

我問他：「這是什麼時候的照片？」

他一邊把熱水瓶中的熱水注入茶壺裡，一面回答我：「畢業典禮的時候，俊介畢業的時候拍的。」

「是小學的……」

「因為他國中沒畢業啊！」

「也對……」

二十二年前——那時藤俊媽媽才三十幾歲。

「葬禮的時候也是用這張。」

那個人對著面前排列整齊的茶碗，自顧自地苦笑說：「不過親戚們都不太喜歡，說是太年輕了。」

「照片是誰選的呢？」

「我老婆自己選的。在知道自己得到癌症前，她就說要用這一張。她最喜歡的照片，就是這一張。」

照片本身沒有什麼特別之處，有點模糊，雖然臉上有笑容，但看起來有些緊張、故作嚴肅。比這張笑容更棒的照片，應該還有很多才是。

不過，那個人這麼跟我說：「她的隔壁，站著俊介，他們兩個站在一起，照片是健介拍的——這是我老婆跟俊介兩個人最後的一張合照。」

而後，度過了再也無法超越那一刻幸福的日子，藤俊媽媽的人生就這樣結束了。

那個人一面把茶壺裡的茶湯倒往茶碗中一面說：「我終於搞清楚要放多少茶葉了。剛開始時不是太多就是太少……我老婆在的時候，我從來沒自己泡過茶呀！」

對藤俊媽媽來說，這二十年的歲月，究竟是什麼？

對那個人來說，這二十年的歲月與之後的每一天，都只是漫長無盡頭的黃昏吧？

無論時光如何流逝，他的夕陽永不沉落，已經西傾的太陽，再也不會重回遙遠天邊。

我喝著茶。或許是下雨的關係，亦或者是一個人獨居的家過於空曠，即使時值七月，氣溫依舊帶著涼意。屋裡雖然打掃得很乾淨，但卻更加散發出如今的日日寂寞。

庭院裡的柿子樹雖然還剩下根部，卻已經不再供奉著線香與水。因為被砍而枝芽橫生的柿子樹，讓庭院變得更加光亮了些。不過到了冬天，一旦寒風四起，這個家感覺起來一定會更淒冷吧？

對著看向外頭的我，那個人開了口：「在果實長出來之前就砍掉了……如果等到果實長出來，還是會很難狠下心吧？」

他並沒有解釋為什麼要砍掉，也沒問我究竟來做什麼。

他只是跟我一樣看著庭院，出神地凝望著。

「去年，蟬沒有來。」

沒有來到那棵柿子樹上……

「前年……還是更早一點，從那個時候開始，就算到了夏天也沒有出現幾隻蟬，連來吃果實的鳥都變少了，我老婆總覺得很寂寞。」

我想，大概是因為河堤在進行工程的關係吧？

那個人卻接著說：「我想，也應該結束了。那棵樹的職責，已經結束了。」

藤俊媽媽也走了。

健介也組成了自己的家庭，能獨當一面了。

而他也……

「我下個月要退休了。」

「是……」

「你知道呀？」

「我聽健介說了。」

「真是的！」那個人苦笑著繼續說道：「等我把工作辭了，我想去看看。」

「去哪裡？」

「就是那個叫『森林墓園』的地方呀，俊介不是想到那裡去嗎？」他表示自己早就決定了。「我老婆身體還不錯時，我們經常說到這件事。」

「不過，都是我老婆一個人在那裡講個不停就是了。」他又露出了苦笑。

「是說兩個人想一起去的事嗎？」

「不是。」

無論誰先去世，被留下的那一個人就去。

「不知道為什麼，我跟我老婆就是沒想到要兩個人一起去。大概是把這個計畫當成我們只剩一個人時最後的期待或支柱吧？」

他在茶碗裡倒滿熱茶。

「我老婆可把這件事當成老年時的一大樂趣呀！她大概沒想到自己會先走吧？」

他輕輕晃了一下茶壺，把熱茶倒進他自己那個已經空了的茶碗裡。很久沒說過這麼多話讓他口渴了，他用相同的聲調自言自語地說了一句「我想去看看」後，便站起身來。

他走向櫥櫃，伸手拿起了郵筒狀的存錢筒。「我們兩個人存了點錢，每個月都存一萬塊日幣，已經存了快一百萬了。」

因為這個存錢筒不夠大，所以期間他們打開過底部的蓋子三次。第一次打開的時候，才知道裡頭放了碎碎的小紙片。

「那是中川寫的信。」

是那封她在藤俊第一年祭辰時所寫的信。
「因為紙片太碎小了沒辦法全部黏回來……但看得出來她寫了『對不起』。」
之後的細節他並沒有多說，便把存錢筒放回了原本的位置。
不過，太好了。我在心裡對著百合這麼說。妳的心意確實傳達到了，真是太好了。
那個人坐挺身子，用兩手捧著還溫熱的茶碗。
「雖然瑞典很遠，物價又很高，但一百萬應該夠吧？」
我點點頭，有點吞吞吐吐地問：「健介呢？」
「嗯？」
「健介跟我說過了，他說他想帶您到『森林墓園』去。」
他瞬間露出驚訝的表情，一面說著：「真是的。」一面露出至今最苦澀的笑容，朝著茶碗吹了吹氣。
為了把茶湯吹涼，交談暫時停頓了下來。
我的腦海裡浮現出「森林墓園」裡的十字架。因為我重複看了許多次《世界之旅》，所以雖然沒去過，但以花崗岩刻成的十字架模樣甚至質地，在我眼前都栩栩如生。
我並不清楚基督教跟佛教哪個才正確，也不知道哪個比較好。雖然此時我是雙手合十站在藤俊和藤俊媽媽的佛龕前，不過，當我在心中對著那個十字架合掌時，更能讓我感受到祈禱的力量。

「我……該怎麼做才好呢？」

沒看著那個人的臉，我靜靜地問。雖然感覺到他訝異的眼神，但我也沒回過頭去。

「我知道自己不可能獲得您的原諒，不過，我該怎麼做才好呢？」

那個人將視線移開。

作勢喝了一口茶後，他看向別處。

「我最近經常想到三島那傢伙的媽媽，還有被她追著討兒子的根本爸媽……」

他接著問我：「知道他們最近的狀況嗎？」

我搖搖頭說：「對不起，我什麼都沒聽說。」

「做人父母的，得一直承擔著呀！」

我沉默著。我現在也是一個父親了，開始漸漸了解小時候看到的那些父母們的心情。

因此，雖然我沒回應他，但他說的話卻往我的心底沉。

「承擔著……」

那個人低語著，過了一會兒後才又說了下去：「我曾經替俊介做過什麼嗎？」

藤俊與藤俊媽媽的遺照帶著不變的笑容凝望著他。

從剛剛便一直下個沒完的雨聲，似乎一直到現在才清楚地傳進我的耳中。

雨聲寂寥，但那個人啜著茶湯的背影，看起來卻像是默默接受了這樣的孤寂。

「我說啊，真田。」

這是他第一次叫我的名字。

「自從俊介死後……你的日子是怎麼過得呀？關於俊介的事你有什麼樣的感覺？你承擔了什麼？又是怎麼這樣一路長大成人的？」

「把這些事告訴我吧？」那個人這麼說。「把你擁有關於俊介的回憶，像那本筆記本一樣寫下來吧……」

「什麼時候寫都可以，我會一直等著……」

我再也克制不住激動，抬眼望著他。

他的側臉，散發出光芒。

跟他的這個約定，我就快要完成了。

3

八月底的時候，那個人跟健介一起前往瑞典。

健介在信上寫道，從公司退休，又結束了妻子第一次盂蘭盆會的他，或許因為替人生的某個階段畫下了句點，讓他以前所未有的沉穩面容，一個人在離開日本前的機場怡然地喝著啤酒。

我並沒有一起前往「森林墓園」，我在妻子北海道的家中度過那年的盂蘭盆節。雖然知道藤俊媽媽要舉辦盂蘭盆會，正是因為知道，所以我並沒有前往。

對於藤俊媽媽的第一次盂蘭盆會，雖然健介笑著說：「北海道比較涼快啦！」但是關於「森林墓園」，他卻還是一直不死心地邀我一同前往。

我也想去。但是，我不能。

聽說那個人也說不介意我一起去。「我爸的脾氣就是那樣啦，他如果說『不介意』，就是問你『要不要一起來』的意思。」雖然健介這麼說，我還是拒絕了。

總有一天我會去，一定會去。我已經下定了決心，但現在時機還未到。要等五年後、十年後，甚至更久以後也說不定。我唯一能確定的是──我還要再多活幾年才行。

九月四日那天，我收到了健介的信。說不定他是故意選這一天的吧？

他在之前的電子郵件中寫道：「雖然照片跟著e-mail一起附檔寄過去就可以了，但因為我還有其他東西想寄，所以還是用包裹寄給你。」

信就塞在小包裹中。箱子裡頭放了健介的信、旅遊時的照片，還有一些北歐風情的玻璃器皿、陶器和木製的小東西。本來我以為他是為了要寄禮物給我所以才寄包裹來，但並非如此。

箱子底部，放著一個沒有貼郵票的信封。雖然用信封裝著，卻沒有寫上收信人姓名與地址，背面也沒署名。

當我歪著脖子，一邊覺得匪夷所思一邊打開封口時，看到裡頭躺著好幾張信紙。

信上開頭寫著：「你好嗎？」那是好久不見的百合的筆跡。

時值盂蘭盆節，我帶著小孩一起回娘家。今天白天，我去了藤井家一趟，參加了伯母的第一個盂蘭盆會。伯父雖然還是一樣寡言，但因為健介也在，還是聊了不少往事。

聽說這個月底，他們要去「森林墓園」對吧？雖然你不打算一起去讓健介很遺憾，但我似乎能了解你的感覺。

因為健介說他會幫我把信拿給你，所以我現在正在娘家寫著這封信。明天回去東京前，我會把信託給健介。

旅行中拍的照片有好幾十張。健介在信上寫著：「因為單獨跟我那不愛說話的爸爸待在一起很難熬，所以我乾脆猛拍照。」

這趟旅行，他們只短暫地在斯德哥爾摩待了三個晚上。第一天，抵達旅館後已經傍晚了，幾乎哪裡都沒能去。最後一天，則必須在中午前從市區的旅館退房才趕得上飛機。到「森林墓園」的行程，預定排在第二天的中午。

不過，等到他們就快踏出旅館時，那個人卻突然說：「明天再去吧！」

雖然他跟以前一樣什麼理由都沒說，但我想，他大概是突然覺得恐懼吧？

健介接著寫道——

老實說，連我都有一點害怕。

結果，第二天他們改到市區去遊覽了。在照片裡可以看到那個人站在觀光遊艇甲板上的模樣，還有那個人看著王室衛兵交接儀式的樣子。無論哪張照片，那個人看起來都是一臉不耐地站在鏡頭前。他的身形，比在家鄉看到時更加嬌小。不是因為跟高大的歐洲人相比才顯得矮小，我心酸地想——是因為年紀大了吧？

隔天，還是沒去成。

那一天，他一早起床後便說自己很累，然後就倒回床上去，連早餐都沒吃，下午則是一個勁地在旅館附近散步。

健介也拍了那個時候的照片。那個人在殘留著中世紀古風的街道上散步。還有好幾張是在國小的校園、公園，還有小朋友遊玩的廣場上拍的。坐在長椅上的他，定睛看著在金屬攀爬架上來回攀爬、追逐的孩子們。他的表情變得溫和，看來似乎在微笑，又像隱忍著不讓淚水流下——在所有的旅行紀念照中，我最喜歡這一張。

接下來，只剩最後一天的早上了。我突然想到，該不會我爸打算連「森林墓園」都不去就這麼回家了吧？這讓我傷腦筋了老半天。

不過……

健介繼續寫道——

我心裡很清楚，如果他真的打算這麼做，也只好這樣了。

晚上在日式餐廳吃過飯後，他們很早就回到旅館房間打包明天回國的行李。

那時候健介才發現，那個人的行李箱中，放著藤俊和藤俊媽媽的相片。

至今已經二十年了呀！小裕，你到現在還沒從藤井同學的事情中走出來嗎？最近，我經常想起以前小裕常常說「把包袱放下吧」這句話。我還是覺得，那是不可能的。我最近才終於想通——一直以來，我們並非背負著沉重的包袱，而是與這樣的重擔合而為一，一起生活著，所以根本不可能把包袱放下來。我們能做的，或許只有讓自己肩更能挑、腳更有力吧？

小裕的兒子已經念國小三年級了吧？已經到了能讓你喘一口氣，稍微享受一下育兒之樂的年紀了吧？

我兒子才三歲，女兒才兩歲。兩個人年齡相近，光洗個澡都能鬧成一團。因為我自己也有一份正職，要兼顧家庭跟事業真的很不容易。我老公跟我每年一到十一月就開始計算年假還剩幾天——不過，生活就是這麼一回事呀！

要回國的那天早上，健介一被鬧鐘叫醒就看到那個人換好衣服、坐在靠窗的椅子上，眺望著旅館前廣闊的港口。

健介坐起身後問：「怎麼了？」

那個人凝望著港口說了一聲：「走吧！」便站起身來。「我到大廳等你。」

健介慌慌張張打理好自己衝出房間，卻忘了帶相機。下樓到大廳時他突然想起來，打算回房間去拿時，卻被那個人制止了。雖然時間還早，但那個人卻說了一句「算了」，便邁步前行。

最重要的相片竟然沒拍到，真是不好意思。不過現在回想起來，我覺得，說不定是我媽跟我哥故意讓我忘記帶相機的，因為就算我記得帶，說不定當時我會連快門都沒辦法按下去。

「森林墓園」的模樣，信中也沒有描述。說不定是因為我，健介才故意隻字不提。

因此，接下來，都是我腦海中的畫面。

雖然那個人到最後還是跟我保持著遠遠的距離，但對現在的我來說，那段距離卻讓我無盡思念。

即使結了婚，即使生了孩子，九月四日對我來說，依然不是我的生日，而是藤井同學的忌日。就算大家會幫我慶祝，不過，在我內心的某一處卻始終惦記著藤井同學。

不過，去年的九月四日，事情卻出現了變化。

那天我老公湊巧出差不在家，我兒子因為在幼稚園裡發燒了，所以我特別提早下班去接他，帶他去看醫生。才剛回到家，換我女兒說她肚子痛，只好又帶她到醫院去。在這期間，因為工作聯繫的緣故，手機一路響個不停……

一直到晚上，不停哭鬧的女兒睡了，之前先睡著的兒子也終於退燒了，我才放心去吃晚飯、洗澡，傳了封e-mail跟我老公說「累死我了」……，等到我突然想起時，日期已經變成九月五日了。我不但忘了自己的生日，也完全忘了藤井同學的事。我突然覺得心裡很彆扭，於是一個人喝起了罐裝啤酒。

所謂的「活著」就是這麼一回事吧？感覺自己像收到了一份生日禮物一樣。

小裕，你也要多保重喔！

如果有一天，如果在某個地方，我們再見面時都能擁有堅強、有力的肩膀，那就太好了。

有件事很不可思議。

因為看了許多次《世界之旅》，也在網路上看過無數次的「森林墓園」，所以那裡的風景已經深深烙印在我的記憶中，甚至連從地下鐵下車後怎麼走過去我都記得一清二楚。不過，實際上應該是由深灰色的花崗岩所刻成的十字架，在我心中卻以純白之姿佇立在丘陵上。

無論怎麼跟自己說「不對」，但我心中的十字架卻始終沒有塗上其他顏色。它並不是閃耀著光輝的亮白色，而像是世上所有的顏色都消失後殘存下的——沉靜而默然的白色。

我們或許一直背負著那樣的十字架吧？或許，它也一直守護著我們？

我閉上了眼睛，腦海中浮現出那個人與健介走出地下鐵車站後的樣子。八月底的斯德哥爾摩已進入秋季，他們兩人走在散落著行道樹葉子的人行道上。從車站到墓園的入口，只要兩、三分鐘的路程就到了。跟隨著告示牌上的路線，從大馬路走進一旁的小徑。走了一段時間，便看見翠綠的丘陵，而在那片丘陵上，聳立著我心中的白色十字架。

藤俊夢想中環遊世界之旅的終點就在這裡，但我們漫長的旅途卻從這裡出發。百合曾說過，能回到出發點的旅程才叫旅行，因此這裡同時也是我們旅途的終點。

那個人，一個人在翠綠的丘陵漫步著。

健介陪他走到途中後，便停下了腳步，目送著他的背影。

天空像包圍著森林與丘陵一般遼闊。如果是晴天就好了……，如果是那種抬眼仰望便會像被捲進其中的藍天，會多令人開心啊！

那個人在丘陵上走著。

向著白色十字架的方向，目不轉睛地看著十字架走了過去。

他愈走愈遠，已經遠到聽不到健介叫他的距離，即使聽得見，他也一定不會回頭。

微風輕吹。

雖然沒有使用任何言語，天空仍像在輕訴著些什麼，而微涼的風則像撫慰著他的背一般輕拂著。

十字架在丘陵上靜靜地等著。

那個人靜默地往前走著。